古事記

日本の古典をよむ 1

山口佳紀・神野志隆光［校訂・訳］

小学館

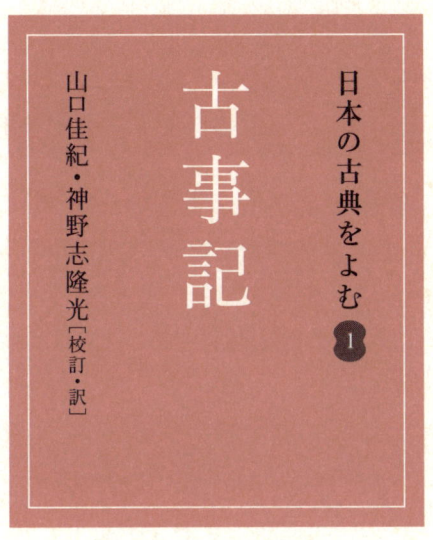

写本をよむ

真福寺本《しんぷくじぼん》 古事記

和銅五年(七一二)撰進された『古事記』の現存最古の写本。応安四年(一三七一)〜五年の書写である。 真福寺宝生院蔵

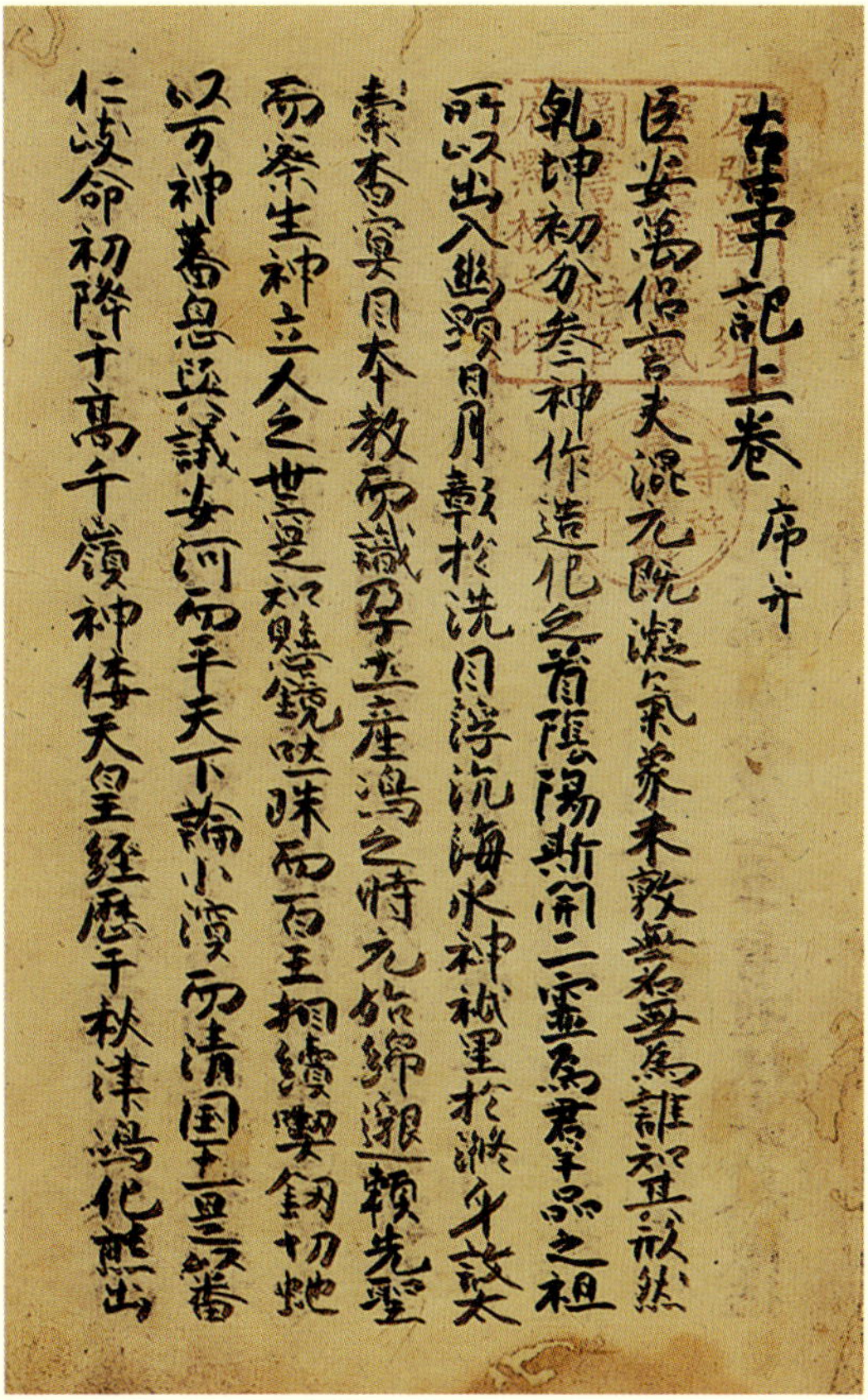

古事記上巻 序并
臣安萬侶言夫混元既凝氣象未效無名無爲誰知其形然
乾坤初分參神作造化之首陰陽斯開二靈爲群品之祖
所以出入幽顯日月彰於洗目浮沈海水神祇呈於滌身故太
素杳冥因本教而識孕土産嶋之時元始綿邈頼先聖
而察生神立人之世寔知懸鏡吐珠而百王相續喫劔切蛇
以萬神蕃息與議安河而平天下論小濱而清國土是以番
仁岐命初降于高千嶺神倭天皇經歴于秋津嶋化熊出

上は太安万侶《おおのやすまろ》による序の冒頭部。第一行目の訓読文を記す。

臣《やつこ》、安万侶《やすまろ》言《まを》す。夫《それ》、混元《ひたたけたるもの》既《すで》に凝りて、気《けはひ》・象《かたちいま》未だ効《あらは》れず。名《な》も無く為《しわざ》も無ければ、誰《たれ》か其《そ》の形《かたち》を知らむ。然《しか》れども……。

(字体等は通行のものに改めた。続きは本文一四頁以下参照)

書をよむ

古事記創成記

音を定め、義を定め――

石川九楊《いしかわきゅうよう》

『古事記』は、奈良時代の初頭に誕生した、現存日本最古の書物である。文字をもたない時代の神話が『古事記』に結実するまでには、どのような前史があったのだろうか。

西暦五七年に、東海に浮かぶ弧島、倭《わ》（日本）の王は、漢の光武帝から「漢委奴国王」の金印（1）をもらい、東アジアの皇帝を中央とする、中華―冊封《さくほう》（中国との君臣関係）体制下に入っている。

このとき、倭の政治中枢部の知識人は、すでに漢詩・漢文の教養を身につけており、東アジアの政治制度を熟知していたことは明白である。『古事記』も、正格の漢文とはいえない部分があるとはいえ（三〇七頁参照）、漢文で書かれた以上、これを表記するための文体上の困難はなかった。

しかし克服すべき課題は残っていた。「ヤマトタケル」などの人名や地名などの固有名詞、および「ヤクモタツ」などの歌に表われる倭語《わご》（倭の土着語をさす）の音と意味をどう書き表すか――その表記法の確立である。その成熟過程を、考古学的遺品から追ってみる。

五世紀後半の「稲荷山《いなりやま》古墳出土鉄剣銘《めい》」「江田船山《えたふなやま》古墳出土太刀《たち》銘」（2・3）には、「獲加多支鹵《わかたける》」（雄略天皇）等の名が、漢字の音を借りて記されている。当時の漢字音であるから、現在のような平板な発音ではなく、破裂音（閉じた口を一気に開けて出すba, ta, kaなど）や、摩擦音（唇や舌をこすらせて出すfa, saなど）に満ち溢れていたはずだ。さらに漢字は表意文字でもあるから、意味もまた漏れ溢れる。「獲加多支鹵」も、ただ「ワ・カ・タ・ケ・ル」という音を表記するだけでなく、「獲《とる》・加《くわえる》・多《まさる》・支《わける》・鹵《うばう》」という漢語が本来持っている意味をも含んでいたかもし

3

2

1

1――「漢委奴国王」金印

国宝・福岡市博物館蔵
『後漢書』東夷伝に、紀元57年、奴国からの朝貢をうけて与えたとある印か。

2――江田船山古墳出土太刀銘

5世紀後半・国宝・東京国立博物館蔵
上部に「獲□□□鹵大王」とあり、「ワカタケル大王」として雄略天皇とする説が有力。Image : TNM Image Archives

3――稲荷山古墳出土鉄剣銘

5世紀後半・国宝・文化庁保管・埼玉県立さきたま史跡の博物館写真提供

れない。

　また、難波宮《なにわのみや》跡からは、七世紀半ばのものとされる「皮留久佐乃皮斯米之刀斯《はるくさのはじめのとし》……」と書かれた現存する最古の仮名木簡《もっかん》(4)が発掘され、観音寺遺跡からは、当時の手習歌「奈尓波《なには》ツ尓作久矢己乃波《にさくやこのは》奈《な》……」が書かれた木簡(5)が出土している。「夜久《やく》毛多都《もたつ》……」の歌も、このような経験をもとに記されたのである。その過程を記すのが、北大津遺跡から出土した、いわゆる音義木簡(6)で、たとえば右上の「賛《サン》」という字に対して二行割りで、「田須久《たすく》」(助く)と意味が注されている。

　文字をもたない倭語は、汎《はん》東アジア的レベルの政治と思想と宗教を担う漢語と漢文に包囲され、これとの関係で自覚されていった。音を文字という目に見える形で示し、また同時に、意味をも定める漢語・漢文の、倭語に対する優位は明らかで、それらに圧倒されて倭語が消えてなくなる可能性もありえた。しかしながら、大陸内の地方や半島と異なり、海を隔てるという絶妙の地勢的理由によって倭語は生き延び、それどころか漢語に対応する新たな倭語まで創られたのである。このようにして、倭語の音に漢字を宛てて倭音を定め、また漢語の義に、以前からの倭語や新たに創られた倭語を対応させることによって倭語の義を確定するという、漢倭二重の日本文(語)創成運動が始まっていたのである。

　さて、6で、漢語「賛」より倭語「田須久」が小さく書かれているのは、当時の辞書に一般的な割注表記である。しかし、大陸中央の語は敬意をこめて明瞭に、地方(日本)の語の側は、へりくだって略体・草体で添える、この謙譲の意識は昇華して二百年ほどのちには、女手(平仮名)や片仮名、また散らし書きを生むことになる。今でも表彰状を読み上げる時、相手の名は明晰に高らかに読み、自らの名は早口で不明瞭にくずし読む。このくずしが東アジアにおける地方(日本)文化創造の原動力となるのである。

（書家）

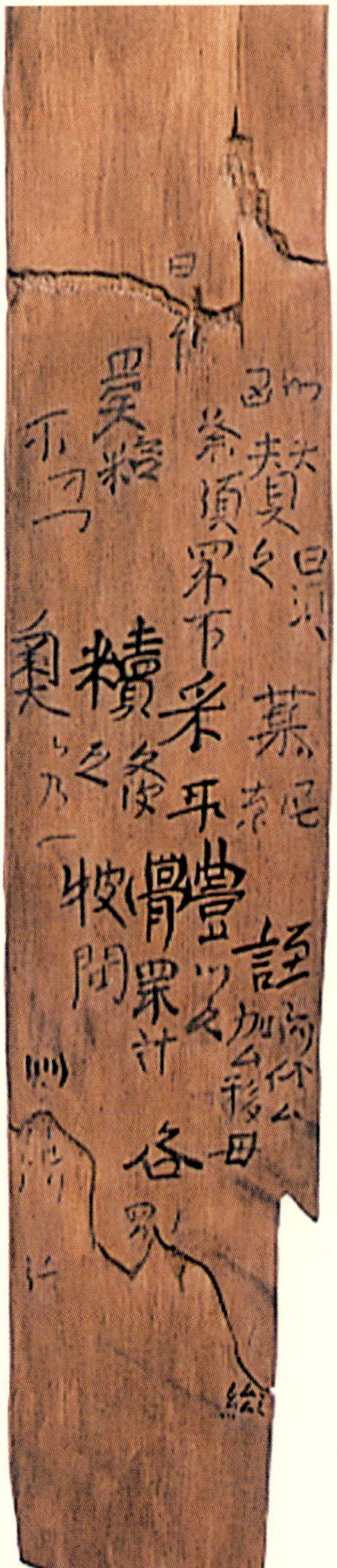

6

5

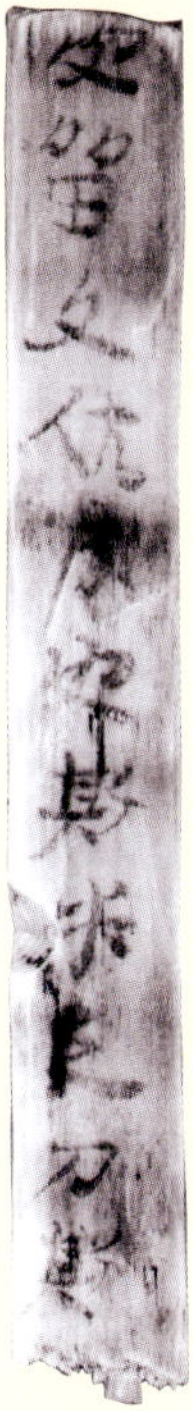

赤外線写真

4

倭語の歴史を物語る木簡たち

4——日本最古の万葉仮名木簡

7世紀半ば・大阪市文化財協会蔵
難波宮（大阪市中央区）から出土。左の赤外線写真では「皮留久佐乃皮斯米之刀斯」とはっきり読める。

5——次に古い仮名木簡

7世紀後半・徳島県立埋蔵文化財総合センター蔵
観音寺遺跡（徳島市）出土。「難波津に咲くや木の花……」の歌を手習いしたもの。

6——漢字の音と意を示す音義木簡（複製）

7世紀半ば～後半・滋賀県立安土城考古博物館蔵
北大津遺跡（滋賀県大津市）出土木簡の複製。天智天皇の大津宮時代（667～671年頃）のものか。

神々の姿

島《しま》尾《お》 新《あらた》

神々はどのように「見えて」いたのだろうか。『古事記』の神代の巻を読むとき、常に思い浮かぶ素朴な疑問である。描き出された主人公たちは、本来の姿なき不可視の姿とはほど遠いし、だからといって後に作られる神像のイメージと嚙み合うわけでもない。神々の姿を描く「原典」でありながら、なにか孤立しているように見えるのだ。

冒頭に、名のみ現して身を隠す天之《あめの》御中主神《みなかぬしのかみ》。彼にその姿を偲ぶ縁はない。『古事記』には、このようなほとんど「見えない」神々の名も数多く記されている。一方で、高天原《たかあまのはら》で須《す》佐《さ》之男命《のおのみこと》を待ち受ける天《あま》照大御神《てらすおおみかみ》の姿は極めて具体的だ。（本書四九〜五〇頁）。髪を角髪《みずら》に結い直して男装し、八《や》尺《さか》の勾玉《まがたま》を身に括《くく》り付け、靫《ゆき》を背負い弓をつがえる。ここから埴《はに》輪《わ》（1）の武人像を思い浮かべるのは容易だろう。

黄泉の国で死にゆく伊《い》耶《ざ》那美命《なみのみこと》の蛆《うじ》にまみれた姿（三七頁）も、腐乱する死体のアナロジーから描き出せる。穴だらけの土器（2・3）から思い起こしてもいいのかも知れない。そして彼女に纏《まと》いつく大雷《おおいかずち》たち。雷神の図像もシルクロード経由で入ってくる頃だ。さらに具体的なのは、彼らが産み落とした島々である。神の子が神ならば、淡路島をはじめとする島々自体が神の姿ではないか。例えば四国は、男女四つの顔をもつ人面島として描かれている。

この時代には、まだ神像はなかったといわれている。しかし神像がなければ、そのヴィジュアルイメージがなかったということにはならない。「象《かたど》られない」ことと「不可視」あるいは「姿なき」こととは、全く別の問題なのだ。ギリシア神話の具体性には比すべくもないが、『古事記』にも神々の姿へのイマジネーションの種は散りばめられている。

3

2

1

2,3 —— 顔のある穴あき土器(前後)

「顔面付釣手型土器」・縄文中期・重文・長野県伊那市御殿場遺跡出土・伊那市教育委員会蔵

随所に焼け焦げの跡があって、火の神を胎内に宿す母神とする説がある。やはり火の神を産み陰部を焼かれて死んでいく伊耶那美命への連想を誘う。

1 —— 武人の埴輪

古墳時代後期・国宝・東京国立博物館蔵

Image : TNM Image Archives

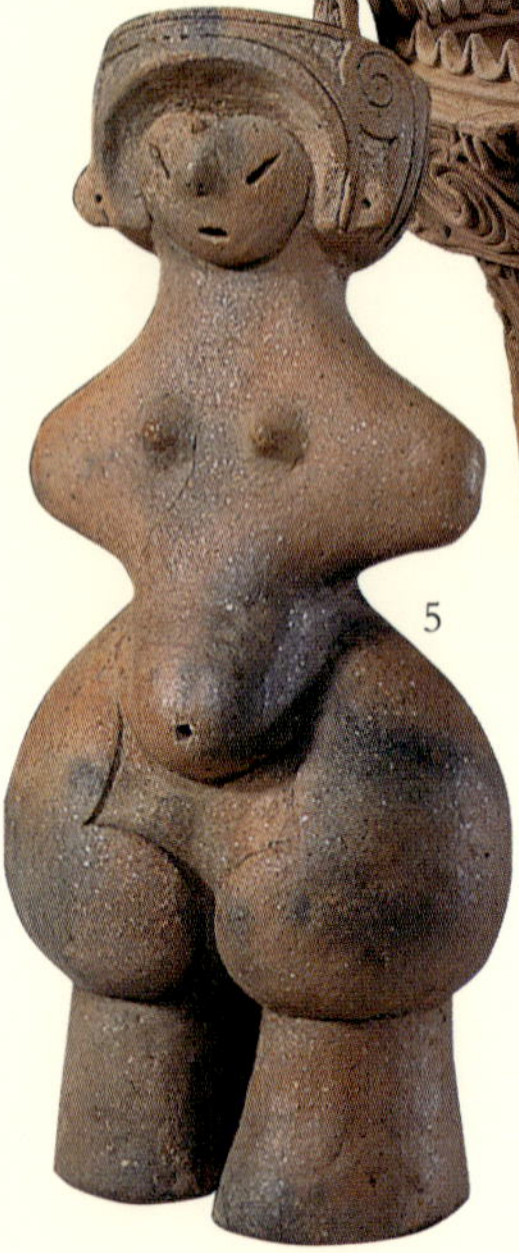

5

4

4—— 火炎土器

重文・新潟県十日町市博物館蔵

5—— 棚畑のヴィーナス

縄文中期・国宝・長野県茅野市棚畑遺跡出土・茅野市尖石縄文考古館蔵
頭頂には渦巻が彫られ、彼女が人を超えた存在であることを示している。

伊耶那美命の死に際し、その嘔吐《おうと》や屎《くそ》や尿《ゆまり》から成った神々（三二頁）は、名付けはヒトだけれど、すんなりとヒトガタを思い浮かべるわけにもいかない。一方で、波邇夜須毘古《はにやすびこ》・波邇夜須毘売《はにやすびめ》の糞→粘土＝埴という視覚・触覚からする連想が、全くヴィジュアルなイメージを伴わなかったともいえないだろう。伊耶那岐命《いざなきのみこと》を追いかける「黄泉《よも》つ醜女《しこめ》」の恐ろしさ、須佐之男命の逞《たくま》しく大きな体。そして「蛭《ひる》のような」という直喩で語られる、できそこないのヒルコ……。「仏教公伝」から百年以上、仏像の制作に洗練を増しつつあった時代に、大陸の思考の合理性を反映しつつ、天皇の系譜の正当性を主張するために書かれた「神話」である。そこには豊かなイメージの錯綜《さくそう》があったと思いたい。後に作られた神像には、敢《あ》えて表情を消し去ったようなものが多い。神々の豊かな表情は、どこから来てどこへ行ってしまったのか。つい棚畑《たなばたけ》のヴィーナス（5）や、火炎土器（4）のパワーに思いを馳せたくなる。

（美術史家）

古事記

装丁　川上成夫
装画　松尾たいこ
本文デザイン　川上成夫・千葉いずみ
解説執筆・協力　金沢英之（札幌大学）
コラム執筆　佐々木和歌子・金沢英之
編集　土肥元子
編集協力　松本堯・兼古和昌・原八千代
校正　中島万紀・小学館クォリティーセンター
写真提供　牧野貞之・亀山市教育委員会
高千穂町商工観光課
小学館写真資料室

はじめに――日本最古の書物の魅力

『古事記』は、奈良時代の初め、和銅五年（七一二）に書かれた、現存する日本最古の書物です。平安時代の仮名文学の最高峰とされる『源氏物語』に先立つこと約三百年、「物語の出来《いでき》はじめのおや」と言われる『竹取物語』とくらべても二百年ほど早く、まだ平仮名も片仮名も発明されていない時代に、中国から輸入された文字であった漢字だけを使って『古事記』は書かれました。

言わば日本文学の源流に位置する書物であり、内容もそれにふさわしく、天地の始まりを述べる神話から語り出されます。

上中下三巻のうち、上巻では、天地の始まりから神々の誕生、国土の生成を経て、地上世界の主となる天皇の祖先が天の世界から降臨した経緯が語られますが、その中には、伊《い》耶那岐命《ざなきのみこと》・伊耶那美命《いざなみのみこと》という男女の神々が夫婦となり国土の島々を産んだ話や、太陽神の天照大御神《あまてらすおおみかみ》が、きかん気で乱暴な弟の須佐之男命《すさのおのみこと》のふるまいにより天の洞窟《どうくつ》にひきこもり天地が真っ暗になってしまった話、その須佐之男命が八俣大蛇《やまたのおろち》という怪物を退治し英雄として成長してゆく話などの興趣に富んだ神話が満載されています。また葦原中国《あしはらのなかつくに》と呼ばれる人間世界のほか、天の神々の世界高天原《たかあまのはら》、死んだ伊耶那美命の赴いた世界黄泉国《よみのくに》、地上を完成させた大国主神《おおくにぬしのかみ》が、先祖の須佐之男命に導かれて成長を遂げた世界根之堅州《かたす》国、潮の満ち干をつかさどる海神の国など、様々な異世界からなる宇宙が描き出されます。

つづく中・下巻には、初代神武天皇から第三十三代推古天皇までの歴代天皇の治世と系譜、それぞれの時代に起こった出来事が記されています。

初代天皇から始まる人の代のうち、遠い方の時代を物語る中巻では、登場する天皇や皇子皇女たちもほぼ想像上の存在であり、上巻の神話を引き継ぐ伝説に類したエピソードが多く載せられています。たとえば、祖先が天から降臨した高千穂《たかちほ》の地を離れ、東の大和の地に朝廷を開いた神武天皇。その途次には天照大御神の遣わした剣や八咫烏《やあたからす》の助けがありました。皇后となった女性も、大和の三輪山《みわやま》に鎮座する土地の神が、丹塗矢《にぬりや》と化し人間の女性と交わってもうけた子供でした。また、東西に奔走し国内の平定を果たしながら、帰路に病を得て故郷を想いつつ命を落としてしまう悲劇の主人公として名高い倭建命《やまとたけるのみこと》の活躍が描かれるのもこの中巻です。

さらに近い過去の歴史を物語る下巻では、実在したことが確認できる天皇たちの物語が中心となり、関連するエピソードもどこか人間的なものが多くなってきます。なかでも、実の妹である皇女と恋に落ちてしまい、天皇の位を継ぐことよりも愛する人と二人の世界を望み共に死を選ぶ軽皇子《かるのみこ》の物語など、現代の読者にも共感できる話でしょう。

神話・伝説・歴史と言いましたが、これらが区別されることなく、一体となっているのが『古事記』の特徴です。いまある人間たちの世界をさかのぼれば、神々と人々がより深く関わり合っていた時代があり、その先にはまだ人間の社会が存在せず神々だけが活躍した時代、そしてさらに天地の始まりへとつながってゆく、そうした意識のもとに「古事《ふること》」=過去に起こった出来事を記した書物が『古事記』なのです。

したがって『古事記』では、神の物語も人間の物語も全体がひとつづきのものとして緊密に結びあい、大きな流れを生み出しています。一例を挙げれば、倭建命が国内を平定する際に携えていた草薙剣《くさなぎのつるぎ》は、遠く神の代に須佐之男命が八俣大蛇の尾から見いだし、天照大御神から子孫の天皇たちへと伝えられ、人の代になって威力を発揮したものでした。そうしたつながりを見てゆくことで、神話と歴史とが一体となった世界観を感じ取ることができるでしょう。個々の話の面白さと同時に、そうした全体としての世界観を示してくれる作品であるところに、古典としての『古事記』のより深い魅力があるのではないでしょうか。

（金沢英之）

目次

凡例

◎本書は、新編日本古典文学全集『古事記』（小学館刊）の中から、著名な物語の現代語訳と原文の訓読文を選び出し、全体の流れを追いながら読み進められるよう編集したものである。
◎『古事記』天皇記に載る天皇はすべて見出しに掲出したが、中には、現代語訳と原文訓読文を掲載せず、概略を記したのみの天皇もある。その場合は見出しに（概略）と記した。
◎本文は、現代語訳を先に、原文訓読文を後に掲載した。
◎原文（漢文）および割注は省略した。
◎収録した箇所のうち、途中を略した場合は、原文訓読文の中略箇所に（略）と記した。
◎現代語訳でわかりにくい部分には、（　）内に注を入れて簡略に解説した。
◎現代語訳中で、枕詞は〈　〉に入れて区別した。
◎上巻の神代から中巻の神武天皇の即位記事までの間に、文脈理解を助ける注を、＊付きで適宜掲載した。
◎本文中に文学紀行コラム『古事記の風景』を、巻末に『神代・歴代天皇系図』を設けた。
◎巻頭の「はじめに――日本最古の書物の魅力」、各巻の「あらすじ」、巻末の「解説」は、金沢英之（北海道大学）の書き下ろしによる。

古事記

上巻

上巻 ❖ あらすじ

天地のはじめ、天の世界（高天原《たかあまのはら》）に天之《あめの》御中主神《みなかぬしのかみ》・高御《たかみ》産巣《むす》日神《ひのかみ》・神産《かむむ》巣《す》日神《ひのかみ》から伊耶那岐命《いざなきのみこと》・伊耶《いざ》那《な》美命《みのみこと》まで十二代の神々が現れた。地の世界に国を作り整えよとの天の神々の命を受けた伊耶那岐命・伊耶那美命は、いまだ形をなさず漂っていた地上に降りて夫婦となり、国土の島々や山川草木などとなる神神を産み出したが、火の神を産む際に妻の伊耶那美命が火傷を負い死んでしまった。悲しんだ伊耶那岐命は、死んだ妻のいる黄泉国《よみのくに》へ赴くが、そこで変わりはてた妻の姿を見て怖れ逃げ帰る。追いかける伊耶那美命を防ぐため黄泉国との通路が巨岩で塞《ふさ》がれ、死の世界＝黄泉国と、生の世界＝葦原中国《あしはらのなかつくに》が分離した。

伊耶那岐命が黄泉国の穢《けが》れをはらうため行ったみそぎの最後に、天照大神《あまてらすおおみかみ》、月読命《つくよみのみこと》、須佐之男命《すさのおのみこと》の三貴子が生まれる。喜んだ伊耶那岐命は、三神に高天原、夜之食国《よるのおすくに》、海原の三世界をそれぞれ治めるよう命じるが、須佐之男命だけは死んだ母たちの世界＝根之堅州国《ねのかたすくに》へ行きたいと泣きわめき追放される。逐《お》われた須佐之男命は姉天照大神に別れを告げるため高天原を訪れるが、逆に国を奪いに来たのではないかと疑われてしまう。潔白を証明するために二神が行ったうけいの中から、天忍穂耳命《あめのおしほみみのみこと》が生れた。

うけいの結果を自らの勝ちと受けとめた須佐之男命は、調子に乗り数々の乱暴をはたらく。怖れた天照大神が天《あめ》の石屋《いわや》に閉じこもり、高天原と葦原中国は闇《やみ》に包まれるが、高御産巣日神の子思金神《おもいかねのかみ》のはからいや天宇受売命《あめのうずめのみこと》の歌舞などにより天照大神を引き出すことに成功し、ふたたび世界に光がもたらされた。

この振る舞いにより天の神々からも追放された須佐之男命は、根之堅州国へ赴く途中ふたたび降り立った地上の出雲《いずも》で、土地の神の娘櫛名田比売《くしなだひめ》を救うため八俣大蛇《やまたのおろち》を退治して英雄となり、子孫を残した。その六代目の大穴牟遅神《おおあなむじのかみ》は、腹違いの兄弟神たちから迫害を受け、先祖である須佐之男命のいる根之堅州国を訪れる。須佐之男命の与える数々の試練を乗り越えた大穴牟遅神は、須佐之男命の娘須勢理毘売《すせりびめ》を娶《めと》り、大国主神《おおくにぬしのかみ》の名を与えられて帰還し、兄弟神たちを追い払う。さらに大国主神は、伊耶那岐命の死以来中断されていた地上の国作りを引きつぎ、神産巣日神の子少名毘古那神《すくなびこなのかみ》や、大和《やまと》の三輪山《みわやま》の神の協力を得て、これを完成した。

一方、高天原の天照大神は、自らの子となった天忍穂耳命を、完成した葦原中国の主として降《くだ》すことを宣言する。地上の荒ぶる神々を平定するため三度目に遣わされた建御雷神《たけみかづちのかみ》がようやく大国主神を従えることに成功し、葦原中国は天照大神の子孫へ譲られた。この間に天忍穂耳命には高御産巣日神の娘豊秋津師《とよあきつし》比売《ひめ》との間に子の番能邇々芸命《ほのににぎのみこと》が生まれていた。あらためて天照大神と高御産巣日神に葦原中国の統治を命じられた番能邇々芸命は、思金神、天宇受売命などの随伴神と、天照大神の御魂《みたま》の鏡などとともに、筑《つく》紫《し》の日向《ひむか》の高千穂《たかちほ》の峰に降った。

地上に降りた番能邇々芸命は、大山津見神《おおやまつみのかみ》の娘木花之佐久夜比売《このはなのさくやびめ》を娶り、花のように栄える運命を手に入れたが、姉の石長比売《いわながひめ》との結婚は拒否したため、石のように長い寿命を失ってしまった。番能邇々芸命の子穂々手見命《ほほでみのみこと》は兄とのいさかいから海中の綿津見神《わたつみのかみ》の国を訪れ、娘の豊玉毘売《とよたまびめ》を娶り、水の呪能《じゅのう》を持つ玉を手に入れ、兄を従えた。穂々手見命の子鵜葺草葺不合命《うかやふきあえずのみこと》は豊玉毘売の妹玉依毘売《たまよりびめ》を娶り、神倭伊波礼《かむやまといわれ》毘古命《びこのみこと》（後の初代神武天皇《じんむ》）を生んだ。

序

臣安万侶《やすまろ》（太安麻呂《おおのやすまろ》）が申し上げます。

およそ、混沌《こんとん》とした始めの気が既に凝結して、きざし・形はまだ現れない。名付けようがなく、働きもないから、だれがその形を知りえようか。しかしながら、天地が初めて分れると、三神が万物の始まりとなった。陰と陽とがここで分れて、二柱《ふたはしら》の神（伊耶《いざ》那岐命《なきのみこと》と伊耶那美命《いざなみのみこと》）がすべてのものの生みの親となった。そうして、この二神は、黄泉国《よもつくに》・現《うつ》し国《くに》に行き帰り、禊《みそぎ》して目を洗う時に、日神《ひのかみ》（天照大御神《あまてらすおおみかみ》）・月神《つきのかみ》（月読命《つくよみのみこと》）が現れた。海水に浮き沈みして禊する時に、神々が現れた。

さて、世界の始めのさまは奥暗いけれども、語り伝えによって、国土を孕《はら》み島を生んだ時のことを知る。元始の様子ははるかに遠いけれども、先聖によって、神・人を生み立てた世のことを知る。まことによく知ることができるのは、鏡をかけ、珠《たま》を嚙《か》み吹き捨てて神を得て、百王《もものきみ》相続くこととなり、剣を嚙み吐き出して女神を得て（うけいのこと）、大蛇を斬《き》って（八俣《やまた》の大蛇《おろち》退治）神々が栄えたことである。かくて、天《あめ》の安《やす》の河原で神々が相談して天下を平らげなさり、小浜《おはま》で説得して（国譲り）、国土を平定なさった。

こうして、番仁岐命《ほのににぎのみこと》が、初めて高千穂《たかちほ》の峰に降《くだ》っていらっしゃって（天孫降臨《てんそんこうりん》）、神武天皇《かむやまとのすめらみこと》（神武天皇）が、大和国《やまとのくに》に巡り至られたが、熊《くま》と化したものが爪《つめ》を出した時には、天から降《くだ》した剣を高倉《たかくら》の中に得られて危機を脱した。尾のある人が道を遮《さえぎ》ると、大きい烏《からす》（八咫烏《やあたからす》）が吉野《よしの》で天皇をお導き申し上げた。そして舞を舞って賊を打ち払いなさり、歌を合図に敵をお討ちになった（土雲《つちぐも》退治）。

さてまた、夢にさとしを得て神祇《じんぎ》を祭った賢明な君（崇神《すじん》天皇）をたたえ申し上げ、炊煙を見て人民の困窮を知り慈《いつく》しまれた聖帝（仁徳《にんとく》天皇）を今にたたえている。また、境を定め国造《くにのみやつこ》らを定めて、近江宮《おうみのみや》で天下をお治めになり（成務《せいむ》天皇）、氏姓を正して飛《あす》鳥宮《かのみや》で天下をお治めになった（允恭《いんぎょう》天皇）。

臣安万侶《やつこやすまろ》言《まを》す。

夫《それ》、混元《ひたたけたるもの》既《すで》に凝《こ》りて、気《けはひ》・象《かたち》未《いま》だ効《あらは》れず。名《な》も無く為《しわざ》も無ければ、誰《たれ》か其《そ》の形《かたち》を知らむ。然《しか》れども、乾坤《あめつち》初めて分《わか》れて、参《み》はしらの神造化《かみよろづのもの》の首《はじめ》と作《な》れり。陰陽《めを》斯《ここ》に開《ひら》けて、二《ふた》はしらの霊群《かみもろもろ》の品《もの》の祖《おや》と為《な》れり。所《そこ》以《ゆゑ》に、幽《よもつくに》・顕《うつしくに》に出《い》で入《い》りして、日《ひのかみ》・月《つきのかみ》、目を洗ふに彰《あらは》れたり。海水《うしほ》に浮き沈みして、神《あまつかみ》・祇《くにつかみ》、身を滌《すす》ぐに呈《あらは》れたり。

故《かれ》、太素《もと》は杳冥《くら》けれども、本《もと》つ教《をしへ》に因《よ》りて土《くに》を孕《はら》み島を産みし時を識《し》れり。元始《はじめ》は綿邈《とほ》けれども、先《さき》の聖《ひじり》に頼《よ》りて神を生み人を立てし世を察《さと》れり。寔《まこと》に知りぬ、鏡を懸《か》け珠《たま》を吐《は》きて百《もも》の王相続《きみあひつ》ぎ、剣《つるぎ》を喫《か》み蛇《へみ》を切りて万《よろづ》の神蕃息《うまは》りしことを。安《やす》の河《かは》に議《はか》りて天《あめ》の下《した》を平《たひら》げたまひ、小《を》浜《はま》に論《あげつら》ひて国《く》土《に》を清めたまひき。

是《ここ》を以《もち》て、番仁岐命《ほのににぎのみこと》、初めて高千嶺《たかちほのみね》に降《くだ》りまし、神倭天皇《かむやまとのすめらみこと》、秋津島《あきづしま》に経歴《へ》ましき。熊《くま》と化《な》れるもの爪《つめ》を出《い》だして、天《あめ》の剣高倉《つるぎたかくら》に獲《え》たまひき。尾《を》生《お》ひたるひと径《みち》を遮《さ》へて大《おほ》き烏《からす》吉野《よしの》に導《みちび》きまつりき。儛《まひ》を列《つら》ねて賊《あた》を攘《はら》ひたまひ、歌を聞きて仇《あた》を伏《ふ》せたまひき。

即《すなは》ち、夢《いめ》に覚《さと》りて神《あまつかみ》・祇《くにつかみ》を敬《ゐやま》ひたまひ、所以《そこゆゑ》に賢《さか》しき后《きみ》と称《たた》へたり。烟《けぶり》を望《のぞ》みて黎元《おほみたから》を撫《な》でたまひ、今に聖《ひじり》の帝《みかど》と伝《つた》へたり。境《さかひ》を定め邦《くに》を開《ひら》きて、近淡海《ちかつあふみ》に制《をさ》めたまひき。姓《かばね》を正し氏《うぢ》を撰《えら》ひて、遠飛鳥《とほつあすか》に勒《をさ》めたまひき。（略）

飛鳥浄御原《あすかのきよみはら》の大宮で大八州《おおやしま》をお治めになった天皇（天武天皇）の御代《みよ》に至って、太子として天子たるべき徳を備え、好機に応じて行動された。しかしながら、天の時いまだ至らず、出家して吉野山に身を寄せ、心を寄せる人々が多く集って、堂々と東国に進まれた。天皇の輿《こし》はたちまちにお出ましになり（以下、壬申《じんしん》の乱）、山川を越え渡った。軍勢は雷のように威をふるい、稲妻のように進んだ。矛《ほこ》が威を示し、勇猛な兵士は煙のように起った。しるしの赤旗が兵器を輝かすと、敵はたちまち瓦解してしまい、またたくうちに妖気は静まった。すなわち、牛馬を休ませ、心安らかに大和に帰り、戦いの旗を収め武器を集めて、歌舞して飛鳥の宮におとどまりなさった。そして酉《とり》の年二月に、浄御原の大宮で即位なさった。

ここにおいて、天皇が仰せられたことには、「私が聞くところによると、諸家のもたらした帝紀《ていき》と旧辞《きゅうじ》（古い記録。三〇六頁解説参照）とは、既に真実と違い、偽りを多く加えているという。今この時において、その誤りを改めないならば、幾年も経《た》たないうちにその本旨は滅びてしまうであろう。この帝紀と旧辞とはすなわち国家組織の根本となるものであり、天皇の政治の基礎となるものである。それゆえ帝紀・旧辞をよく調べ正し、偽りを削り真実を定めて撰録《せんろく》し、後世に伝えようと思う」と仰せられた。

時に舎人《とねり》がいた。姓は稗田《ひえだ》、名は阿礼《あれ》といい、年は二十八であった。人がらは聡明《そうめい》で、目に触れると口で読み伝え、耳に一度聞くと心にとどめて忘れることはなかった。そこで阿礼に仰せられて、帝皇の日継と先代の旧辞とを誦《よ》み習わせなさった。しかしながら、時世が移り変って、撰録はお果しなさるにいたらなかった。

飛鳥清原大宮《あすかのきよみはらのおほみや》に大八州《おほやしま》を御《をさ》めたまひし天皇《すめらみこと》の御世《みよ》に曁《いた》りて、潜《かづ》ける竜《たつ》元《のり》に体《かな》ひ、洊《しき》れる雷《いかづち》期《とき》に応《こた》へき。（略）然《しか》れども、天《あめ》の時《とき》未《いま》だ臻《いた》らずして、南《みなみ》の山《やま》に蟬《せみ》のごとく蛻《もぬ》けましき。人《ひと》の事《わざ》共給《そなは》りて、東《ひむかし》の国《くに》に虎《とら》のごとく歩《あゆ》みましき。皇《すめらみこと》の輿《こし》忽《たちまち》に駕《いでま》して、山川《やまかは》を凌《こ》え度《わた》りき。六師《すめらみいくさ》雷《いかづち》のごと

く震《ふる》ひ、三軍《おほきいくさ》電《いなづま》のごとく逝《ゆ》きき。矛《ほこ》を杖《つゑつ》き威《いきほひ》を挙《ふる》ひて、猛《たけ》き士《をのこ》烟《けぶり》のごとく起《おこ》りき。旗《はた》を絳《あか》くし兵《つはもの》を耀《かかや》かして、凶《あ》しき徒《ともがら》瓦《かはら》のごとく解《と》けき。未だ浹辰《いくばくのとき》を移さずして、気沴《わざはひ》自《おのづか》ら清《しづ》まりぬ。乃《すなは》ち、牛を放ち馬を息《いこ》へ、愷《よろこ》び悌《やす》まりて華夏《みやこ》に帰りましき。旌《はた》を巻き戈《ほこ》を戢《をさ》め、儛《ま》ひ詠《うた》ひて都邑《みやこ》に停《とど》まりましき。歳《ほし》大梁《とり》に次《やど》り、月侠鐘《きさらぎ》に踵《あた》りて、清原大宮《きよみはらのおほみや》にして、昇《のぼ》りて天《あま》つ位《くらゐ》に即《つ》きましき。（略）

是《ここ》に、天皇《すめらみこと》の詔《のりたま》ひしく、「朕《あれ》聞く、諸《もろもろ》の家の齎《も》てる帝紀《すめろきのふみ》と本辞《さきつよのことば》と、既《すで》に正実《まこと》に違《たが》ひ、多く虚偽《いつはり》を加へたり。今の時に当《あた》りて其《そ》の失《あやまり》を改めずは、幾《いく》ばくの年も経ずして其の旨《むね》滅《ほろ》びなむと欲《す》。斯《こ》れ乃《すなは》ち、邦家《みかど》の経緯《たてぬき》にして、王化《おもぶけ》の鴻基《おほきもとゐ》なり。故惟《かれおもひ》みれば、帝紀《すめろきのふみ》を撰《えら》ひ録《しる》し、旧辞《ふること》を討《たづ》ね竅《きは》め、偽《いつはり》を削《けづ》り実《まこと》を定めて、後葉《のちのよ》に流《つた》へむと欲《おも》ふ」とのりたまひき。

時《とき》に舎人《とねり》有《あ》り。姓《うぢ》は稗田《ひえだ》、名《な》は阿礼《あれ》、年は是廿八《これはたちあまりやつ》。為人《ひととなり》聡《と》く明《さと》くして、目《め》を度《わた》れば口に誦《よ》み、耳に払《ふ》るれば心に勒《しる》す。即《すなは》ち、阿礼に勅語《みことのり》して、帝皇日継《すめろきのひつぎ》と先代旧辞《さきつよのふること》とを誦《よ》み習《なら》はしめたまひき。然《しか》れども、運《とき》移り世《よ》異《かは》りて、未《いま》だ其《そ》の事を行ひたまはず。

謹んで思うに、今上陛下《きんじょうへいか》（元明《げんめい》天皇）は、天子の徳を得てその聖徳四方に及び、三才（天・地・人の才）に通じておられて人民を撫育《ぶいく》なさっている。

ここにおいて、今上陛下は、旧辞の誤り違っているのを惜しまれ、帝紀の誤り乱れているのを正そうとして、和銅《わどう》四年（七一一）九月十八日に、臣安万侶《やすまろ》に仰せられて、「稗田阿礼《ひえだのあれ》の誦《よ》むところの勅語の旧辞を撰録して献上せよ」とおっしゃったので、謹んで仰せのままに事細かに採録した。

おおむね記すところ、天地開闢《かいびやく》から始めて小治田《おはりだ》の御代《みよ》（推古天皇の治世）に至る。そして、天御中主神《あめのみなかぬしのかみ》から日子波限建鵜草葺不合命《ひこなぎさたけうかやふきあえずのみこと》までを上巻とし、神倭伊波礼毘古天皇《かむやまといわれびこのすめらみこと》（神武天皇）から品陀《ほむだ》（応神天皇）の御代までを中巻、大雀皇帝《おおさざきのすめらみこと》（仁徳天皇）から小治田《おはりだ》の大宮（推古天皇）までを下巻とする。合せて三巻として記して、謹んで献上申し上げる。臣安万侶、慎みかしこまって申し上げげます。

和銅五年正月二十八日

正五位上勲五等太朝臣安万侶《おおのあそみやすまろ》

伏《ふ》して皇帝陛下《すめらみこと》を惟《おもひ》みれば、一つを得《え》て光宅《みちを》り、三つに通《わた》りて亭育《やしな》ひたまふ。（略）

焉《ここ》に、旧辞《ふること》の誤《あやま》り忤《たが》へるを惜《を》しみ、先紀《さきつよのふみ》の謬《あやま》り錯《たが》へるを正《ただ》さむとして、和銅四年九月十八日《わどうのしねにのくぐわちのじふはちにち》を以《もち》て、臣安万侶《やつこやすまろ》に詔《のりたま》はく、「稗田阿礼《ひえだのあれ》が誦《よ》める勅語《みことのり》の旧辞《ふること》を撰《えら》ひ録《しる》して献上《たてまつ》れ」とのりたまへば、謹《つつし》みて詔旨《みことのり》の随《まにま》に、子細《こまやか》に採《と》り摭《ひり》ひつ。（略）

大抵《おほかたしる》記せる所《ところ》は、天地《あめつち》の開闢《ひら》けしより始《はじ》めて小治田《をはりだ》の御世《みよ》に訖《をは》る。故《かれ》、天御中主神《あめのみなかぬしのかみ》より以下《しも》、日子波限建鵜草葺不合命《ひこなぎさたけうかやふきあへずのみこと》より以前《さき》をば、上《かみ》つ巻《まき》と為《し》、神倭伊波礼毘古天皇《かむやまといはれびこのすめらみこと》より以下、品陀《ほむだ》の御世《みよ》より以前をば、中《なか》つ巻《まき》と為、大雀皇帝《おほさざきのすめらみこと》より以下、小治田大宮《をはりだのおほみや》より以前をば、下《しも》つ巻《まき》と為《す》。并《あは》せて三《み》巻《まき》を録《しる》して、謹《つつし》みて献上《たてまつ》る。臣安万侶《やつこやすまろ》、誠《まこと》に惶《おそ》り誠に恐《かしこ》み、頓々首々《ぬかつきまをす》。

和銅五年正月廿八日《わどうのごねにのさうぐわちのにじふはちにち》

正五位上勲五等太朝臣安万侶《おほきいつつのかみのくらゐいさをのいつしなおほのあそみやすまろ》

初発の神々

天地が初めてあらわれ動きはじめた時に、高天原《たかあまのはら》に成った神の名は、天之御中主神《あめのみなかぬしのかみ》（天の中心の主宰神）。次に、高御産巣日神《たかみむすひのかみ》（高く神聖な生成霊力の神）。次に、神産巣日神《かむむすひのかみ》（神々しく神聖な生成霊力の神）。この三柱《みはしら》の神は、みな独り神（男女という性を持たない神）として身を隠した。

次に、地上世界がわかく、水に浮かんでいる脂《あぶら》のようで、水母《くらげ》のようにふわふわと漂っていた時、葦《あし》が芽をふくように、きざし伸びるものによって成った神の名は、宇摩志阿斯訶備比古遅神《うましあしかびひこじのかみ》（葦の芽のような生命力の神）。次に、天之常立神《あめのとこたちのかみ》（天の生成の場の神）。この二柱の神もまた、独り神として身を隠した。

以上の五柱の神は、別天つ神《ことあまつかみ》（特別の天つ神）である。

次に、成った神の名は、国之常立神《くにのとこたちのかみ》（国の生成の場の神）。次に、豊雲野神《とよくもののかみ》（豊かな生気の神）。この二柱の神もまた、独り神として身を隠した。

次に、成った神の名は、宇比地邇神《うひじにのかみ》（泥＝身体の原質を象徴する男神）。次に、妹須《いもす》比智邇神《ひちにのかみ》（同女神。以下、男女の対偶神となる）。次に、角杙神《つのぐいのかみ》（杭＝身体の原形を象徴する男神）。次に、妹活杙神《いもいくぐいのかみ》。次に、意富斗能地神《おおとのじのかみ》（生殖器＝身体器官の分化を象徴する男神）。次に、妹大斗乃弁神《いもおおとのべのかみ》。次に、於母陀流神《おもだるのかみ》（顔＝身体の完成を象徴する男神）。次に、妹阿夜訶志古泥神《いもあやかしこねのかみ》（完成具足をたたえる女神）。次に、伊耶那岐神《いざなきのかみ》（誘《いざな》い合う男神）。次に、妹伊耶那美神《いもいざなみのかみ》。

以上の、国之常立神から伊耶那美神までの神々を、総称して神世七代《かむよななよ》という。

天地初《あめつちはじ》めて発《あらは》れし時《とき》に、高天原《たかあまのはら》に成《な》りし神《かみ》の名《な》は、天之御中主神《あめのみなかぬしのかみ》。次《つぎ》に、高御産巣日神《たかみむすひのかみ》。次に、神産巣日神《かむむすひのかみ》。此《こ》の三柱《みはしら》の神は、並《とも》に独神《ひとりがみ》と成り坐《ま》して、身《み》を隠《かく》しき。

次に、国稚《くにわか》く浮《う》ける脂《あぶら》の如《ごと》くして、くらげなすただよへる時に、葦牙《あしかび》の如く萌《も》え騰《あが》れる物《もの》に因《よ》りて成りし神の名は、宇摩志阿斯訶備比古遅神《うましあしかびひこぢのかみ》。次に、天之常立神《あめのとこたちのかみ》。此の二柱《ふたはしら》の神も亦《また》、並《とも》に独神と成り坐して、身を隠しき。

上《かみ》の件《くだり》の五柱《いつはしら》の神は、別天《ことあま》つ神《かみ》ぞ。

次に、成りし神の名は、国之常立神《くにのとこたちのかみ》。次に、豊雲野神《とよくものかみ》。此の二柱の神も亦《また》、独神と成り坐して、身を隠しき。

次に、成りし神の名は、宇比地邇神《うひぢにのかみ》。次に、妹須比智邇神《いもすひちにのかみ》。次に、角杙神《つのぐひのかみ》。次に、妹活杙神《いもいくぐひのかみ》。次に、意富斗能地神《おほとのぢのかみ》。次に、妹大斗乃弁神《おほとのべのかみ》。次に、於母陀流神《おもだるのかみ》。次に、妹阿夜訶志古泥神《あやかしこねのかみ》。次に、伊耶那岐神《いざなきのかみ》。次に、妹伊耶那美神《いざなみのかみ》。

上《かみ》の件《くだり》の、国之常立神《くにのとこたちのかみ》より以下《しも》、伊耶那美神より以前《さき》は、并《あわ》せて神世《かむよ》七代《ななよ》と称《い》ふ。

伊耶那岐命《いざなきのみこと》と伊耶那美命《いざなみのみこと》

一　淤能碁呂島《おのごろしま》

そこで天《あま》つ神《かみ》一同の仰せで、伊耶那岐命《いざなきのみこと》・伊耶那美命《いざなみのみこと》の二柱《ふたはしら》の神に、「この漂っている国土をあるべきすがたに整え固めよ」という詔《みことのり》を下し、天《あめ》の沼矛《ぬほこ》（玉飾りを施した矛）をお授けになって、委任なされた。

それで二柱の神は天《あめ》の浮橋《うきはし》（天空に浮んだ橋）の上にお立ちになって、その沼矛をさしおろし、かきまわしたところ、潮をカラカラとかき鳴らして、引き上げた時に、その矛の先からしたたる潮は積って島になった。これを淤能碁呂島《おのごろしま》という。

是《ここ》に、天《あま》つ神諸《かみもろもろ》の命《みこともち》以て、伊耶那岐命《いざなきのみこと》・伊耶那美命《いざなみのみこと》の二柱《ふたはしら》の神に詔《のりたま》はく、「是《こ》のただよへる国を修理《つくろ》ひ固《かた》め成せ」とのりたまひ、天《あめ》の沼矛《ぬほこ》を賜《たま》ひて、言依《ことよ》し賜ひき。

故《かれ》、二柱の神、天《あめ》の浮橋《うきはし》に立たして、其《そ》の沼矛《ぬほこ》を指《さ》し下《おろ》して画《か》きしかば、塩《しほ》こをろこをろに画《か》き鳴《な》して、引き上げし時に、其の矛の末《すゑ》より垂《しただ》り落《お》ちし塩は、累《かさな》り積《つも》りて島と成りき。是《これ》、淤能碁呂島《おのごろしま》ぞ。

二 神の結婚

二柱《ふたはしら》の神はその島に天降《あまくだ》りされて、天《あめ》の御柱《みはしら》を見いだし、八尋殿《やひろどの》（大きな御殿）を見いだした。そこで、伊耶那岐命《いざなきのみこと》がその妻の伊耶那美命《いざなみのみこと》に尋ねて「お前の身体はどのようにできているか」と言うと、答えて、「私の身体は成り整ってまだ合わないところが一か所あります」と申した。さらに伊耶那岐命が「私の身体は成り整って余ったところが一か所ある。だから、この私の身体の余分なところでお前の身体の足りないところをさし塞《ふさ》いで国を生もうと思う。生むことはどうか」と仰せになると、伊耶那美命は「はい、それでよい」と答えて言った。

そして、伊耶那岐命は「それならば、私とお前でこの天の御柱のまわりをめぐって出会い、寝所で交わりをしよう」と仰せになった。こう約束して、すぐに「お前は右からめぐって私と出会え。私は左からめぐってお前と出会おう」と仰せになった。約束しおわって柱をめぐり出会った時に、まず伊耶那美命が「ああ、なんといとしい殿御《とのご》でしょう」と言い、あとから伊耶那岐命が「ああ、なんといとしい乙女だろう」と言った。

それぞれ言いおわったあとで、伊耶那岐命が妻に仰せになって「まず女の方から言ったのは良くなかった」と言った。そうは言いながらも、婚姻の場所でことを始めて、生んだ子は、水蛭子《ひるこ》（島たりえない、ぐにゃぐにゃのもの）だった。この子は葦《あし》の船に乗せて流しやった。次に、淡島《あわしま》（島たりえない、あわあわとして頼りないもの）を生んだ。これもまた、子の数には入れない。

そこで、二柱の神は相談して「今私たちが生んだ子はよろしくない。やはり天《あま》つ神《かみ》のみもとに参上してこのことを申し上げよう」と言って、ただちに一緒に高天原《たかあまのはら》に参上し、天つ神の指示を求めた。そこで、天つ神はふとまに（卜占）で占い、「女が先に言葉を言ったのでよくないのだ。また降《くだ》って帰り、言いなおしなさい」と仰せになった。こうして、二神は淤能碁呂島《おのごろしま》へ返り降って、ふたたびその天の御柱を前のようにめぐった。

＊地上世界に国を作り整える作業が、天の神の主導により、正常に始まる。

其《そ》の島に天降《あまくだ》り坐《ま》して、天《あめ》の御柱《みはしら》を見立《みた》て、八尋殿《やひろどの》を見立てき。是《ここ》に、其の妹《いも》伊耶那美命《いざなみのみこと》を問《と》ひて曰《い》ひしく、「汝《なむち》が身は、如何《いか》にか成《な》れる」といひしに、答《こた》へて白《まを》ししく、「吾《あ》が身は、成り成りて成り合はぬ処一処《ところひとところ》在《あ》り」とまをしき。爾《しか》くして、伊耶那岐命《いざなきのみこと》の詔《のりたま》ひしく、「我《あ》が身は、成り成りて成り余《あま》れる処一処在り。故《かれ》、此《こ》の吾《あ》が身の成り余れる処を以《もち》て、汝が身の成り合はぬ処を刺《さ》し塞《ふさ》ぎて、国土《くに》を生《う》み成さむと以為《おも》ふ。生むは、奈《い》何《か》に」とのりたまひしに、伊耶那美命の答へて曰《い》ひしく、「然《しか》、善《よ》し」といひき。

爾《しか》くして、伊耶那岐命の詔《のりたま》ひしく、「然《しか》らば、吾《あれ》と汝《なむち》と、是《こ》の天《あめ》の御柱《みはしら》を行き廻《めぐ》り逢《あ》ひて、みとのまぐはひを為《せ》む」とのりたまひき。如此《かく》期《ちぎ》りて、乃《すなは》ち詔ひしく、「汝は、右より廻り逢へ。我《あれ》は、左より廻り逢はむ」とのりたまひき。約《ちぎ》り竟《をは》りて廻りし時に、伊耶那美命の先《ま》づ言はく、「あなにやし、えをとこを」といひ、後《のち》に伊耶那岐命の言ひしく、「あなにやし、えをとめを」といひき。

各《おのおの》言ひ竟《をは》りし後《のち》に、其《そ》の妹《いも》に告《の》らして曰《い》ひしく、「女人《をみな》の先づ言《い》ひつるは、良《よ》くあらず」といひき。然《しか》れども、くみどに興《おこ》して生みし子は、水蛭子《ひるこ》。此の子は、葦船《あしぶね》に入《い》れて流し去りき。次に、淡島《あはしま》を生みき。是《これ》も亦《また》、子の例《つら》には入れず。

是《ここ》に、二柱《ふたはしら》の神の議《はか》りて云《い》はく、「今吾《わ》が生める子、良《よ》くあらず。猶天《なほあま》つ神《かみ》の御所《みもと》に白《まを》すべし」といひて、即《すなは》ち共に参《ま》ゐ上《のぼ》り、天つ神の命《みこと》を請《こ》ひき。爾《しか》くして、天つ神の命以《みこともち》て、ふとまにに卜相《うらな》ひて詔《のりたま》ひしく、「女《をみな》の先づ言《い》ひしに因《よ》りて、良くあらず。亦《また》、還《かへ》り降《くだ》りて改《あらた》め言へ」とのりたまひき。

故爾《かれしか》くして、返《かへ》り降りて、更《さら》に其の天の御柱を往《ゆ》き廻《めぐ》ること、先《さき》の如《ごと》し。

三 国生み・神生み

そこで、まず伊耶那岐命《いざなきのみこと》が「ああ、なんといとしい乙女だろう」と言い、あとから妻の伊耶那美命《いざなみのみこと》が「ああ、なんといとしい殿御《とのご》でしょう」と言った。こう言いおわって結婚され、生んだ子は、淡道之穂之狭別島《あわじのほのさわけのしま》（淡路島《あわじしま》）。

次に伊予之二名島《いよのふたなのしま》（四国）を生んだ。この島は、身体が一つで顔が四つあり、顔ごとに名がある。そのうち、伊予国《いよのくに》（愛媛県）は愛比売《えひめ》といい、讃岐国《さぬきのくに》（香川県）は飯依比古《いいよりひこ》といい、粟国《あわのくに》（徳島県）は大宜都比売《おおげつひめ》といい、土左国《とさのくに》（高知県）は建依別《たけよりわけ》という。次に隠伎之三子島《おきのみつごのしま》（隠岐島《おきのしま》）を生んだ。またの名は天之忍許呂別《あめのおしころわけ》。次に筑紫島《つくしのしま》（九州）を生んだ。この島もまた、身体が一つに顔が四つあり、顔ごとに名がある。そのうち、筑紫国《つくしのくに》（福岡県）は白日別《しらひわけ》といい、豊国《とよくに》（大分県）は豊日別《とよひわけ》といい、肥国《ひのくに》（長崎・熊本・佐賀・宮崎県）は建日向日豊久士比泥別《たけひむかひとよくじひねわけ》といい、熊曾国《くまそのくに》（熊本県南部・鹿児島県）は建日別《たけひわけ》という。次に伊岐島《いきのしま》（壱岐島《いきのしま》）を生んだ。またの名は、天比登都柱《あまひとつはしら》という。次に津島《つしま》（対馬）を生んだ。またの名は、天之狭手依比売《あめのさでよりひめ》という。次に佐度島《さどのしま》（佐渡島《さどがしま》）を生んだ。次に、大倭豊秋津島《おおやまととよあきづしま》（本州）を生んだ。またの名は、天御虚空豊秋津根別《あめのみそらとよあきづねわけ》という。そして、この八つの島をまず生んだことによって、この国を大八島国《おおやしまくに》という。

こうして後、お帰りになった時、吉備児島《きびのこしま》（岡山県児島半島）を生んだ。またの名は、建日方別《たけひかたわけ》という。次に、小豆島《あずきしま》（小豆島《しょうどしま》）を生んだ。またの名は、大野手比売《おおのてひめ》という。

次に、大島《おおしま》を生んだ。またの名は、大多麻流別《おおたまるわけ》という。次に、女島《おみなしま》（国東《くにさき》半島沖の姫島か）を生んだ。またの名は、天一根《あまひとつね》という。次に、知訶島《ちかのしま》（五島列島か）を生んだ。またの名は、天之忍男《あめのおしお》という。次に、両児島《ふたごのしま》（五島列島の南、男女群島の男島《おしま》・女島《めしま》か）を生んだ。またの名は、天両屋《あめのふたや》という。

是《ここ》に、伊耶那岐命《いざなきのみこと》の先《ま》づ言はく、「あなにやし、えをとめを」といひ、後《のち》に妹《いも》伊耶那美命《いざなみのみこと》の言ひしく、「あなにやし、えをとこを」といひき。如此《かく》言ひ竟《をは》りて御合《みあひ》して、生みし子は、淡道之穂之狭別島《あはぢのほのさわけのしま》。

次に、伊予之二名島《いよのふたなのしま》を生《う》みき。此《こ》の島は、身一つにして面《おもて》四《よ》つ有《あ》り。面ごとに名《な》有り。故《かれ》、伊予国《いよのくに》は愛比売《えひめ》と謂《い》ひ、讃岐国《さぬきのくに》は飯依比古《いひよりひこ》と謂ひ、粟国《あはのくに》は大宜都比売《おほげつひめ》と謂ひ、土左国《とさのくに》は建依別《たけよりわけ》と謂ふ。次に、隠伎之三子島《おきのみつごのしま》を生みき。亦《また》の名は、天之忍許呂別《あめのおしころわけ》。次に、筑紫島《つくしのしま》を生みき。此の島も亦、身一つにして面《おもて》四つ有り。面ごとに名有り。故《かれ》、筑紫国《つくしのくに》は白日別《しらひわけ》と謂《い》ひ、豊国《とよくに》は豊日別《とよひわけ》と謂ひ、肥国《ひのくに》は建日向日豊久士比泥別《たけひむかひとよくじひねわけ》と謂ひ、熊曾国《くまそのくに》は建日別《たけひわけ》と謂ふ。次に、伊岐島《いきのしま》を生みき。亦の名は、天比登都柱《あまひとつはしら》と謂ふ。次に、津島《つしま》を生みき。亦の名は、天之《あめの》狭《さ》手《で》依比売《よりひめ》と謂ふ。次に、佐度島《さどのしま》を生みき。次に、大倭豊秋津島《おほやまととよあきづしま》を生みき。亦の名は、天御虚空豊秋津根別《あめのみそらとよあきづねわけ》と謂ふ。故《かれ》、此《こ》の八つの島を先づ生めるに因《よ》りて、大八島国《おほやしまくに》と謂ふ。
然《しか》くして後《のち》に、還《かへ》り坐《ま》しし時に、吉備児島《きびのこしま》を生みき。亦《また》の名は、建日方《たけひかた》別《わけ》と謂《い》ふ。次に、小豆島《あづきしま》を生みき。亦の名は、大野《おほの》手《て》比売《ひめ》と謂ふ。次に、大島《おほしま》を生みき。亦の名は、大多麻流別《おほたまるわけ》と謂ふ。次に、女島《をみなしま》を生みき。亦の名は、天一根《あまひとつね》と謂ふ。次に、知訶島《ちかのしま》を生みき。亦の名は、天之忍男《あめのおしを》と謂ふ。次に、両児島《ふたごのしま》を生みき。亦の名は、天両屋《あめのふたや》と謂ふ。

伊耶那岐命《いざなきのみこと》と伊耶那美命《いざなみのみこと》はすでに国を生みおわり、さらに神を生んだ。そうして生んだ神の名は、大事忍男神《おおことおしおのかみ》（大事業の神）。次に、石土毘古神《いわつちびこのかみ》（岩と土の神）を生んだ。次に、石巣比売神《いわすひめのかみ》を生んだ。次に、大戸日別神《おおとひわけのかみ》を生んだ。次に、天之吹男神《あめのふきおのかみ》を生んだ。次に、大屋毘古神《おおやびこのかみ》を生んだ。次に、風木津別之忍男神《かざもくつわけのおしおのかみ》を生んだ。次に、海の神、名は大《おお》綿津見神《わたつみのかみ》を生んだ。次に、水の門口の神、名は速秋津日子神《はやあきつひこのかみ》を生んだ。次に、妹速秋津《いもはやあきつ》

比売神《ひめのかみ》。

この速秋津日子・速秋津比売の二柱《ふたはしら》の神が、河と海とを分け持って生んだ神の名は、沫那芸神《あわなぎのかみ》。次に、沫那美神《あわなみのかみ》。次に、頰那芸神《つらなぎのかみ》。次に、頰那美神《つらなみのかみ》。次に、天之水分神《あめのみくまりのかみ》（水の配分の神）。次に、国之水分神《くにのみくまりのかみ》。次に、天之久比奢母智神《あめのくひざもちのかみ》（水を汲むひさごの神）。次に、国之久比奢母智神《くにのくひざもちのかみ》。

伊耶那岐神《いざなきのかみ》・伊耶那美神《いざなみのかみ》は、次に、風の神、名は志那都比古神《しなつひこのかみ》を生んだ。次に、木の神、名は久々能智神《くくのちのかみ》を生んだ。次に、山の神、名は大山津見神《おおやまつみのかみ》を生んだ。次に、野の神、名は鹿屋野比売神《かやのひめのかみ》を生んだ。またの名は、野椎神《のづちのかみ》という。

この大山津見神・野椎神の二柱の神が、山と野とを分け持って生んだ神の名は、天之《あめの》狭土神《さづちのかみ》。次に、国之狭土神《くにのさづちのかみ》。次に、天之狭霧神《あめのさぎりのかみ》。次に、国之狭霧神《くにのさぎりのかみ》。次に、天之闇戸神《あめのくらとのかみ》。次に、国之闇戸神《くにのくらとのかみ》。次に、大戸或子神《おおとまといこのかみ》。次に、大戸或女神《おおとまといめのかみ》。

伊耶那岐神・伊耶那美神が次に生んだ神の名は、鳥之石楠船神《とりのいわくすふねのかみ》。またの名は天鳥船《あめのとりふね》（鳥のように速く行く船）という。次に、大宜都比売神《おおげつひめのかみ》（食物の神）を生んだ。次に、火之夜芸速男神《ひのやぎはやおのかみ》（火の神）を生んだ。またの名は、火之炫毘古神《ひのかかびこのかみ》といい、またの名は、火之迦具土神《ひのかぐつちのかみ》という。この子を生んだため、伊耶那美神は女陰を焼かれて病み伏していた。この時、嘔吐したものに成った神の名は、金山毘《かなやまび》古神《このかみ》（鉱山の神）。次に、金山毘《かなやまび》売《め》神《のかみ》。次に、糞に成った神の名は、波邇夜須毘《はにやすび》古神《このかみ》（粘土の神）。次に、波邇夜須毘売《はにやすびめ》神《のかみ》。次に、尿に成った神の名は、弥都波能売神《みつはのめのかみ》（水の神）。次に、和久産巣日神《わくむすひのかみ》（生成力の神）。この神の子は、豊宇気毘売神《とようけびめのかみ》（食物の神）という。そして伊耶那美神は、火の神を生んだために、ついに神避《かむさ》られた。

既《すで》に国を生《う》み竟《をは》りて、更《さら》に神を生みき。故《かれ》、生みし神の名は、大事忍男神《おほことおしをのかみ》。次に、石土毘古神《いはつちびこのかみ》を生みき。次に、石巣比売神《いはすひめのかみ》を生みき。次に、大戸日別神《おほとひわけのかみ》を生みき。次に、天之吹男神《あめのふきをのかみ》を生みき。次に、大屋毘古神《おほやびこのかみ》を生みき。次に、風木津別之忍男神《かざもくつわけのおしをのかみ》を生みき。次に、海の神、名は大綿津見神《おほわたつみのかみ》を生みき。次に、水戸《みなと》の神、名は速秋津日子神《はやあきつひこのかみ》を生みき。次に、妹速秋津比売神《いもはやあきつひめのかみ》。

此《こ》の速秋津日子・速秋津比売の二はしらの神の、河・海に因《よ》りて持ち別けて、生みし神の名は、沫那芸神《あわなぎのかみ》。次に、沫那美神《あわなみのかみ》。次に、頬那芸神《つらなぎのかみ》。次に、頬那美神《つらなみのかみ》。次に、天之水分神《あめのみくまりのかみ》。次に、国之水分神《くにのみくまりのかみ》。次に、天之久比奢母智神《あめのくひざもちのかみ》。次に、国之久比奢母智神《くにのくひざもちのかみ》。

次に、風の神、名は志那都比古神《しなつひこのかみ》を生みき。次に、木の神、名は久々能《くくの》智神《ちのかみ》を生みき。次に、山の神、名は大山津見神《おほやまつみのかみ》を生みき。次に、野の神、名は鹿屋野比売神《かやのひめのかみ》を生みき。亦《また》の名は、野椎神《のづちのかみ》と謂《い》ふ。

此の大山津見神・野椎神の二はしらの神の、山・野に因《よ》りて持ち別けて、生みし神の名は、天之狭土神《あめのさづちのかみ》。次に、国之狭土神《くにのさづちのかみ》。次に、天之狭霧神《あめのさぎりのかみ》。次に、国之狭霧神《くにのさぎりのかみ》。次に、天之闇戸神《あめのくらとのかみ》。次に、国之闇戸神《くにのくらとのかみ》。次に、大戸或子《おほとまとひこの》神《かみ》。次に、大戸或女神《おほとまとひめのかみ》。

次に、生みし神の名は、鳥之石楠船神《とりのいはくすふねのかみ》。亦《また》の名は、天鳥船《あめのとりふね》と謂《い》ふ。次に、大宜都比売神《おほげつひめのかみ》を生みき。次に、火之夜芸速男神《ひのやぎはやをのかみ》を生みき。亦の名は、火之《ひの》炫毘古神《かかびこのかみ》と謂ひ、亦の名は、火之迦具土神《ひのかぐつちのかみ》と謂ふ。此の子を生みしに因《よ》りて、みほとを炙《や》かえて病み臥《ふ》して在《あ》り。たぐりに成《な》りし神の名は、金山毘《かなやまび》古神《このかみ》。次に、金山毘売神《かなやまびめのかみ》。次に、屎《くそ》に成りし神の名は、波邇夜須毘古神《はにやすびこのかみ》。次に、波邇夜須毘売神《はにやすびめのかみ》。次に、尿《ゆまり》に成りし神の名は、弥都波能売神《みつはのめのかみ》。次に、和久産巣日神《わくむすひのかみ》。此の神の子は、豊宇気毘売神《とようけびめのかみ》と謂ふ。故《かれ》、伊耶那美神《いざなみのかみ》は、火の神を生みしに因りて、遂《つひ》に神避《かむさ》り坐《ま》しき。（略）

四 伊耶那美命《いざなみのみこと》の死

さてそこで、伊耶那岐命《いざなきのみこと》が、「愛《いと》しいわが妻の命《みこと》よ、お前は子一人に代ろうというのか」と仰せになって、そのまま伊耶那美命《いざなみのみこと》の御枕もとに腹這《はらば》いになり、御足もとに腹這いになって泣いた時、御涙に成った神は、香山《かぐやま》の畝尾《うねお》の木本《このもと》（奈良県橿原《かしはら》市木之本町）に鎮座されている、名を泣沢女神《なきさわめのかみ》という神である。そして、その神避《かむさ》った伊耶那美神は、出雲国《いずものくに》と伯耆国《ほうきのくに》との堺《さかい》にある比婆之山《ひばのやま》に葬った。

そこで、伊耶那岐命は腰に帯びられた十拳《とつか》の剣《つるぎ》（長剣）を抜いて、その子迦具土神《かぐつちのかみ》の首を斬《き》った。そうして、その御刀の切っ先についた血が、神聖な石《いわ》の群れにほとばしりついて、そこに成った神の名は、石析神《いわさくのかみ》（刀剣の威力の神）。次に、根析神《ねさくのかみ》。次に、石《いわ》箇之男神《つつのおのかみ》。次に、御刀の鐔《つば》についた血もまた、神聖な石の群れにほとばしりついて、成った神の名は、甕速日神《みかはやひのかみ》。次に、樋《ひ》速日神《はやひのかみ》。次に、建御雷之男神《たけみかずちのおのかみ》（雷神）。またの名は、建布都神《たけふつのかみ》。またの名は、豊布都神《とよふつのかみ》。次に、御刀の柄《つか》に集った血が指の間から漏れ出て、成った神の名は、闇淤加美神《くらおかみのかみ》（峡谷の水の神）。次に、闇御津羽神《くらみつはのかみ》。

殺された迦具土神の頭に成った神の名は、正鹿《まさか》山津《やまつ》見神《みのかみ》（以下、山の神）。次に、胸に成った神の名は、淤縢《おど》山津《やまつ》見神《みのかみ》。次に、腹に成った神の名は、奥山津《おくやまつ》見神《みのかみ》。次に、男陰に成った神の名は、闇山津《くらやまつ》見神《みのかみ》。次に、左手に成った神の名は、志芸《しぎ》山津《やまつ》見神《みのかみ》。次に、右手に成った神の名は、羽《は》山津《やまつ》見神《みのかみ》。次に、左足に成った神の名は、原山津《はらやまつ》見神《みのかみ》。次に、右足に成った神の名は、戸《と》山津《やまつ》見神《みのかみ》。そして、迦具土神を斬った刀の名は、天之尾羽張《あめのおはばり》という。またの名は、伊都之尾羽張《いつのおはばり》という。

故爾《かれしか》くして、伊耶那岐命《いざなきのみこと》の詔《のりたま》はく、「愛《うつく》しき我《あ》がなに妹《も》の命《みこと》や、子《こ》の一《ひと》つ木《き》に易《かは》らむと謂《い》ふや」とのりたまひて、乃《すなは》ち御枕方《みまくらへ》に匍匐《はらば》ひ、御足方《みあとへ》に匍匐《はらば》ひて哭《な》きし時に、御涙《みなみた》に成《な》れる神は、香山《かぐやま》の畝尾《うねを》の木本《このもと》に坐《いま》す、名は泣沢女神《なきさはめのかみ》ぞ。故《かれ》、其《そ》の、神避《かむさ》れる伊耶那美神《いざなみのかみ》は、出雲国《いづものくに》と伯伎国《ははきのくに》との堺《さかひ》の比婆之山《ひばのやま》に葬《はぶ》りき。

是《ここ》に、伊耶那岐命、御佩《みは》かしせる十拳《とつか》の剣《つるぎ》を抜《ぬ》きて、其の子迦具土神《かぐつちのかみ》の頸《くび》を斬《き》りき。爾《しか》くして、其の御刀《みはかし》の前《さき》に著《つ》ける血、湯津石村《ゆついはむら》に走《はし》り就《つ》きて、成れる神の名は、石析神《いはさくのかみ》。次に、根析神《ねさくのかみ》。次に、石筒之男神《いはつつのをのかみ》。次に、御刀《みはかし》の本《もと》に著《つ》ける血も亦《また》、湯津石村《ゆついはむら》に走《はし》り就《つ》きて、成れる神の名は、甕速日神《みかはやひのかみ》。次に、樋速日神《ひはやひのかみ》。次に、建御雷之男神《たけみかづちのをのかみ》。亦の名は、建布都神《たけふつのかみ》。亦の名は、豊布都神《とよふつのかみ》。次に、御刀の手上《たかみ》に集《あつま》れる血、手俣《たなまた》より漏《く》き出《い》でて、成れる神の名は、闇淤加美神《くらおかみのかみ》。次に、闇御津羽神《くらみつはのかみ》。（略）

殺《ころ》さえし迦具土神《かぐつちのかみ》の頭《かしら》に成れる神の名は、正鹿山津見神《まさかやまつみのかみ》。次に、胸《むね》に成れる神の名は、淤縢山津見神《おどやまつみのかみ》。次に、腹《はら》に成れる神の名は、奥山津見神《おくやまつみのかみ》。次に、陰《はぜ》に成れる神の名は、闇山津見神《くらやまつみのかみ》。次に、左の手に成れる神の名は、志芸山津見神《しぎやまつみのかみ》。次に、右の手に成れる神の名は、羽山津見神《はやまつみのかみ》。次に、左の足に成れる神の名は、原山津見神《はらやまつみのかみ》。次に、右の足に成れる神の名は、戸山津見神《とやまつみのかみ》。故《かれ》、斬《き》れる刀《たち》の名は、天之尾羽張《あめのをはばり》と謂《い》ふ。亦の名は、伊都之尾羽張《いつのをはばり》と謂ふ。

五 黄泉《よみ》の国

さて、伊耶那岐命《いざなきのみこと》は妻の伊耶那美命《いざなみのみこと》に会いたいと思い、黄泉国《よもつくに》に追って行った。そうして、伊耶那美命が、御殿から出て来て戸を閉じて迎えた時、伊耶那岐命は語りかけて、「愛《いと》しいわが妻の命《みこと》よ、私とお前が作った国は、まだ作りおわっていない。だから、帰ってほしい」と仰せられた。

これに対し、伊耶那美命は答えて、「残念なことです。あなたが早く来なかったので、私は黄泉国のかまどで煮たものを食べてしまいました。そうはいっても、愛《いと》しいわが夫の命《みこと》がこの国へおいでになるとは恐れ多いことですから、帰ろうと思います。しばらく黄泉神《よもつかみ》と相談しましょう。その間、私を見ないでください」と、このように言って、その御殿の内に帰って行ったが、その間がたいへん長くて、伊耶那岐命は待ちかねた。

それで、左の御みずら（髪を束ねる男子の髪形）にさしていた神聖な爪櫛《つまくし》の端の太い歯を一本折り取り、それに一《ひと》つ火《ひ》をともして御殿の内に入って見た時に、伊耶那美命の身体には蛆《うじ》がたかってころころところがりうごめき、頭には大雷《おおいかずち》がおり、胸には火雷《ほのいかずち》がおり、腹には黒雷《くろいかずち》がおり、女陰には析雷《さくいかずち》がおり、左手には若雷《わかいかずち》がおり、右手には土雷《つちいかずち》がおり、左足には鳴雷《なるいかずち》がおり、右足には伏雷《ふすいかずち》がおり、合せて八種の雷神が、成っていた。

― 是《ここ》に、其《そ》の妹《いも》伊《い》耶《ざ》那《な》美命《みのみこと》を相見《あひみ》むと欲《おも》ひて、黄泉国《よもつくに》に追《お》ひ往《ゆ》きき。爾《しか》くして、殿《との》より戸《と》を縢《と》ぢて出《い》で向《むか》へし時に、伊耶那岐命《いざなきのみこと》の語りて詔《のりたま》ひしく、「愛《うつく》しき我《あ》がなに妹《も》の命《みこと》、吾《あれ》と汝《なむち》と作れる国、未《いま》だ作り竟《をは》らず。故《かれ》、還《かへ》るべし」とのりたまひき。

爾《しか》くして、伊耶那美命の答へて白《まを》さく、「悔《くや》しきかも、速《はや》く来《こ》ねば、吾《あれ》は黄泉戸喫《よもつへぐひ》を為《し》つ。然《しか》れども、愛《うるは》しき我《あ》がなせの命《みこと》の入《い》り来坐《きま》せる事、恐《かしこ》きが故《ゆゑ》に、還《かへ》らむと欲《おも》ふ。且《しまら》く黄泉神《よもつかみ》と相論《あひあげつら》はむ。我《あれ》を視《み》ること莫《なか》れ」と、如此《かく》白《まを》して、其《そ》の殿《との》の内に還り入《い》る間《あひだ》、甚久《いとひさ》しくして、待つこと難《かた》し。

故、左の御《み》みづらに刺せる湯津々間櫛《ゆつつまくし》の男柱《をばしら》を一箇《ひとつ》取り闕《か》きて、一つ火を燭《とも》して入《い》り見し時に、うじたかれころろきて、頭《かしら》には大雷《おほいかづち》居《を》り、胸《むね》には火雷《ほのいかづち》居り、腹には黒雷《くろいかづち》居り、陰《ほと》には析雷《さくいかづち》居り、左の手には若雷《わかいかづち》居《を》り、右の手には土雷《つちいかづち》居り、左の足には鳴雷《なるいかづち》居り、右の足には伏雷《ふすいかづち》居り、并《あは》せて八《や》くさの雷《いかづち》の神、成《な》り居《を》りき。

そこで、伊耶那岐命《いざなきのみこと》はその姿を見て恐れ黄泉国《よもつくに》から逃げ帰る時に、妻の伊耶那美命《いざなみのみこと》は、

「よくも私に恥をかかせましたね」と言い、ただちに黄泉国の醜女《しこめ》を遣わして、そのあとを追いかけさせた。そうして、伊耶那岐命が黒い御《み》かずら（髪飾り）を取って投げ捨てると、たちまち山ぶどうの実がなった。これを醜女が拾って食べている間に、伊耶那岐命は逃げて行ったが、なおも追いかけてきた。また、右の御《み》みずらにさしていた神聖な爪櫛《つまくし》の歯を折り取って投げ捨てると、たちまち竹の子が生えた。それを醜女が抜いて食べている間に、伊耶那岐命は逃げのびて行った。

そして、そのあと、伊耶那美命はあの八種の雷神に、大勢の黄泉の軍勢をそえて伊耶那岐命を追わせた。そこで伊耶那岐命は腰に帯びられた十拳《とつか》の剣《つるぎ》を抜いて、それをうしろ手に振りながら逃げて行ったが、雷神たちはなおも追いかけてきた。

黄泉《よもつ》ひら坂（黄泉国と葦原中国《あしはらのなかつくに》とを隔てる坂）のふもとに至り着いた時に、伊耶那岐命はその坂のふもとに生えていた桃の実を三個取って迎え撃つと、みな坂を逃げ帰って行った。そこで、伊耶那岐命は、桃の実に、「お前は、私を助けたように、葦原中国に住む、すべての生ある人々が、苦しい目にあって苦しみ悩むような時には、助けよ」と仰せられ、桃の実に名を賜わって意富加牟豆美命《おおかむずみのみこと》と名付けた。

最後には、その妻の伊耶那美命自身が追ってきた。そこで伊耶那岐命は千引《ちびき》の石《いわ》（千人力でやっと動く巨岩）を引っ張ってきてその黄泉《よもつ》ひら坂を塞《ふさ》ぎ、その岩を間にはさんで、めいめい向い合って事戸《ことど》（離別の言葉か）を渡す時、伊耶那美命は「愛《いと》しいわが夫の命《みこと》よ。あなたがこんなことをするならば、私はあなたの住む国の人間を一日に千人絞《くび》り殺しましょう」と言った。これに対して伊耶那岐命は、「愛《いと》しいわが妻の命《みこと》よ。お前がそんなことをするならば、私は一日に千五百の産屋《うぶや》を建てよう」と仰せられた。

こういうわけで、この世では一日に必ず千人死に、千五百人生れるのである。それゆえ、その伊耶那美神命を名付けて黄泉津大神《よもつおおかみ》という。また、伊耶那岐命に追いついたことによって道敷大神《ちしきのおおかみ》と名付けるともいう。また、その黄泉国《よもつくに》の坂をふさいだ岩は、道返之大神《ちがえしのおおかみ》と名付け、ふさいでおられる黄泉戸大神《よもつとのおおかみ》ともいう。なお、上に述べた黄泉ひら坂は、現在の出雲国《いずものくに》の伊賦夜坂《いふやさか》（島根県八束郡東出雲町揖屋町の揖夜《いや》神社か）といわれる。

＊伊耶那美命の死により国作りは中断するが、死とかかわる黄泉国と分離することで、地の世界は葦原中国と呼ばれる生の世界としての輪郭が定まる。

——是《ここ》に、伊耶那岐命《いざなきのみこと》、見畏《みかしこ》みて逃《に》げ還《かへ》る時に、其《そ》の妹伊耶那美命《いもいざなみのみこと》の言はく、「吾《あれ》に辱《はぢ》を見しめつ」といひて、即《すなは》ち予母都志許売《よもつしこめ》を遣《つかは》して、追はしめき。

爾《しか》くして、伊耶那岐命、黒き御縵《みかづら》を取りて投《な》げ棄《う》つるに、乃《すなは》ち 蒲子《えびかづらのみ》生《な》りき。是《これ》を摭《ひり》ひ食《は》む間に、逃げ行《ゆ》きき。猶追《なほお》ひき。亦《また》、其の右の御《み》みづらに刺せる湯津々間櫛《ゆつつまくし》を引き闕《か》きて投げ棄つるに、乃ち笋《たかみな》生りき。是を抜き食む間に、逃げ行きき。

且《また》、後《のち》には、其の八《や》くさの雷《いかづち》の神に、千五百《ちいほ》の黄泉軍《よもついくさ》を副《そ》へて追はしめき。爾くして、御佩《みは》かしせる十拳《とつか》の剣《つるぎ》を抜きて、後手《しりへで》にふきつつ、逃げ来《き》つ。猶《なほ》追ひき。

黄泉《よもつ》ひら坂《さか》の坂本《さかもと》に到《いた》りし時に、其の坂本に在《あ》る桃子《もものみ》を三箇《みつ》取りて待ち撃ちしかば、悉《ことごと》く坂を返《かへ》りき。爾くして、伊耶那岐命、桃子に告《の》らさく、「汝《なむち》、吾《あれ》を助けしが如《ごと》く、葦原中国《あしはらのなかつくに》に所有《あらゆ》る、うつしき青人草《あをひとくさ》の、苦《くる》しき瀬《せ》に落ちて患《うれ》へ惚《なや》む時に、助くべし」と、告らし、名を賜《たま》ひて意富加牟豆《おほかむづ》美命《みのみこと》と号《なづ》けき。

最《もと》も後《のち》に、其の妹伊耶那美命《いざなみのみこと》、身自《みづか》ら追ひ来つ。爾くして、千引《ちびき》の石《いは》を其の黄泉《よもつ》ひら坂《さか》に引《ひ》き塞《ふさ》ぎ、其の石《いは》を中に置き、各《おのおの》対《む》き立ちて、事戸《ことど》を度《わた》す時に、伊耶那美命の言《い》ひしく、「愛《うるは》しき我《あ》がなせの命《みこと》、如此《かく》為《せ》ば、汝《なむち》が国の人草《ひとくさ》を、一日《ひとひ》に千頭《ちかしら》絞《くび》り殺《ころ》さむ」といひき。爾《しか》くして、伊耶那岐《いざなきの》命《みこと》の詔《のりたま》ひしく、「愛《うつく》しき我《あ》がなに妹《も》の命《みこと》、汝然為《なむちしかせ》ば、吾《あれ》一日《ひとひ》に千五百《ちいほ》の産《うぶ》屋《や》を立てむ」とのりたまひき。

是《ここ》を以《もち》て、一日《ひとひ》に必ず千人《ちたり》死に、一日に必ず千五百人《ちいほたり》生るるぞ。故《かれ》、其の伊耶那美神命を号《なづ》けて黄泉津大神《よもつおほかみ》と謂《い》ふ。亦云《またい》はく、其の追ひしきしを以《もち》て、道敷大神《ちしきのおほかみ》と号く。亦、其の黄泉坂《よもつさか》を塞《ふさ》げる石《いは》は、道反之大神《ちがへしのおほかみ》と号く。亦《また》、塞《ふさが》り坐《ま》す黄泉戸大神《よもつとのおほかみ》と謂ふ。故、其の所謂《いはゆ》る黄泉《よもつ》ひら坂《さか》は、今、出雲《いづもの》国《くに》の伊賦夜坂《いふやさか》と謂ふ。

六 みそぎ

こうして、伊耶那岐大神《いざなきのおおかみ》は「私はなんとも醜い、醜い汚れた国に行っていたものだ。だから、私は身体のけがれを洗い清めよう」と仰せられ、筑紫《つくし》の日向《ひむか》（日に向う所）の橘《たちばな》の小門《おど》（小さい港）のあわき原にご到着になって、禊《みそぎ》をなさった。

それで、投げ捨てた御杖《みつえ》に成った神の名は、衝立船戸神《つきたつふなとのかみ》（以下、陸路の神か）。次に、投げ捨てた御帯《みおび》に成った神の名は、道之長乳歯神《みちのながちはのかみ》。次に、投げ捨てた御嚢《みふくろ》に成った神の名は、時量師神《ときはからしのかみ》。次に、投げ捨てた御衣《みけし》に成った神の名は、和豆良比能宇斯能神《わずらいのうしのかみ》。次に、投げ捨てた御褌《みはかま》に成った神の名は、道俣神《ちまたのかみ》。次に、投げ捨てた御冠《みかがふり》に成った神の名は、飽咋之宇斯能神《あきぐいのうしのかみ》。次に、投げ捨てた左の御手の手纏《たまき》に成った神の名は、奥疎神《おきざかるのかみ》（以下、海路の神か）。次に、奥津那芸佐毘古神《おきつなぎさびこのかみ》。次に、奥津甲斐弁羅神《おきつかいべらのかみ》。次に、投げ捨てた右の御手の手纏に成った神の名は、辺疎神《へざかるのかみ》。次に、辺津那芸佐毘古神《へつなぎさびこのかみ》。次に、辺津甲斐弁羅神《へつかいべらのかみ》。

　そこで伊耶那岐命は、「上《かみ》の瀬は流れが激しい。下《しも》の瀬は流れが弱い」と仰せられ、初めて中ほどの瀬に飛び込んで身をすすいだ時に成った神の名は、八十禍津日神《やそまがつひのかみ》（禍をもたらす神）。次に、大禍津日神《おおまがつひのかみ》。この二柱《ふたはしら》の神は、あのけがれのはなはだしい国に行った時に、身がけがれたのをすすいだことによって成った神である。

　次に、このまがことを直そうとして成った神の名は、神直毘神《かむなおびのかみ》（禍を直す神）。次に、大直毘神《おおなおびのかみ》。次に、伊豆能売《いずのめ》（巫女的な女神）。次に、水の底で身をすすいだ時に成った神の名は、底津綿津見神《そこつわたつみのかみ》。次に、底箇之男命《そこつつのおのみこと》。水の中ほどで身をすすいだ時に成った神の名は、中津綿津見神《なかつわたつみのかみ》。次に、中箇之男命《なかつつのおのみこと》。水の表面で身をすすいだ時に成った神の名は、上津《うえつ》綿津《わたつ》見神《みのかみ》。次に、上箇之《うわつつの》男命《おのみこと》。この三柱の綿津《わたつ》見神《みのかみ》（海神）は、阿曇連《あずみのむらじ》らが祖神として祭り仕える神である。その阿曇連らは、この綿津見神の子、宇《う》都《つ》志《し》日《ひ》金析命《かなさくのみこと》の子孫である。また、この底箇之男命・中箇之男命・上箇之男命三柱の神は、墨江《すみのえ》（住吉）の三《み》前《まえ》（三座）の大神《おおかみ》である。

そして左の御目を洗った時に成った神の名は、天照大御神《あまてらすおおみかみ》（天に照り輝くような至高の神）。次に右の御目を洗った時に成った神の名は、月読命《つくよみのみこと》（月を数える神）。次に御鼻を洗った時に成った神の名は、建速須《たけはやす》佐《さ》之《の》男命《おのみこと》（勇猛で勢い激しい神）。

是《ここ》を以《もち》て、伊《い》耶《ざ》那《な》伎大神《きのおおかみ》の詔《のりたま》はく、「吾《あれ》は、いなしこめ、しこめき穢《きたな》き国に到《いた》りて在《あ》りけり。故《かれ》、吾は、御身《みみ》の禊《みそぎ》を為《せ》む」とのりたまひて、竺紫《つくし》の日向《ひむか》の橘《たちばな》の小門《をど》のあはき原《はら》に到《いた》り坐《ま》して、禊祓《みそぎ》しき。

故《かれ》、投《な》げ棄《う》つる御杖《みつゑ》に成《な》れる神の名は、衝立船戸神《つきたつふなとのかみ》。次に、投げ棄つる御帯《みおび》に成れる神の名は、道之《みちの》長乳《ながち》歯神《はのかみ》。次に、投げ棄つる御嚢《みふくろ》に成れる神の名は、時量師神《ときはからしのかみ》。次に、投げ棄つる御衣《みけし》に成れる神の名は、和《わ》豆《づ》良《ら》比《ひ》能《の》宇《う》斯《し》能《の》神《かみ》。次に、投げ棄つる御褌《みはかま》に成れる神の名は、道俣神《ちまたのかみ》。次に、投げ棄つる御冠《みかがふり》に成れる神の名は、飽咋之《あきぐひの》宇斯能神《うしのかみ》。次に、投げ棄つる左の御手《みて》の手纏《たまき》に成れる神の名は、奥疎神《おきざかるのかみ》。次に、奥津那芸佐毘古神。次に、奥津《おきつ》甲斐弁羅神《かひべらのかみ》。次に、投げ棄つる右の御手の手纏に成れる神の名は、辺疎神《へざかるのかみ》。次に、辺津那芸佐毘古神《へつなぎさびこのかみ》。次に、辺津甲斐弁羅神《へつかひべらのかみ》。（略）

是《ここ》に、詔《のりたま》はく、「上《かみ》つ瀬《せ》は、瀬速《せはや》し。下《しも》つ瀬《せ》は、瀬弱《せよわ》し」とのりたまひて、初《はじ》めて中《なか》つ瀬《せ》に堕《お》ちかづきて滌《すす》ぎし時に、成《な》り坐《ま》せる神の名は、八十《やそ》禍津日神《まがつひのかみ》。次に、大禍津日神《おほまがつひのかみ》。此《こ》の二《ふた》はしらの神は、其《そ》の穢《けが》れ繁《しげ》き国に到《いた》れる時に、汚垢《けが》れしに因《よ》りて成れる神ぞ。

次に、其の禍《まがこと》を直《なほ》さむと為《し》て成れる神の名は、神直毘神《かむなほびのかみ》。次に、大直毘《おほなほびの》神《かみ》。次に、伊豆能売《いづのめ》。次に、水底《みなそこ》に滌《すす》ぎし時に、成れる神の名は、底津綿《そこつわた》津見神《つみのかみ》。次に、底筒之男命《そこつつのをのみこと》。中《なか》に滌ぎし時に、成れる神の名は、中津綿津《なかつわたつ》見神《みのかみ》。次に、中筒之男命《なかつつのをのみこと》。水《みづ》の上《うへ》に滌ぎし時に、成れる神の名は、上津綿《うへつわた》津見神《つみのかみ》。次に、上筒之男命《うはつつのをのみこと》。此の三柱《みはしら》の綿津見神《わたつみのかみ》は、阿曇連《あづみのむらじ》等が祖神《おやがみ》と以《も》ちいつく神ぞ。故《かれ》、阿曇連《あづみのむらじ》等は、其の綿津見神《わたつみのかみ》の子、宇都志《うつし》日金析命《ひかなさくのみこと》の子孫《あなすゑ》ぞ。其の底筒之男命・中筒之男命・上筒之男命の三柱《みはしら》の神は、墨江《すみのえ》の三前《みまへ》の大神《おほかみ》ぞ。

是《ここ》に、左の御目《みめ》を洗ひし時に、成れる神の名は、天照大御神《あまてらすおほみかみ》。次に、右の御目を洗ひし時に、成れる神の名は、月読命《つくよみのみこと》。次に、御鼻《みはな》を洗ひし時に、成れる神の名は、建速須佐之男命《たけはやすさのをのみこと》。（略）

七 三貴子《さんきし》の分治《ぶんち》

この時、伊耶那岐命《いざなきのみこと》は大いに喜び、「私は、子を生み続けて、生む最後に三柱《みはしら》の貴い子を得ることができた」と仰せられ、ただちにその御首飾りの玉の緒を、玉がさやかな音をたてるばかりに取って揺らして、天照大御神《あまてらすおおみかみ》にお授けになり、仰せられるには、「あなたは高天原《たかあまのはら》を治めなさい」と委任し、下賜なさった。ちなみに、その御首飾りの名は、御倉板挙之神《みくらたなのかみ》という。次に、月読命《つくよみのみこと》に仰せられるには、「あなたは夜之食国《よるのおすくに》を治めなさい」と委任した。次に、建速須佐之男命《たけはやすさのおのみこと》に仰せられるには、「あなたは海原《うなはら》を治めなさい」と委任した（これを三貴子の分治という）。

そこで、めいめい、伊耶那岐命《いざなきのみこと》が委任なさった仰せに従って治めているなかで、速須《はやす》佐之男命《さのおのみこと》は、仰せつかった国を治めないで、成人して長い鬚《ひげ》がみぞおちのあたりに届くほどになっても泣きわめいた。その泣くさまは、青々とした山を枯れ山のように泣き枯らし、河や海はすっかり泣き乾《ほ》してしまった。そのため悪しき神の声は、五月ごろわき騒ぐ蠅《はえ》のように満ち、あらゆるわざわいがことごとに起った。

それで、伊耶那岐大御神《いざなきのおおみかみ》が、速須佐之男命《はやすさのおのみこと》に、「どうしてお前は、委任された国を治めずに泣きわめいているのか」と仰せられた。これに対し、須佐之男命は答えて、「私は、亡き母の国の根之堅州国《ねのかたすくに》に参りたいと思って泣いているのです」と申し上げた。

そこで、伊耶那岐大御神は大いに怒って、「それならば、お前はこの国に住んではならない」と仰せられて、ただちに追い払われた。そして、その伊耶那岐大神は、近江《おうみ》の多賀《たが》(多賀大社のある滋賀県犬上郡多賀町か)に鎮座なさっている。

＊須佐之男命の涕泣《ていきゆう》がもたらす混沌の様子は、この神が持つ巨大な制御不能の力を示す。

此《こ》の時に、伊耶那伎命《いざなきのみこと》、大《おほ》きに歓喜《よろこ》びて詔《のりたま》はく、「吾《あれ》は、子《こ》を生《う》み生《う》みて、生みの終《を》へに三《み》はしらの貴《たふと》き子を得《え》たり」とのりたまひて、即《すなは》ち其《そ》の御頸珠《みくびたま》の玉《たま》の緒《を》、もゆらに取りゆらかして、天照大御神《あまてらすおほみかみ》に賜《たま》ひて、詔《のりたま》ひし

く、「汝《な》が命《みこと》は、高天原《たかあまのはら》を知らせ」と、事依《ことよ》して賜ひき。故《かれ》、其の御頸珠《みくびたま》の名は、御倉板挙之神《みくらたなのかみ》と謂《い》ふ。次に、月読命《つくよみのみこと》に詔《のりたま》ひしく、「汝《な》が命《みこと》は、夜《よる》之食国《のをすくに》を知らせ」と、事依《ことよ》しき。次に、建速須佐之男命《たけはやすさのをのみこと》に詔ひしく、「汝《な》が命《みこと》は、海原《うなはら》を知らせ」と、事依しき。

故《かれ》、各《おのおの》依《よ》し賜《たま》ひし命《みこと》の随《まにま》に知《し》らし看《め》せる中《なか》に、速須佐之男命《はやすさのをのみこと》は、命《おほ》せらえし国を治《をさ》めずして、八拳須《やつかひげ》心前《こころさき》に至《いた》るまで、啼《な》きいさちき。其《そ》の泣く状《かたち》は、青山《あをやま》を枯山《からやま》の如《ごと》く泣《な》き枯《から》し、河海《かはうみ》は悉《ことごと》く泣き乾《ほ》しき。是《ここ》を以《もち》て、悪《あ》しき神の音《こゑ》、狭蠅《さばへ》の如《ごと》く皆満《みなみ》ち、万《よろづ》の物《もの》の妖《わざはひ》、悉く発《おこ》りき。

故《かれ》、伊耶那岐大御神《いざなきのおほみかみ》、速須佐之男命に詔《のりたま》ひしく、「何《なに》の由《ゆゑ》にか、汝《なむち》が、事依《ことよ》さえし国を治めずして、哭《な》きいさちる」とのりたまひき。爾《しか》くして、答《こた》へて白《まを》ししく、「僕《やつかれ》は、妣《はは》が国の根之堅州国《ねのかたすくに》に罷《まか》らむと欲《おも》ふが故《ゆゑ》に、哭く」とまをしき。

爾《しか》くして、伊耶那岐大御神、大《おほ》きに忿怒《いか》りて詔はく、「然《しか》らば、汝は、此の国に住むべくあらず」とのりたまひて、乃《すなは》ち神《かむ》やらひにやらひ賜《たま》ひき。

故《かれ》、其の伊耶那岐大神《いざなきのおほかみ》は、淡海《あふみ》の多賀《たが》に坐《いま》す。

天《あま》照《てらす》大《おお》御《み》神《かみ》と須《す》佐《さ》之《の》男《おの》命《みこと》

一　須佐之男命の昇天

さて、速須佐之男命《はやすさのおのみこと》は、「それならば、天照大御神《あまてらすおおみかみ》に申してから根之堅州国《ねのかたすくに》へ参ろう」と言って、ただちに天に参上した時、山や川はみなどよめき、国土はすべて震《ふる》えた。

そうして、天照大御神はこれを聞いて驚き、「わが弟《なせ》（女性が男兄弟を呼ぶ称。天照大御神が女神だとわかる）の命《みこと》が上《のぼ》って来るのは、きっと善い心ではあるまい。わが国を奪おうと思ってのことに違いない」と仰せられ、すぐに御髪を解き、御みずら（男性の束ね髪）に結い直して、左右の御みずらに、また御かずら（髪飾り）に、また左右の御手に、それぞれ八尺《やさか》（長い玉の緒）の勾玉《まがたま》を数多く長い緒で貫き通した玉飾りを巻きつけ、鎧《よろい》の背には千本入りの矢入れを背負い、鎧の胸には五百本入りの矢入れをつけ、また威力のある竹製の鞆《とも》を取りつけ、弓の内側を振り立てて、堅《かた》い土の庭に、腿《もも》が埋まるまで踏み込み、地面を沫雪《あわゆき》のように蹴散《けち》らかして、雄々しくむかえうつ。荒々しく足を踏みならして、須佐之男命を待ち受けて、「何のために上《のぼ》ってきたのか」と問うた。

これに対し、速須佐之男命は答えて、「私には邪心はありません。ただ、伊耶那岐大御神《いざなきのおおみかみ》の仰せで、私が泣きわめくわけをお問いただしになったので、『私は亡き母の国へ行きたいと思って泣いているのです』と申しました。すると、伊耶那岐大御神が、『お前はこの国にいてはならない』と仰せられ、追い払われたので、まかり行くことになった次第を申そうと思って、参上しただけです。他心はありません」と申した。

これに対し、天照大御神は、「それならば、お前の心の清明なることはどのようにして知ろうか」と仰せられた。そこで、速須佐之男命が答えて、「めいめいうけい（言語呪術）をして子を生みましょう」と申した。

故是《かれここ》に、速須佐之男命《はやすさのをのみこと》の言《い》はく、「然《しか》らば、天照大御神《あまてらすおほみかみ》に請《ま》して罷《まか》らむ」といひて、乃《すなは》ち天《あめ》に参《ま》る上《のぼ》る時に、山川《やまかは》悉《ことごと》く動《とよ》み、国土《くにつち》皆震《みなふる》ひき。

爾《しか》くして、天照大御神、聞き驚きて詔《のりたま》はく、「我《あ》がなせの命《みこと》の上《のぼ》り来《く》る由《ゆゑ》は、必《かなら》ず善《よ》き心ならじ。我《あ》が国を奪はむと欲《おも》へらくのみ」とのりたまひて、即《すなは》ち御髪《みかみ》を解《と》き、御みづらを纏《ま》きて、乃《すなは》ち左右《ひだりみぎ》の御みづらに、亦《また》、御《みか》縵《づら》に、亦、左右の御手《みて》に、各《おのおの》八尺《やさか》の勾璁《まがたま》の五百津《いほつ》のみすまるの珠《たま》を纏《ま》き持ちて、そびらには、千入《ちのり》の靫《ゆき》を負《お》ひ、ひらには、五百入《いほのり》の靫《ゆき》を附《つ》け、亦、いつの竹鞆《たかとも》を取《と》り佩《は》かして、弓腹《ゆばら》を振り立てて、堅庭《かたには》は、向股《むかもも》に蹈《ふ》みなづみ、沫雪《あわゆき》の如《ごと》く蹶《く》ゑ散《ち》らして、いつの男《を》と建《たけ》ぶ。蹈《ふ》み建《たけ》びて、待ち問《と》ひしく、「何《なに》の故《ゆゑ》にか上《のぼ》り来《き》たる」ととひき。

爾《しか》くして、速須佐之男命の答《こた》へて白《まを》ししく、「僕《やつかれ》は、邪《あ》しき心無《な》し。唯《ただ》し、大御神《おほみかみ》の命以《みこともち》て、僕が哭《な》きいさちる事を問ひ賜《たま》ふが故に、白《まを》しつらく、『僕は、妣《はは》が国に往《ゆ》かむと欲《おも》ひて、哭《な》く』とまをしつ。爾《しか》くして、大御神《おほみかみ》の詔はく、『汝《なむち》は、此の国に在《あ》るべくあらず』とのりたまひて、神《かむ》やらひやらひ賜《たま》ふが故《ゆゑ》に、罷《まか》り往《ゆ》かむ状《かたち》を請《まを》さむと以為《おも》ひて、参《ま》ゐ上《のぼ》れらくのみ。異《け》しき心無し」とまをしき。

爾《しか》くして、天照大御神の詔《のりたま》ひしく、「然《しか》らば、汝が心の清《きよ》く明《あか》きは、何《いか》にしてか知らむ」とのりたまひき。是《ここ》に、速須佐之男命《はやすさのをのみこと》の答《こた》へて白《まを》しく、「各《おのおの》うけひて子を生《う》まむ」とまをしき。

二　うけい

さてこうして、それぞれ天《あめ》の安《やす》の河《かわ》（高天原《たかあまのはら》にある川）をはさんでうけいをする時に、まず天照大御神《あまてらすおおみかみ》が建速須佐之男命《たけはやすさのおのみこと》の腰に帯びた十拳《とつか》の剣《つるぎ》（長剣）を乞《こ》い受け、三つに打ち折り、玉の音もさやかに高天原の聖なる井戸でふりすすいで、嚙《か》みに嚙んで吐き出した息の霧に成った神の御名は、多紀理毘売命《たきりびめのみこと》。またの御名は、奥津島比売命《おきつしまひめのみこと》という。次に、市寸島比売命《いちきしまひめのみこと》。またの御名は、狭依毘売命《さよりびめのみこと》という。次に、多岐都比売命《たきつひめのみこと》。

速須佐之男命が、天照大御神の左の御みずらに巻いた、数多くの八尺《やさか》の勾玉《まがたま》を長い緒で貫き通した髪飾りの玉を乞い受け、玉の音もさやかに高天原の聖なる井戸でふりすすぎ、嚙みに嚙んで吐き出した息の霧に成った神の御名は、正勝吾勝々速日天之忍穂耳命《まさかつあかつかちはやひあめのおしほみみのみこと》（正しく勝った、吾《われ》は勝った、勢い激しい霊力の、天の、偉大な、穂の霊威の神）。また、右の御みずらに巻いた玉を乞い受け、嚙みに嚙んで吐き出した息の霧に成った神の御名は、天之《あめの》菩《ほ》卑《ひ》能命《のみこと》（稲穂の神）。また、御かずらに巻いた玉を乞い受け、嚙みに嚙んで吐き出した息の霧に成った神の御名は、天津《あまつ》日《ひ》子《こ》根命《ねのみこと》。また、左の御手に巻いた玉を乞い受け、嚙みに嚙んで吐き出した息の霧に成った神の御名は、活津《いくつ》日《ひ》子《こ》根命《ねのみこと》。また、右の御手に巻いた玉を乞い受け、嚙みに嚙んで吐き出した息の霧に成った神の御名は、熊野《くまの》久《く》須《す》毘命《びのみこと》。合せて五柱《いつはしら》である。

そこで、天照大御神が速須佐之男命に告げて、「この、あとから生んだ五柱の男子は、私の持ち物をもととして成ったのだから、当然私の子である。先に生んだ三柱の女子は、お前の持ち物をもととして成ったのだから、つまりお前の子である」と、このように仰せになって御子の所属を決められた。

＊天照大御神の子となった天之忍穂耳命は後に天皇の先祖となる。うけいのエピソードは、次節で示される天照大御神の秩序性と須佐之男命の巨大な力が関わって天皇の血統が誕生したことを示す。

故爾《かれしか》くして、各《おのおの》天《あめ》の安《やす》の河《かは》を中に置きて、うけふ時《とき》に、天照大御神《あまてらすおほみかみ》、先《ま》づ建速須《たけはやす》佐《さ》之《の》男命《をのみこと》の佩《は》ける十《と》拳《つか》の剣《つるぎ》を乞《こ》ひ度《わた》して、三《み》段《きだ》に打ち折《を》りて、

ぬなとももゆらに天《あめ》の真《ま》名《な》井《ゐ》に振《ふ》り滌《すす》ぎて、さがみにかみて、吹き棄《う》つる気《い》吹《ふき》の狭《さ》霧《ぎり》に成《な》れる神の御《み》名《な》は、多《た》紀《き》理《り》毘《び》売命《めのみこと》。亦《また》の御名は、奥《おき》津《つ》島《しま》比《ひ》売《め》命《のみこと》と謂《い》ふ。次に、市《いち》寸《き》島《しま》比《ひ》売命《めのみこと》。亦の御名は、狭《さ》依《より》毘《び》売命《めのみこと》と謂ふ。次に、多《た》岐《き》都《つ》比《ひ》売命《めのみこと》。

速須《はやす》佐男命《さのをのみこと》、天照大御神の左の御みづらに纏《ま》ける八《や》尺《さか》の勾璁《まがたま》の五《い》百《ほ》津《つ》のみすまるの珠《たま》を乞《こ》ひ度《わた》して、ぬなとももゆらに天《あめ》の真《ま》名《な》井《ゐ》に振《ふ》り滌《すす》ぎて、さがみにかみて、吹《ふ》き棄《う》つる気《い》吹《ふき》の狭《さ》霧《ぎり》に成れる神の御名は、正《まさ》勝《かつ》吾《あ》勝《かつ》々《かち》速《はや》日《ひ》天之《あめの》忍穂耳命《おしほみみのみこと》。亦《また》、右の御みづらに纏《ま》ける珠《たま》を乞《こ》ひ度《わた》して、さがみにかみて、吹き棄つる気吹の狭霧に成れる神の御名は、天之《あめの》菩《ほ》卑《ひ》能命《のみこと》。亦《また》、御縵《みかづら》に纏ける珠を乞ひ度して、さがみにかみて、吹き棄つる気吹の狭霧に成れる神の御名は、天津《あまつ》日《ひ》子《こ》根命《ねのみこと》。又《また》、左の御手《みて》に纏ける珠を乞ひ度して、さがみにかみて、吹き棄つる気吹の狭霧に成れる神の御名は、活津《いくつ》日《ひ》子《こ》根《ね》命《の》《みこと》。亦、右の御手に纏ける珠を乞ひ度して、さがみにかみて、吹き棄つる気吹の狭霧に成れる神の御名は、熊野《くまの》久《く》須《す》毘命《びのみこと》。并《あは》せて五柱《いつはしら》ぞ。

是《ここ》に、天照大御神、速須佐之男命に告《の》らししく、「是《こ》の、後《のち》に生《う》める五柱の男子《をのこ》は、物実《ものざね》我《あ》が物に因《よ》りて成れるが故《ゆゑ》に、自《おのづか》ら吾《あ》が子ぞ。先《ま》づ生める三柱の女子《めのこ》は、物実汝《なむち》が物に因りて成れるが故に、乃《すなは》ち汝が子ぞ」と、如此《かく》詔《の》り別《わ》きき。（略）

三 天《あめ》の石屋《いわや》

そこで、速須佐之男命《はやすさのおのみこと》は天照大御神《あまてらすおおみかみ》に申して、「私の心は清明なので、私は女子を得た。この結果によって言えば、当然私の勝ちだ」と言い、勝ちに乗じて天照大御神のつくられる田の畔《あぜ》を壊し、その溝を埋め、また天照大御神が大嘗《おおにえ》をなさる（収穫を食する）御殿に糞《くそ》をしてまき散らした。

しかし、それにもかかわらず天照大御神はとがめだてせずに仰せになるには、「糞のようなものは、酔って吐き散らそうとして私の弟の命《みこと》がそうしたものでしょう。また、田の畔を壊し、溝を埋めたのは、土地がもったいないと思って私の弟の命がそうしたのでしょう」と仰せ直されたが、やはりその悪い行いは止まらず、ひどかった。天照大御神が、忌服屋《いみはたや》にいらっしゃって、神御衣《かむみそ》（天《あま》つ神《かみ》のための衣）を織らせていた時に、その服屋の天井に穴をあけ、高天原《たかあまのはら》の斑《ふち》入りの馬を逆剥《さかは》ぎに剥いで落とし入れたところ、天《あめ》の服織女《はとりめ》がこれを見て驚き、梭《ひ》（横糸を通す道具）で女陰を突いて死んでしまった。

それで天照大御神は見て恐れ、天《あめ》の石屋《いわや》の戸を開き、なかにおこもりになられた。すると高天原はすっかり暗くなり、葦原中国《あしはらのなかつくに》も全く暗くなった。こうして夜がずっと続いた。そこで、大勢の神々の騒ぐ声は、五月ごろ湧《わ》き騒ぐ蠅《はえ》のようにいっぱいになり、あらゆるわざわいがすべて起った。

それですべての神々が天《あめ》の安《やす》の河原《かわら》に集り、高御産巣日神《たかみむすひのかみ》（二〇頁参照）の子の思金神《おもいかねのかみ》（カネはあらかじめの意で、予見の神）に考えさせて、まず常世《とこよ》の長鳴鳥《ながなきどり》を集めて鳴かせ、天の安の河の川上にある堅い石《いわ》を取り、天の金山《かなやま》の鉄を取って、鍛冶《かじ》の天津麻羅《あまつまら》を捜し出し、伊斯許理度売命《いしこりどめのみこと》に命じて鏡を作らせ、玉祖命《たまのおやのみこと》に命じて八尺《やさか》の勾玉《まがたま》を数多く長い緒に貫き通した玉飾りを作らせ、天児屋命《あめのこやのみこと》と布刀玉命《ふとたまのみこと》をお呼びになって、天の香山《かぐやま》の雄鹿の肩の骨をそっくり抜き取ってきて、天の香山のカニワ桜を取って（その皮を燃やして）鹿の骨を焼いて占わせ、天の香山の茂った榊を根こそぎ掘り取ってきて、その上方の枝に八尺の勾玉を数多く長い緒に貫き通した玉飾りをつけ、中ほどの枝に八尺《やあた》の鏡（大きな鏡）をかけ、下方の枝には白い幣《ぬさ》と青い幣をさげて、このさまざまなる品は、布刀玉命が尊い御幣として捧げ持ち、天児屋命が尊い祝詞《のりと》を寿《ことほ》ぎ申し上げ、天手力男神《あめのたぢからおのかみ》（手の力の強い男神）が戸《と》の脇に隠れ立ち、天宇受売命《あめのうずめのみこと》（髪飾りをした巫女神）が天の香山の日陰蔓《ひかげかずら》を襷《たすき》にかけ、真析蔓《まさきかずら》を髪飾りにして、天の香山の笹の葉を採物《とりもの》に束ねて手に持ち、天の石屋の戸の前に桶《おけ》を伏せて踏み鳴らし、神がかりして胸の乳を露出させ、裳《も》の紐《ひも》を女陰までおし垂らした。すると、高天原が鳴り響くほどに数多《あまた》の神々がどっと笑った。

そこで、天照大御神は不思議に思い、天の石屋の戸を細めに開けて、その内で、「私がここにこもっているので、天の世界は自然に暗く、また葦原中国もすべて暗いだろうと思うのに、どうして天宇受売《あめのうずめ》は歌舞をし、また数多《あまた》の神々は、みな笑っているのか」と仰せられた。

そこで天宇受売が申して、「あなた様よりも立派な神がいらっしゃいますので、喜び笑って歌舞をしているのです」と、こう言っている間に、天児屋命《あめのこやのみこと》と布刀玉命《ふとたまのみこと》があの鏡を差し出して天照大御神にお見せ申し上げると、天照大御神はいよいよ不思議に思って、少しずつ戸から出て鏡に映ったお姿をのぞき見なさるその時、脇に隠れ立っていた天手《あめのた》力男神《ぢからおのかみ》がそのお手を取って外へ引き出すと、すぐ、布刀玉命が注連縄《しめなわ》を天照大御神のうしろに引き渡して、「これから内へおもどりになることはかないません」と申し上げた。

こうして天照大御神がお出ましになった時、高天原も葦原中国も自然と照り明るくなった。

＊天の石屋のエピソードは、天照大御神の担う秩序が高天原のみならず葦原中国まで及ぶことを示す。その秩序の回復に関わった思金神は冒頭に現れた高御産巣日神の子であり、以後要所で高御産巣日神は天皇の血統に関わりつづける。また、この場面で活躍した神々は後に天皇の先祖とともに地上へ降臨する神々である。

爾《しか》くして、速須佐之男命《はやすさのをのみこと》、天照大御神《あまてらすおほみかみ》に白《まを》さく、「我《あ》が心清く明《あか》きが故《ゆゑ》に、我《あ》が生める子は、手弱女《たわやめ》を得《え》つ。此《これ》に因《よ》りて言はば、自《おのづか》ら我勝《あれか》ちぬ」と、云《い》ひて、勝ちさびに、天照大御神の営田《つくりた》のあを離《はな》ち、其《そ》の溝《みぞ》を埋《う》み、亦《また》、其《そ》の、大嘗《おほにへ》を聞《きこ》し看《め》す殿《との》に屎《くそ》まり散《ち》らしき。

故《かれ》、然為《しかす》れども、天照大御神は、とがめずして告《の》らさく、「屎《くそ》の如《ごと》きは、酔《ゑ》ひて吐《は》き散《ち》らすとこそ、我《あ》がなせの命《みこと》、如此《かくし》為つらめ。又、田のあを離ち、溝を埋《う》むは、地《ところ》をあたらしとこそ、我がなせの命《みこと》、如此《かくし》為つらめ」と、詔《の》りて直《なほ》せども、猶《なほ》其の悪《あ》しき態《わざ》、止《や》まずして転《うた》たあり。天照大御神、忌服《いみはた》屋《や》に坐《いま》して、神御衣《かむみそ》を織《お》らしめし時に、其の服屋《はたや》の頂《いただき》を穿《うか》ち、天《あめ》の斑馬《ふちうま》を逆剥《さかは》ぎに剥ぎて、堕《おと》し入れたる時に、天の服織女《はとりめ》、見驚きて、梭《ひ》に陰上《ほと》を衝《つ》きて死にき。

故是《かれここ》に、天照大御神、見畏《みかしこ》み、天《あめ》の石屋《いはや》の戸《と》を開《ひら》きて、刺しこもり坐《ま》しき。爾《しか》くして、高天原皆暗《たかあまのはらみなくら》く、葦原中国《あしはらのなかつくに》悉《ことごと》く闇《くら》し。此に因《よ》りて常夜往《とこよゆ》きき。是《ここ》に、万《よろづ》の神の声《こゑ》は、狭蠅《さばへ》なす満《み》ち、万の妖《わざはひ》は、悉《ことごと》く発《おこ》りき。

是《ここ》を以《もち》て、八百万《やほよろづ》の神、天《あめ》の安《やす》の河原《かはら》に神集《かむつど》ひ集《つど》ひて、高御産巣日神《たかみむすひのかみ》の子、思金神《おもひかねのかみ》に思はしめて、常世《とこよ》の長鳴鳥《ながなきどり》を集《あつ》め、鳴かしめて、天《あめ》の安《やす》の河《かは》の河上《かはかみ》の天の堅石《かたしは》を取り、天の金山《かなやま》の鉄《くろがね》を取りて、鍛人《かぬち》の天津麻羅《あまつまら》を求めて、伊斯許理度売命《いしこりどめのみこと》に科《おほ》せ、鏡を作らしめ、玉祖命《たまのおやのみこと》に科《おほ》せ、八尺《やさか》の勾璁《まがたま》の五百津《いほつ》の御《み》すまるの珠《たま》を作らしめて、天児屋命《あめのこやのみこと》・布刀玉命《ふとたまのみこと》を召して、天《あめ》の香山《かぐやま》の真男鹿《まをしか》の肩《かた》を内抜《うつぬ》きに抜きて、天の香山の天《あめ》のははかを取りて、占合《うらな》ひまかなはしめて、天の香山の五百津真賢木《いほつまさかき》を、根こじにこじて、上《かみ》つ枝《え》に八尺《やさか》の勾璁《まがたま》の五百津《いほつ》の御すまるの玉を取り著《つ》け、中《なか》つ枝《え》に八尺《やあた》の鏡を取り繋《か》け、下《しも》つ枝《え》に白丹寸手《しらにきて》・青丹寸手《あをにきて》を取り垂《し》でて、此《こ》の種々《くさぐさ》の物は、布刀玉命、ふと御幣《みてぐら》と取り持ちて、天児屋命、ふと詔戸言禱《のりとごとほ》き白《まを》して、天《あめ》手力男神《のたぢからをのかみ》、戸《と》の掖《わき》に隠《かく》り立ちて、天宇受売命《あめのうずめのみこと》、手次《たすき》に天《あめ》の香山の天の日影《ひかげ》を繋《か》けて、天《あめ》の真析《まさき》を縵《かづら》と為《し》て、手草《たぐさ》に天の香山の小竹《ささ》の葉を結《ゆ》ひて、天《あめ》の石屋《いはや》の戸にうけを伏《ふ》せて、蹈《ふ》みとどろこし、神懸《かむがか》り為《し》て、胸乳《むなち》を掛《か》き出《い》だし、裳《も》の緒《を》をほとに忍《お》し垂《た》れき。爾《しか》くして、高天原動《たかあまのはらとよ》みて、八百万《やほよろづ》の神共に咲《わら》ひき。

是《ここ》に、天照大御神、怪《あや》しと以為《おも》ひ、天《あめ》の石屋《いはや》の戸を細《ほそ》く開《ひら》きて、内に告《の》らししく、「吾《あ》が隠《こも》り坐《ま》すに因《よ》りて、天《あま》の原自《はらおのづ》から闇《くら》く、亦《また》、葦原中国《あしはらのなかつくに》も皆闇《みなくら》けむと以為《おも》ふに、何《なに》の由《ゆゑ》にか、天宇受売《あめのうずめ》は楽《あそび》を為《し》、亦《また》、八百万《やほよろづ》の神は諸《もろもろ》咲《わら》ふ」とのらしき。

爾《しか》くして、天宇受売が白《まを》して言《い》はく、「汝《な》が命《みこと》に益《ま》して貴《たふと》き神の坐《いま》すが故《ゆゑ》に、歓喜《よろ》こび咲《わら》ひ楽《あそ》ぶ」と、如此《かく》言ふ間《あひだ》に、天児屋命《あめのこやのみこと》・布刀玉命《ふとたまのみこと》、其《そ》の鏡を指《さ》し出《い》だし、天照大御神に示《しめ》し奉《まつ》る時《とき》に、天照大御神、逾《いよ》よ奇《あや》しと思ひて、稍《やをや》く戸より出《い》でて、臨《のぞ》み坐《ま》す時に、其《そ》の隠《かく》り立てる天手力男神《あめのたぢからをのかみ》、其の御手《みて》を取り引き出《い》だすに、即《すなは》ち布刀玉命、尻《しり》くめ縄《なは》を以《もち》て其の御後方《みしりへ》に控《ひ》き度《わた》して、白《まを》して言《い》ひしく、「此《これ》より以内《うち》に還《かへ》り入ること得《え》じ」といひき。

故《かれ》、天照大御神の出《い》で坐《ま》しし時に、高天原と葦原中国と、自《おのづか》ら照《て》り明《あか》ること得《え》たり。

四 須佐之男命《すさのおのみこと》の追放

そして、すべての神々は一緒に相談して、速須佐之男命《はやすさのおのみこと》にたくさんの祓《はら》えものを背負わせ、また鬚《ひげ》と手足の爪とを切り、罪をあがなわせて、追い払った。

また、神々は大宜都比売神《おおげつひめのかみ》（食物の神。三一頁参照）に食べ物を求めた。すると大宜都比売は、鼻・口と尻からさまざまの美味なものを取り出して、さまざまに料理し盛りつけて差し上げる時に、速須佐之男命がこの様子を窺《うかが》っていて、汚くして差し上げるのだと思い、たちまちその大宜都比売神を殺してしまった。そうして、殺された神の身体に成ったものは、頭に蚕《かいこ》が成り、二つの目には稲の種子が成り、二つの耳には粟《あわ》が成り、鼻には小豆《あずき》が成り、女陰には麦が成り、尻には大豆が成った。そこで、神産巣日御祖《かむむすひのみおやの》命《みこと》（神産巣日神。二〇頁参照）が、須佐之男命にこの成った穀物の種を取らせた。

> 是《ここ》に、八《や》百万《ほよろづ》の神、共に議《はか》りて、速須佐之男命《はやすさのをのみこと》に千位《ちくら》の置戸《おきと》を負《お》ほせ、亦《また》、鬚《ひげ》と手足《てあし》の爪《つめ》とを切り、祓《はら》へしめて、神《かむ》やらひやらひき。
> 又、食物《くらひもの》を大気都比売神《おほげつひめのかみ》に乞《こ》ひき。爾《しか》くして、大気都比売、鼻《はな》・口《くち》と尻《しり》とより種々《くさぐさ》の味物《うましもの》を取り出《い》だして、種々《くさぐさ》に作《つく》り具《そな》へて進《たてまつ》る時に、速須佐之男命、其《そ》の態《わざ》を立《た》ち伺《うかか》ひ、穢汚《けが》して奉進《たてまつ》ると為《おも》ひて、乃《すなは》ち其の大宜津比売《おほげつひめの》神《かみ》を殺《ころ》しき。故《かれ》、殺さえし神の身に生《な》りし物は、頭《かしら》に蚕《こ》生《な》り、二つの目に稲種《いなだね》生り、二つの耳に粟《あはな》生り、鼻に小豆《あづきな》生り、陰《ほと》に麦《むぎな》生り、尻《しり》に大豆《まめな》生りき。故是《かれここ》に、神産巣日御祖命《かむむすひのみおやのみこと》、茲《こ》の成《な》れる種《たね》を取らしめき。

五 八俣《やまた》の大蛇《おろち》退治

さて、須佐之男命《すさのおのみこと》は追いやられて、出雲国《いずものくに》の肥《ひ》の河《かわ》（島根県の斐伊川《ひいがわ》）の上流、地名は鳥髪《とりかみ》というところに降《くだ》った。この時、箸《はし》がその河を流れ下ってきた。そこで、須佐之男命はその河の上流に人がいると思って、尋ね求めて上《のぼ》っていったところ、老人と老女が二人いて、女の子を間において泣いていた。

そこで須佐之男命は「お前たちはだれか」とお尋ねになった。するとその老人は答えて、「私は国《くに》つ神《かみ》（地上世界の神）で、大山津見神《おおやまつみのかみ》の子です。私の名は足名椎《あしなづち》といい、妻の名は手名椎《てなづち》といい、娘の名は櫛名田比売《くしなだひめ》（奇シ稲田《くいなだ》ヒメで、稲田の守護神）といいます」と言った。須佐之男命はまた、「お前の泣くわけは何か」と尋ねた。足名椎は答えて、「私の娘は、もともと八人の娘がいたのですが、高志《こし》（出雲市の古代の地名、古志郷か）の八俣《やまた》のおろちが毎年やって来て食べてしまったのです。今、そのおろちがやって来ようという時です。だから泣いているのです」と申し上げた。

そこで須佐之男命は、「そのおろちの姿形はどのようか」と尋ねた。足名椎は答えて、「その眼は赤かがち（ほおずき）のようで、一つの身体に八つの頭と八つの尾があります。また、その身体には日陰蔓《ひかげかずら》と檜《ひのき》・杉が生え、その長さは谷八つ、山八つにわたっていて、その腹を見ると、どこもみないつも血が流れ、ただれています」と申した。

そこで、速須佐之男命《はやすさのおのみこと》はその老人に「このお前の娘は私に献上するか」と仰せられた。

老人は答えて、「おそれ多いことです。しかしまた、あなたのお名前を存じません」と申した。そこで、速須佐之男命は答えて、「私は天照大御神《あまてらすおおみかみ》の同母の弟である。そして、今、天からお降りになったのだ」と仰せられた。すると、足名椎《あしなづち》・手名椎《てなづち》の神は、「さようでいらっしゃいますならば、おそれ多いことです。娘を差し上げましょう」と申した。

そこで、速須佐之男命はその娘をたちまち神聖な爪櫛《つまくし》に変えて、御みずらに刺し、足名椎・手名椎の神に告げて、「お前たちは、何度も繰り返し醸造した強い酒を造り、また垣を作りめぐらし、その垣に八つの入り口を作り、その入り口ごとに八つの仮の棚を設け、その棚ごとに船型の酒の器を置き、器ごとに何度も繰り返し醸造した強い酒を盛って待て」と仰せになった。

それで仰せのとおりにして、そのように作り準備して待っていると、その八俣のおろちが、本当にさきほどの言葉どおりやって来て、ただちに船型の大きな器ごとに自分の頭を垂らし入れて、その酒を飲んだ。そして、酒を飲んで酔い、その場で突っ伏して寝てしまった。

そこで、速須佐之男命は、腰に帯びられた十拳《とつか》の剣《つるぎ》を抜き、その蛇を斬《き》り散らしたところ、肥の河は血の川となって流れた。そして、その蛇の中ほどの尾を斬った時に、御刀の刃が欠けた。そこで、不審に思って御刀の切っ先で刺し、裂いて見てみると、つむ羽《は》の大刀《たち》があった。それで、この大刀を取って、希有《けう》なものと思い、天照大御神に申してこれを献上した。これは草なぎの大刀である。

＊草なぎの大刀は後に倭建命の国内平定に用いられる。次節以降に語られる須佐之男命の子孫大国主神《おおくにぬしのかみ》の活躍とともに、この後も須佐之男命の力が地上世界に関わってゆく。

故《かれ》、避《さ》り追《お》はえて、出雲国《いづものくに》の肥《ひ》の河上《かはかみ》、名《な》は鳥髪《とりかみ》といふ地《ところ》に降《くだ》りき。此《こ》の時《とき》に、箸《はし》、其《そ》の河より流《なが》れ下《くだ》りき。是《ここ》に、須佐之男命《すさのをのみこと》、人其の河上に有《あ》りと以為《おも》ひて、尋《たづ》ね覔《もと》め上《のぼ》り往《ゆ》けば、老夫《おきな》と老女《おみな》と、二人《ふたり》在《あ》りて、童女《をとめ》を中《なか》に置きて泣けり。

爾《しか》くして、問ひ賜《たま》ひしく、「汝等《なむちら》は、誰《たれ》ぞ」ととひたまひき。故《かれ》、其の老夫《おきな》が答《こた》へて言ひしく、「僕《やつかれ》は、国《くに》つ神《かみ》、大山津見神《おほやまつみのかみ》の子ぞ。僕《やつかれ》が名は足名椎《あしなづち》と謂《い》ひ、妻《め》が名は手名椎《てなづち》と謂ひ、女《むすめ》が名は櫛名田比売《くしなだひめ》と謂ふ」といひき。亦《また》、問ひしく、「汝《なむち》が哭《な》く由《ゆゑ》は、何《なに》ぞ」ととひき。答《こた》へ白《まを》して言《い》ひしく、「我《あ》が女《むすめ》は、本《もと》より八《や》たりの稚女《をとめ》在りしに、是《これ》を、高志《こし》の八俣《やまた》のをろち、年ごとに来て喫《く》ひき。今、其《そ》が来《く》べき時《とき》ぞ。故《かれ》、泣く」といひき。

爾《しか》くして、問ひしく、「其の形は、如何《いか》に」ととひき。答へて白《まを》ししく、「彼《そ》の目は、赤かがちの如《ごと》くして、身一つに八《や》つの頭《かしら》・八《や》つの尾《を》有り。亦《また》、其の身に蘿《ひかげ》と檜《ひ》・椙《すぎ》と生《お》ひ、其の長さは谿《たに》八《や》谷《たに》・峡《を》八《や》尾《を》に度《わた》りて、其の腹を見れば、悉《ことごと》く常に血《ち》え爛《ただ》れたり」とまをしき。

爾《しか》くして、速須佐之男命《はやすさのをのみこと》、其の老夫《おきな》に詔《のりたま》ひしく、「是《こ》の、汝《なむち》が女《むすめ》は、吾《あれ》に奉《まつ》らむや」とのりたまひき。答へて白《まを》ししく、「恐《かしこ》し。亦《また》、御名《みな》を覚《さと》らず」とまをしき。爾《しか》くして、答へて詔《のりたま》ひしく、「吾《あれ》は、天照大御神《あまてらすおほみかみ》のいろせぞ。故《かれ》、今天《あめ》より降《くだ》り坐《ま》しぬ」とのりたまひき。爾《しか》くして、足名椎《あしなづち》・手《て》名椎《なづち》の神の白ししく、「然坐《しかいま》さば、恐《かしこ》し。立《た》て奉《まつ》らむ」とまをしき。

爾《しか》くして、速須佐之男命、乃《すなは》ち湯津爪櫛《ゆつつまくし》に其の童女《をとめ》を取り成して、御《み》づらに刺して、其の足名椎・手名椎の神に告《の》らししく、「汝等《なむちら》、八《や》塩折《しほをり》の酒を醸《か》み、亦、垣《かき》を作り廻《めぐ》らし、其の垣に八つの門《かど》を作り、門ごとに八つのさずきを結ひ、其のさずきごとに酒船《さかぶね》を置きて、船ごとに其の八塩折の酒を盛《も》りて、待て」とのらしき。

故《かれ》、告《の》らし随《まにま》に如此《かく》設《まう》け備《そな》へて待つ時に、其の八俣《やまた》のをろち、信《まこと》に言《こと》の如《ごと》く来《き》て、乃《すなは》ち船ごとに己《おの》が頭《かしら》を垂《た》れ入《い》れ、其の酒を飲みき。是《ここ》に、飲み酔《ゑ》ひ留《とどま》り伏《ふ》して寝《い》ねき。

爾《しか》くして、速須佐之男命、其の御佩《みは》かしせる十拳《とつか》の剣《つるぎ》を抜き、其の蛇《へみ》を切り散《ちら》ししかば、肥河《ひのかは》、血に変《かは》りて流れき。故《かれ》、其の中の尾を切りし時に、御刀《みはかし》の刃《は》、毀《こほ》れき。爾《しか》くして、怪《あや》しと思ひ、御刀《みはかし》の前《さき》を以《もち》て刺《さ》し割《さ》きて見れば、つむ羽《は》の大刀《たち》在《あ》り。故、此の大刀を取り、異《け》しき物と思ひて、天照大御神に白《まを》し上《あ》げき。是《これ》は、草那芸之大刀《くさなぎのたち》ぞ。

六 須賀《すが》の宮

さてこうして、速須佐之男命《はやすさのおのみこと》は宮を作るための土地を出雲国《いずものくに》に求めた。そして須賀《すが》の地（島根県雲南市大東町須賀）にお着きになって、「この地に来て、私の心はすがすがしい」と仰せられ、その地に宮を作ってお住まいになった。それで、その地を今、須賀

という。この大神が、初め須賀の宮を作った時に、そこから雲が立ち上《のぼ》った。そこで、御歌を作った。その歌にいう、

八《や》雲《くも》立つ　出雲《いづも》八重垣《やへがき》　妻籠《つまご》みに　八重垣作る　その八重垣を

――――〈八雲立つ〉出雲の地に、雲のように幾重にも垣をめぐらし、妻を置くところとして幾重にも垣を作っている。ああ、この幾重にもめぐらした垣よ

そうして、あの足名鉄神《あしなづちのかみ》を呼び寄せて仰せになるには、「お前は、私の宮の長に任じよう」と言った。また、名前を与えて稲田宮主須賀之八耳神《いなだのみやぬしすがのやつみみのかみ》と名付けた。

そこで、あの櫛名田比売《くしなだひめ》と寝所で交わりを始めて生んだ神の名は、八島士奴美神《やしまじぬみのかみ》という。また、大山津見神《おおやまつみのかみ》の娘、名は神大市比売《かむおおいちひめ》を娶《めと》って生んだ子は、大年神《おおとしのかみ》。次に、宇迦《うか》之御魂神《のみたまのかみ》。兄の八島士奴美神が、大山津見神の娘、名は木花知流比売《このはなちるひめ》を娶って生んだ子は、布波能母遅久奴須奴神《ふはのもじくぬすぬのかみ》。この神が、淤迦美神《おかみのかみ》の娘、名は日河比売《ひかわひめ》を娶って生んだ子は、深淵之水夜礼花神《ふかふちのみずやれはなのかみ》。この神が、天之都度閉知泥神《あめのつどへちねのかみ》を娶って生んだ子は、淤美豆奴神《おみずぬのかみ》。この神が、布怒豆怒神《ふのずののかみ》の娘、名は布帝耳神《ふてみみのかみ》を娶って生んだ子は、天之冬衣神《あめのふゆきぬのかみ》。この神が、刺国大神《さしくにおおのかみ》の娘、名は刺国若比売《さしくにわかひめ》を娶って生んだ子は、大国主神《おおくにぬしのかみ》（偉大な、国の主の神）。

またの名は、大穴牟遅神《おおあなむじのかみ》といい、またの名は、葦原色許男神《あしはらしこおのかみ》（葦原中国の勇猛な男神）といい、またの名は、八千矛神《やちほこのかみ》（多くの矛を持つ神）といい、またの名は、宇都志国玉神《うつしくにたまのかみ》（現実世界を支配する神）といい、合せて五つの名がある。

故是《かれここ》を以《もち》て、其《そ》の速須佐之男命《はやすさのをのみこと》、宮《みや》を造作《つく》るべき地《ところ》を出雲国《いづものくに》に求《もと》めき。爾《しか》くして、須賀《すが》といふ地《ところ》に到《いた》り坐《ま》して、詔《のりたま》はく、「吾《あれ》、此地《ここ》に来《き》て、我《あ》が御心《みこころ》、すがすがし」とのりたまひて、其地《そこ》に宮を作りて坐しき。故《かれ》、其地《そこ》は、今《いま》に須賀《すが》と云《い》ふ。茲《こ》の大神、初め須賀の宮を作りし時に、其地《そこ》より雲立ち騰《のぼ》りき。爾《しか》くして、御歌《みうた》を作りき。其の歌に曰《い》はく、

八雲《やくも》立つ　出雲八重垣《いづもやへがき》　妻籠《つまご》みに　八重垣作る　その八重垣を

是《ここ》に、其の足名鉄神《あしなづちのかみ》を喚《め》して、告《の》らして言《い》ひしく、「汝《なむち》は、我が宮の首《おびと》に任《ま》けむ」といひき。且《また》、名《な》を負《お》ほせて稲田宮主須賀之八耳神《いなだのみやぬしすがのやつみみのかみ》と号《なづ》けき。
故《かれ》、其の櫛名田比売《くしなだひめ》以《もち》て、くみどに起《おこ》して、生める神の名は、八島士奴美神《やしまじぬみのかみ》と謂《い》ふ。又、大山津見神《おほやまつみのかみ》の女《むすめ》、名は神大市比売《かむおほいちひめ》を娶《めと》りて、生みし子は、

大年神《おほとしのかみ》。次に、宇迦之御魂神《うかのみたまのかみ》。兄八島士奴美神《えやしまじぬみのかみ》、大山津見神《おほやまつみのかみ》の女《むすめ》、名は木《この》花知流比売《はなちるひめ》を娶りて、生みし子は、布波能母遅久奴須奴神《ふはのもぢくぬすぬのかみ》。此の神、淤迦《おか》美神《みのかみ》の女《むすめ》、名《な》は日河比売《ひかはひめ》を娶りて、生みし子は、深淵之水夜礼花神《ふかふちのみづやれはなのかみ》。此の神、天之都度閇知泥神《あめのつどへちねのかみ》を娶りて、生みし子は、淤美豆奴神《おみづぬのかみ》。此の神、布怒《ふの》豆怒神《づののかみ》の女《むすめ》、名は布帝耳神《ふてみみのかみ》を娶りて、生みし子は、天之冬衣神《あめのふゆきぬのかみ》。此の神、刺国大神《さしくにおほのかみ》の女《むすめ》、名は刺国若比売《さしくにわかひめ》を娶りて、生みし子は、大国主神《おほくにぬしのかみ》。亦《また》の名は、大穴牟遅神《おほあなむぢのかみ》と謂《い》ひ、亦の名は、葦原色許男神《あしはらしこをのかみ》と謂ひ、亦の名は、八千《やちほ》矛神《このかみ》と謂ひ、亦の名は、宇都志国玉神《うつしくにたまのかみ》と謂ひ、并《あは》せて五つの名有り。

大国主神《おおくにぬしのかみ》

一 稲羽《いなば》の素兎《しろうさぎ》

さて、この大国主神《おおくにぬしのかみ》の兄弟に、八十神《やそがみ》（大勢の神々）がいらっしゃった。けれども、皆、国を大国主神にゆだねた。ゆだねた理由はというと、こういういきさつがある。

その兄弟の神々が、めいめい稲羽《いなば》（因幡国《いなばのくに》。鳥取県東部）の八上比売《やかみひめ》と結婚したいと思う心をもって、一緒に稲羽に行った時に、大穴牟遅神《おおあなむじのかみ》（のちの大国主神）に袋を背負わせて、従者として連れて行った。

そして気多《けた》の岬（鳥取県気高郡か）に着いた時に、赤裸《あかはだか》の兎が倒れていた。そこで、八十神はその兎に、「お前はこの海水を浴び、風の吹くのに当って、高い山の頂に横たわっておれ」と言った。それでその兎は、八十神の教えに従って、山の頂に横たわっていた。すると、その海水の乾くにしたがって、その身体の皮がみな、風に吹かれて裂けた。それで、痛くて苦しみ泣き伏していたところ、最後にやって来た大穴牟遅神《おおあなむじのかみ》がその兎を見て、「お前はどうして泣き伏しているのか」と言った。

兎が答えて言うには、「私は隠岐島《おきのしま》（島根県の隠岐か）にいて、ここへ渡ろうと思いましたが、渡る方法がありませんでした。それで、海にいるわに（鮫《さめ》の類か）をだまして、『私とお前とくらべて、一族の多い少ないを数えたいと思う。だから、お前は自分の一族をいる限り全部連れて来て、この島から気多の岬まで、ずっと並び伏せよ。そうしたら、私がその上を踏んで、走りながら声に出して数えて渡ろう。そうすれば、私の一族とどちらが多いかわかるだろう』と言いました。このように言うと、わにたちがだまされて並び伏したので、私はその上を踏んで、声に出して数えて渡って来て、今まさに地面に降りようとする時に、私は、『お前たちは私にだまされたのだ』と言ったところ、言いおわったとたん、いちばん端に伏せていたわにが私を捕まえて、私の着物をすべて剥いでしまいました。このため泣いて困っていたところ、先に行った八十神が、私に教えて『海水を浴びて風に当って横たわっていよ』と仰せになりました。それで、教えのようにしたところ、私は身体じゅう傷ついたのです」という次第であった。

そこで、大穴牟遅神は、その兎に教えて、「今すぐにこの河口に行き、真水でお前の身体を洗って、すぐにその河口の蒲《がま》の花を取り、敷きつめてその上に横たわり転がれば、お前の身体はきっともとの肌のように治るだろう」と仰せられた。それで、教えにしたがったところ、兎の身体は元通りになった。これが稲羽《いなば》の素兎《しろうさぎ》である。今は兎神《うさぎがみ》という。

そして、この兎は大穴牟遅神に、「あの八十神は、きっと八上比売《やかみひめ》を手に入れることはできないでしょう。袋を背負ってはいても、あなた様が手に入れるでしょう」と申した。


故《かれ》、此《こ》の大国主神《おほくにぬしのかみ》の兄弟《はらから》は、八十神《やそかみ》坐《いま》しき。然《しか》れども、皆《みな》、国をば大国主神に避《さ》りき。避《さ》りし所以《ゆゑ》は、其《そ》の八十神、各《おのおの》稲羽《いなば》の八上比売《やかみひめ》に婚《あ》はむと欲《おも》ふ心有《あ》りて、共に稲羽に行きし時に、大穴牟遅神《おほあなむぢのかみ》に袋《ふくろ》を負《おほ》せて、従者《ともびと》と為《し》て、率《ゐ》て往《ゆ》きき。

是《ここ》に、気多之前《けたのさき》に到りし時に、裸《あかはだ》の菟《うさぎ》、伏せりき。爾《しか》くして、八十神、其の菟に謂《い》ひて云《い》ひしく、「汝《なむち》が為《せ》まくは、此の海塩《うしほ》を浴《あ》み、風の吹くに当りて、高き山の尾上《をのへ》に伏せれ」といひき。故《かれ》、其の菟、八十神の教《をしへ》に従ひて、伏せりき。爾《しか》くして、其《そ》の塩《しほ》の乾《かわ》く随《まにま》に、其の身の皮《かは》、悉《ことごと》く風に吹《ふ》き析《さ》かえき。故《かれ》、痛み苦しび泣き伏せれば、最《もと》も後《のち》に来《こ》し大穴牟遅神《おほあなむぢのかみ》、其の菟を見て言ひしく、「何《なに》の由《ゆゑ》にか汝《なむち》が泣き伏せる」といひき。

菟《うさぎ》が答へて言ひしく、「僕《やつかれ》、淤岐島《おきのしま》に在《あ》りて、此地《ここ》に度《わた》らむと欲《おも》ひしかども、度らむ因無《よしな》かりき。故《かれ》、海のわにを欺《あざむ》きて言ひしく、『吾《あれ》と汝《なむち》と、競《くら》べて、族《うがら》の多さ少なさを計らむと欲《おも》ふ。故、汝は、其の族の在《あ》りの随《まにま》に、悉《ことごと》く率《ゐ》て来《き》て、此《こ》の島より気多《けた》の前《さき》に至るまで、皆列《な》み伏し度《わた》れ。爾《しか》くして、吾《あれ》、其の上を蹈《ふ》み、走りつつ読み度《わた》らむ。是《ここ》に、吾《あ》が族《うがら》と孰《いづ》れか多きを知らむ』といひき。如此《かく》言ひしかば、欺《あざむ》かえて列《な》み伏す時に、吾《あれ》、其の上を蹈み、読み度《わた》り来て、今地《つち》に下りむとする時に、吾《あ》が云はく、『汝は、我《あれ》に欺《あざむ》かえぬ』と言ひ竟《をは》るに、即《すなは》ち最《もと》も端《はし》に伏せりしわに、我を捕《とら》へて、悉く我《あ》が衣服《ころも》を剥《は》ぎき。此《これ》に因《よ》りて泣き患《うれ》へしかば、先《ま》づ行きし八十《やそ》神《がみ》の命以《みこともち》て、誨《をし》へて告《の》らししく、『海塩《うしほ》を浴《あ》み、風に当りて伏せれ』とのらしき。故《かれ》、教《をしへ》の如《ごと》く為《せ》しかば、我が身、悉く傷《やぶ》れぬ」といひき。

是《ここ》に、大穴牟遅神《おほあなむぢのかみ》、其の菟《うさぎ》に教へて告《の》らししく、「今急《すむ》やけく此《こ》の水門《みなと》に往《ゆ》き、水を以《もち》て汝が身を洗ひて、即《すなは》ち其の水門《みなと》の蒲黄《かまのはな》を取り、敷《し》き散《ち》らして其の上《うへ》に輾転《こいまろ》ばば、汝が身、本《もと》の膚《はだ》の如《ごと》く必ず差《い》えむ」とのらしき。故《かれ》、教《をしへ》の如く為《せ》しに、其の身、本《もと》の如し。此《これ》、稲羽《いなば》の素菟《しろうさぎ》ぞ。今には菟神《うさぎがみ》と謂《い》ふ。

故《かれ》、其の菟、大穴牟遅神に白《まを》ししく、「此の八十神《やそかみ》は、必ず八上比売《やかみひめ》を得じ。袋《ふくろ》を負《お》へども、汝《な》が命《みこと》、獲《え》む」とまをしき。

二 根之堅州国《ねのかたすくに》訪問

さて、八上比売《やかみひめ》は八十神《やそがみ》（大勢の兄弟の神々）に答えて、「私はあなた方の言うことはききません、大穴牟遅神《おおあなむじのかみ》と結婚します」と言った。それで、八十神は怒って大穴牟遅神を殺そうと思い、一緒に相談して、伯耆国《ほうきのくに》（鳥取県西部）の手間《てま》（鳥取県西伯郡南部町天万）の山のふもとに着いたところで、大穴牟遅神に「赤い猪《いのしし》がこの山にいる。そこで、われわれが一緒に追いかけて下りるから、お前が待ち受けて捕まえよ。もし待ち受けて捕まえなければ、きっとお前を殺すぞ」と言って、猪に似た大きな石を火で焼いて、転がし落とした。そうして、神々が追いかけて下り、大穴牟遅神がそれを捕まえたところ、たちまちその石に焼き付けられて死んでしまった。

すると、その御母の命《みこと》が泣き悲しんで天に参上し、神産巣日之命《かむむすひのみこと》に申し上げたところ、すぐに蚶貝比売《きさかいひめ》と蛤貝比売《うむかいひめ》とを遣わして作り生かすようにさせた。そこで、蚶貝比売が石に張り付いた大穴牟遅神の身体をこそげ集め、蛤貝比売が待っていて受け取り、母親の乳を塗ったところ、立派な青年になって、出歩いたのであった。

これを、八十神が見て、また大穴牟遅神をだまして山に連れて入り、大きな樹を切り倒して、割れ目に差し込むくさびをその樹に打ち込み、その割れ目の中に大穴牟遅神を入らせて、とたんにそのくさびを打って抜き、うち殺した。するとまたその御母の命《みこと》が泣きながら探し求めたところ、見つけることができて、すぐにその樹を裂いて取り出して生き返らせ、その子に告げて、「お前はここにいたら、しまいには八十神に滅ぼされることになるでしょう」と言って、すぐに紀国《きのくに》の大屋毘古神《おおやびこのかみ》のみもとへ人目を避けに遣わした。

すると、八十神は探し求めて追いつき、弓に矢をつがえて大穴牟遅神を渡すように求めた時、大屋毘古神は大穴牟遅神を木の叉《また》からくぐり抜けさせ逃がして、「須佐之男命《すさのおのみこと》のいらっしゃる根之堅州国《ねのかたすくに》に参り向いなさい。きっとその大神がとりはからってくれるでしょう」と言った。

是《ここ》に、八上比売《やかみひめ》、八十神《やそかみ》に答へて言ひしく、「吾《あれ》は、汝等《いましたち》の言《こと》を聞かじ。大穴牟遅神《おほあなむぢのかみ》に嫁《あ》はむ」といひき。故爾《かれしか》くして、八十神、忿《いか》りて大穴牟遅神を殺さむと欲《おも》ひ、共に議《はか》りて、伯岐国《ははきのくに》の手間《てま》の山本《やまもと》に至りて云《い》はく、「赤き猪《ゐ》、此《こ》の山に在《あ》り。故《かれ》、われ、共《とも》に追ひ下《くだ》らば、汝《なむち》、待ち取れ。若《も》し待ち取らずは、必ず汝を殺さむ」と、云ひて、火を以《もち》て猪に似たる大き石《いし》を焼きて、転《まろ》ばし落《おと》しき。爾《しか》くして、追ひ下《くだ》り、取る時に、即《すなは》ち其《そ》の石に焼き著《つ》けらえて死にき。

爾《しか》くして、其の御祖《みおや》の命《みこと》、哭《な》き患《うれ》へて、天《あめ》に参《ま》ゐ上《のぼ》り神産巣日之命《かむむすひのみこと》に請《まを》しし時に、乃《すなは》ち𧏛貝比売《きさかひひめ》と蛤貝比売《うむかひひめ》とを遣《つかは》して、作《つく》り活《い》けしめき。爾《しか》くして、𧏛貝比売きさげ集めて、蛤貝比売待《ま》ち承《う》けて、母《はは》の乳汁《ち》を塗りしかば、麗《うるは》しき壮夫《をとこ》と成《な》りて、出《い》で遊《あそ》び行《ある》きき。

是《ここ》に、八十神《やそかみ》見て、且《また》、欺《あざむ》きて山に率《ゐ》て入《い》りて、大《おほ》き樹《き》を切《き》り伏《ふ》せ、矢《や》を茹《は》めて其の木に打ち立て、其の中《うち》に入らしめて、即《すなは》ち其の氷目矢《ひめや》を打ち離《はな》ちて、拷《う》ち殺しき。爾《しか》くして、亦《また》、其の御祖《みおや》の命、哭《な》きつつ求めしかば、見ること得《え》て、即ち其の木を析《さ》きて取り出だして活《い》け、其の子に告《つ》げて言はく、「汝《なむち》は、此間《ここ》に有《あ》らば、遂《つひ》に八十神の滅《ほろぼ》す所《ところ》と為《な》らむ」といひて、乃《すなは》ち木国《きのくに》の大屋毘古神《おほやびこのかみ》の御所《みもと》に違《たが》へ遣《や》りき。

爾《しか》くして、八十神覓《もと》め追ひ臻《いた》りて、矢刺《やさ》して乞《こ》ふ時に、木《き》の俣《また》より漏《く》け逃《にが》して云《い》ひしく、「須佐能男命《すさのをのみこと》の坐《いま》せる根堅州国《ねのかたすくに》に参《ま》ゐ向《むか》ふべし。必ず其の大神《おほかみ》、議《はか》らむ」といひき。

それで、詔命に従い、須佐之男命《すさのおのみこと》のみもとに参り着いたところ、その娘の須勢理毘売《すせりびめ》が出てきて大穴牟遅神《おおあなむじのかみ》を見て、目配《めくば》せして、結婚した。須勢理毘売は家の中に帰り入って、その父に「たいへん立派な神が来ました」と申し上げた。そこで、その大神が出てきて大穴牟遅神を見て、「これは葦原色許男命《あしはらしこおのみこと》（大穴牟遅神の別名。葦原中国《あしはらのなかつくに》の強力な

男の意）という者だ」と仰せられ、すぐに呼び入れて、蛇の室《むろ》に寝させた。すると、その妻の須勢理毘売命が、蛇の領巾《ひれ》（女性が肩にかける布。振ることで呪力を発揮）を夫に授けて、「蛇が喰《く》おうとしたら、この領巾を三度振って打ち払いなさい」と言った。それで、教えのとおりにしたところ、蛇は自然と静まった。そうして大穴牟遅神は無事に寝て出てきた。

再び大穴牟遅神が来た日の夜には、須佐之男大神《すさのおのおおかみ》は大穴牟遅神を百足《むかで》と蜂《はち》の室に入れた。また、須勢理毘売が先日のように百足と蜂の領巾を授けて教えた。それで、大穴牟遅神は無事に出てきた。

また、須佐之男大神は鳴鏑《かぶら》（鏑矢《かぶらや》）を大きな野の中に射込んで、その矢を大穴牟遅神に取らせた。それで、その野に大穴牟遅神が入ると、直ちに火でその野の周囲を焼いた。そうして、大穴牟遅神が逃げ道が分らないでいたところ、鼠《ねずみ》が来て、「内はほらほら（ホラは洞の意）、外はすぶすぶ（スブはすぼまった所の意か）」と、こう言った。それで、そこを踏んだところ、穴に落ちてその中にこもっていた間に、火はその上を燃えて通り過ぎていった。そして、その鼠が例の鳴鏑をくわえ持って出てきて差し出した。その矢の羽は、その鼠の子たちが食べてしまっていた。

さて、大穴牟遅神の妻の須世理毘売が喪《も》の用具を持って泣きながらやって来たので、その父の大神は大穴牟遅神がすでに死んでしまったことと思い、その野に出て立った。そこへ、大穴牟遅神が例の矢を持って差し上げたところ、須佐之男大神は大穴牟遅神を家に連れて入り、田がいくつも入るほどの広い室に呼び入れて頭の虱《しらみ》を取らせた。それで、大穴牟遅神が須佐之男大神の頭を見ると、百足《むかで》がたくさんいた。そこへ、その妻が椋《むく》の木の実と赤土とを取って夫に与えた。それで、その木の実を噛《か》み砕き赤土を口に含み、吐きだしたところ、大神は百足を噛み砕き吐き出しているものと思い、心の中でいとしく思って寝た。

そこで、大穴牟遅神はその大神の髪を手に取って、その室に椽《たるき》ごとに結びつけて、五百引《いおびき》の石《いわ》（五百人力でやっと動く巨岩）でその室の入り口をとり塞《ふさ》ぎ、その妻須世理毘売を背負い、すぐにその大神の生大刀《いくたち》と生弓矢《いくゆみや》と、天《あめ》の沼琴《ぬごと》（玉飾りのついた琴）とを取って持って逃げ出した時、その天の沼琴が、樹《き》に触れて、大地が揺れ鳴りわたった。それで、その寝ていた須佐之男大神がこれを聞き驚いて、その室を引き倒した。けれども、椽に結びつけられた髪をほどいている間に、大穴牟遅神は遠くへ逃げた。

故《かれ》、詔命《みことのり》の随《まにま》に、須佐之男命《すさのをのみこと》の御所《みもと》に参《ま》ゐ到《いた》りしかば、其《そ》の女《むすめ》須勢理毘《すせりび》売《め》出《い》で見《み》て、目合為《めくはせし》て、相婚《あひあ》ひき。還《かへ》り入《い》りて、其《そ》の父に白《まを》して言ひしく、「甚麗《いとうるは》しき神、来《き》たり」といひき。爾《しか》くして、其の大神、出で見て告《の》らししく、「此《これ》は、葦原色許男命《あしはらしこをのみこと》と謂《い》ふぞ」とのらして、即《すなは》ち喚《め》し入れて、其の蛇《へみ》の室《むろ》に寝《い》ねしめき。是《ここ》に、其の妻《め》須勢理毘売命、蛇《へみ》のひれを以《もち》て其の夫《を》に授《さづ》けて云《い》ひしく、「其の蛇咋《く》はむとせば、此のひれを以《もち》て三たび挙《ふ》りて打ち撥《はら》へ」といひき。故《かれ》、教《をしへ》の如《ごと》くせしかば、蛇、自《おのづか》ら静まりき。故、平《たひ》らけく寝《い》ねて出《い》でき。

亦《また》、来《こ》し日の夜《よ》は、呉公《むかで》と蜂《はち》との室《むろ》に入れき。亦《また》、呉公と蜂とのひれを授《さづ》けて教《をし》ふること、先《さき》の如《ごと》し。故《かれ》、平《たひ》らけく出でき。

亦《また》、鳴鏑《かぶら》を大《おほ》き野《の》の中《なか》に射《い》入《い》れて、其の矢を採《と》らしめき。故、其の野に入《い》りし時に、即《すなは》ち火を以《もち》て其の野を廻《めぐ》り焼きき。是《ここ》に、出《い》でむ所を知らずありし間に、鼠《ねずみ》、来て云《い》ひしく、「内《うち》はほらほら、外《と》はすぶすぶ」と、如《か》此《く》言ひき。故《かれ》、其処《そこ》を蹈《ふ》みしかば、落ちて隠《こも》り入りし間《あひだ》に、火は焼《も》え過《す》ぎにき。爾《しか》くして、其の鼠、其の鳴鏑《かぶら》を咋《く》ひ持ちて出《い》で来《き》て、奉《まつ》りき。其の矢の羽《は》は、其の鼠《ねずみ》の子等《こら》、皆喫《みなく》へり。

是《ここ》に、其《そ》の妻須世理毘売《めすせりびめ》は、喪《も》の具《そなへ》を持ちて哭《な》き来るに、其の父の大神《おほかみ》は、已《すで》に死《し》に訖《をは》りぬと思ひて、其の野に出で立ちき。爾《しか》くして、其の矢を持ちて奉《まつ》りし時に、家に率《ゐ》て入りて、八田間《やたま》の大室《おほむろ》に喚《め》し入《い》れて、其の頭《かしら》の虱《しらみ》を取らしめき。故爾《かれしか》くして、其の頭を見れば、呉公《むかで》、多《あま》た在《あ》り。是《ここ》に、其の妻《め》、むくの木《こ》の実と赤き土とを取りて、其の夫《を》に授けき。故、其の木の実を咋《く》ひ破《やぶ》り赤き土を含《ふふ》み、唾《は》き出《いだ》ししかば、其の大神、呉公を咋《く》ひ破り唾き出すと以為《おも》ひて、心に愛《うつく》しと思ひて、寝《い》ねき。

爾《しか》くして、其の神の髪《かみ》を握《と》り、其の室《むろ》に椽《たりき》ごとに結《ゆ》ひ著《つ》けて、五百引《いほびき》の石《いは》を其の室の戸に取り塞《ふさ》ぎ、其の妻《め》須世理毘売を負《お》ひて、即ち其の大神の生大刀《いくたち》と生弓矢《いくゆみや》と、其の天《あめ》の沼琴《ぬこと》とを取り持ちて、逃げ出でし時に、其の天《あめ》の沼琴《ぬこと》、樹《き》に払《ふ》れて、地《つち》、動《とよ》み鳴《な》りき。故《かれ》、其の寝《い》ねたる大神《おほかみ》、聞き驚きて、其の室《むろ》を引き仆《たふ》しき。然《しか》れども、椽《たりき》に結《ゆ》へる髪を解く間《あひだ》に、遠く逃げき。

そうして大神は追いかけて黄泉《よもつ》ひら坂まで至りついて、遥かに望み見て、大穴牟遅神《おおあなむじのかみ》に呼びかけ、「お前が持っているその生大刀《いくたち》・生弓矢《いくゆみや》で、お前の腹違いの兄弟をば、坂の裾《すそ》に追い伏せ、また川の瀬に追い払って、きさまは大国主神《おおくにぬしのかみ》となり、また宇都志国玉神《うつしくにたまのかみ》となって、そのわが娘須世理毘売《すせりびめ》を正妻として、宇迦の山《うかのやま》（島根県出雲市）のふもとで、大磐石の上に宮柱を太く立て、高天原《たかあまのはら》に千木《ちぎ》を高くそびえさせて住め。こいつめ」と言った。それで、大穴牟遅神はその大刀・弓を持って八十神《やそがみ》（大勢の兄弟の神々）を追いやった時に、坂の裾ごとに追い伏せ、川の瀬ごとに追い払って、初めて国を作った。

さて、あの八上比売《やかみひめ》は、先の約束のとおり大穴牟遅神と結婚なさった。それで、その八上比売を連れて来たけれども、正妻の須世理毘売をおそれて、自分の生んだ子を木の叉《また》にさし挟んで帰った。それで、その子を名付けて木俣神《きまたのかみ》という。またの名は御井神《みいのかみ》という。

故爾《かれしか》くして、黄泉《よもつ》ひら坂《さか》に追ひ至りて、遥《はる》かに望《のぞ》みて、呼びて大穴牟遅《おほあなむぢの》神《かみ》に謂《い》ひて曰《い》ひしく、「其《そ》の、汝《なむち》が持てる生大刀《いくたち》・生弓矢《いくゆみや》以《もち》て、汝が庶兄《ままはら》弟《から》をば坂の御尾《みを》に追ひ伏せ、亦《また》、河の瀬に追ひ撥《はら》ひて、おれ、大国主神《おほくにぬしのかみ》と

為《な》り、亦、宇都志国玉神《うつしくにたまのかみ》と為《な》りて、其の我《あ》が女須世理毘売《むすめすせりびめ》を適妻《むかひめ》と為《し》て、宇迦能山《うかのやま》の山本《やまもと》にして、底津石根《そこついはね》に宮柱《みやばしら》ふとしり、高天原《たかあまのはら》に氷椽《ひぎ》たかしりて居《を》れ。是《こ》の奴《やつこ》や」といひき。故《かれ》、其の大刀・弓を持ちて、其の八十神《やそかみ》を追ひ避《さ》りし時に、坂の御尾《みを》ごとに追ひ伏せ、河の瀬ごとに追ひ撥《はら》ひて、始《はじ》めて国を作りき。

故、其の八上比売《やかみひめ》は、先《さき》の期《ちぎり》の如《ごと》くみとあたはしつ。故、其の八上比売は、率《ゐ》て来つれども、其の適妻《むかひめ》須世理毘売を畏《かしこ》みて、其の生める子をば木の俣《また》に刺し挟《はさ》みて返《かへ》りき。故、其の子を名《な》づけて木俣神《きまたのかみ》と云《い》ふ。亦《また》の名は、御井神《みゐのかみ》と謂《い》ふ。（略）

三 大国主神《おおくにぬしのかみ》の国作り

さて、大国主神《おおくにぬしのかみ》が出雲《いずも》の御大《みほ》の岬（島根県東端の岬）にいらっしゃる時に、波頭を伝って、天のガガイモ（細長い実を割ると舟の形になる蔓草《つるくさ》）の船に乗り、鵝《かり》（雁）の皮を丸剥ぎに剥いで着物にして、近づいて来る神がいた。そこで、その名を尋ねたが答えない。また、大国主神に従う諸々の神に問いただしたが、皆「知らない」と申した。

そこでヒキガエルが申して、「これは、久延毘古《くえびこ》がきっと知っているでしょう」と言うので、ただちに久延毘古を呼んで尋ねた時に、久延毘古は答えて、「これは、神産巣日神《かむむすひのかみ》（二〇頁参照）の御子、少名毘古那神《すくなびこなのかみ》です」と申した。それで、大国主神が天上の高天原《たかあまのはら》の神産巣日御祖命《かむむすひのみおやのみこと》に申し上げたところ、神産巣日神は答えて、「これは本当にわが子である。子のなかで、私の手の指の間からくぐり抜けていった子だ。この子は汝葦原色許男命《なんじあしはらしこおのみこと》と兄弟となって、その国を作り堅めるであろう」と仰せられた。

そこでこの時から、大穴牟遅《おおあなむじ》と少名毘古那《すくなびこな》の二柱《ふたはしら》の神は、一緒にこの国を作り堅めた。そうして後に、この少名毘古那神は、常世国《とこよのくに》へ渡っていった。さて、この少名毘古那神の正体を明かし申した、上に述べた久延毘古は、今にいう山の田の案山子《かかし》である。この神は、足で歩きはしないけれども、天下のことをなんでも知っている神である。

そこで、大国主神は嘆いて、「私ひとりでどうやってうまくこの国を作ることができようか。どの神が私と一緒によくこの国を作るだろうか」と仰せになった。この時、海面を光り輝かせて近づいて来る神がいた。その神が、「私をよく祭るならば、私があなたと一緒にうまく国を作り完成させよう。もしそうしなければ、国が完成するのは難しいだろう」と言った。そこで、大国主神が、「それならば、あなたを祭り御魂《みたま》を鎮め奉るやり方は、どのようにしたらいいだろうか」と言ったところ、答えて、「私を、大和《やまと》の青々と垣のようにめぐる東の山の上に祭り仕えよ」と言った。これは御諸山《みもろのやま》（三輪山）の上に鎮座されている神（大物主神《おおものぬしのかみ》）である。

＊伊耶那美命《いざなみのみこと》の死により中断されていた国作りが大国主神によって果たされる。それには高天原の神産巣日神の子や、大和の土地神の協力があった。

故《かれ》、大国主神《おほくにぬしのかみ》、出雲《いづも》の御大《みほ》の御前《みさき》に坐《いま》す時に、波の穂《ほ》より、天《あめ》の羅摩《かがみ》の船《ふね》に乗りて、鵝《かり》の皮《かは》を内剥《うつは》ぎに剥《は》ぎて、衣服《ころも》と為《し》て、帰《よ》り来る神有《あ》り。爾《しか》くして、其《そ》の名を問へども、答へず。且《また》、従へる諸《もろもろ》の神に問へども、皆、「知らず」と白《まを》しき。

爾《しか》くして、たにぐくが白《まを》して言はく、「此《これ》は、久延毘古《くえびこ》、必ず知りたらむ」といふに、即《すなは》ち久延毘古を召して問ひし時に、答へて白《まを》ししく、「此《これ》は、神産巣日神《かむむすひのかみ》の御子《みこ》、少名毘古那神《すくなびこなのかみ》ぞ」とまをしき。故爾《かれしか》くして、神産《かむむ》巣日御祖命《すひのみおやのみこと》に白し上げしかば、答へて告《の》らししく、「此《これ》は、実《まこと》に我《あ》が子ぞ。

子の中に、我《あ》が手俣《たなまた》よりくきし子ぞ。故《かれ》、汝葦原色許男命《なむちあしはらしこをのみこと》と兄弟《はらから》と為《な》りて、其の国を作り堅《かた》めむ」とのらしき。

故爾《かれそれ》より、大穴牟遅《おほあなむぢ》と少名毘古那《すくなびこな》と二柱《ふたはしら》の神、相並《あひとも》に此《こ》の国を作り堅めき。然《しか》くして後《のち》は、其の少名毘古那神は、常世国《とこよのくに》に度《わた》りき。故、其の少名毘古那神を顕《あらは》し白《まを》しし所謂《いはゆ》る久延毘古《くえびこ》は、今には山田のそほどぞ。此の神は、足は行かねども、尽《ことごと》く天《あめ》の下《した》の事を知れる神ぞ。

是《ここ》に、大国主神の愁《うれ》へて告《の》らししく、「吾独《あれひと》りして何《いか》にか能《よ》く此の国を作ること得む。孰《いづ》れの神か吾《あれ》と能《よ》く此の国を相《あひ》作らむ」とのらしき。是《こ》の時に、海を光《てら》して依《よ》り来《く》る神有《あ》り。其の神の言ひしく、「能《よ》く我《あ》が前《まへ》を治《をさ》めば、吾《あれ》、能《よ》く共与《とも》に相《あひ》作り成《な》さむ。若《も》し然《しか》らずは、国、成ること難《かた》けむ」といひき。爾《しか》くして、大国主神《おほくにぬしのかみ》の曰《い》ひしく、「然《しか》らば、治《をさ》め奉《まつ》る状《かたち》は、奈何《いか》に」といひしに、答へて言ひしく、「吾《あれ》をば、倭《やまと》の青垣《あをかき》の東《ひむかし》の山の上《うへ》にいつき奉《まつ》れ」といひき。此《これ》は、御諸山《みもろのやま》の上に坐《い》ます神ぞ。（略）

古事記の風景 ①

出雲大社《いずもたいしゃ》

「国は譲ってさしあげよう。その代り、私のために巨大な神殿を造ってくれ」

地上世界である葦原中国《あしはらのなかつくに》を治めていた大国主神《おおくにぬしのかみ》が、高天原《たかあまのはら》の神に国を譲ることを迫られたときに出した条件である。

「地底の岩盤に宮柱を太く立て、高天原に千木《ちぎ》を高くそびえさせるのだ」。これが出雲大社の起源とされる。もちろん祭神は大国主神。

平安時代の数え歌に「雲太《うんた》、和二《わに》、京三《きょうさん》」とあるが、これは日本の建造物を大きい順番に並べたもので、一番が「雲太」、つまり出雲大社の神殿。次に大和・東大寺の大仏殿、三番目が京の大極殿《だいごくでん》、だという。平安時代の神殿が大国主神の注文どおりの巨大な建物であったことを示すもので、高さはなんと四八メートルを超えたと言われる。高い建造物のない時代、反りかえる屋根はまさに雲を分け天を突き、「神留《かむづま》る」にふさわしい姿であったことだろう。

宝治《ほうじ》二年（一二四八）の造営からほぼ現在の大きさに縮小され、今に見る本殿の姿は延享《えんきょう》元年（一七四四）に造営されたもの。高さこそ地上に近くなったものの、その麗しい大社造《たいしゃづくり》の威容は大国主神の意になかなか叶《かな》っていよう。旧暦十月に行われる「神在祭《かみありさい》」では、全国から集った八百万《やおよろず》の神が七日間にわたり「神議《かむはか》り」という会議を開くという。神域の白い玉砂利を踏むと、神々の足音も聞えてきそうな、古代神話の聖地である。

忍《おし》穂《ほ》耳《みみの》命《みこと》と邇《に》々《に》芸《ぎの》命《みこと》

一 葦《あし》原《はらのなかつ》中国《くに》の平定

天照大御神《あまてらすおおみかみ》の仰せで、「豊葦原千秋長五百秋水穂国《とよあしはらのちあきのながいほあきのみずほのくに》（葦原中国《あしはらのなかつくに》）は、わが御子《みこ》、正勝《まさかつ》吾勝々速日天忍穂耳命《あかつかちはやひあめのおしほみみのみこと》（うけいの時、天照大御神の持ち物から成った神。五二頁参照）の統治する国だ」と委任なさって、天から降《くだ》した。すると、天忍穂耳命《あめのおしほみみのみこと》は、天《あめ》の浮橋《うきはし》の上にお立ちになって、「豊葦原千秋長五百秋水穂国は、たいへん騒がしい状態だ」と仰せられて、ふたたび天へ帰り上《のぼ》って、天照大神に申し上げた。

そこで、高御産巣日神《たかみむすひのかみ》・天照大御神の仰せで、天《あめ》の安《やす》の河《かわ》（高天原《たかあまのはら》にある川）の河原にすべての神々を集めに集め、思金神《おもいかねのかみ》（五六頁参照）に思案させて、「この葦原中国は、わが御子の統治する国として委任し下賜なさった国である。そして、この国に、勢いはげしく、荒ぶる国《くに》つ神《かみ》たちが大勢いることを考えると、これは、どの神を遣わして言向《ことむ》ける（服属の誓いのことばを奉らせる）のがよいだろうか」と仰せになった。

そこで、思金神と数多《あまた》の神々とが相談して、「天菩比神《あめのほひのかみ》（天之菩卑能命《あめのほひのみこと》。五三頁参照）、これを遣わしましょう」と申した。それで、天菩比神を遣わしたところ、たちまち大国《おおくに》主神《ぬしのかみ》に媚《こ》び付き、三年になるまで復命しなかった。

天照大御神《あまてらすおほみかみ》の命以《みこともち》て、「豊葦原千秋長五百秋水穂国《とよあしはらのちあきのながいほあきのみづほのくに》は、我《あ》が御子《みこ》、正勝《まさかつ》吾《あ》勝々速日天忍穂耳命《かつかちはやひあめのおしほみみのみこと》の知《し》らさむ国ぞ」と、言因《ことよ》し賜《たま》ひて、天降《あまくだ》しき。是《ここ》に、天忍穂耳命《あめのおしほみみのみこと》、天《あめ》の浮橋《うきはし》にたたして、詔《のりたま》はく、「豊葦原千秋長五百秋水穂国は、いたくさやぎて有《あ》りなり」と、告《の》らして、更《さら》に還《かへ》り上《のぼ》りて、天照大神に請《まを》しき。

爾《しか》くして、高御産巣日神《たかみむすひのかみ》・天照大御神の命以《みこともち》て、天《あめ》の安《やす》の河《かは》の河原《かはら》に八《や》百万《ほよろづ》の神を神集《かむつど》へ集《つど》へて、思金神《おもひかねのかみ》に思はしめて、詔ひしく、「此《こ》の葦原中《あしはらのなか》国《つくに》は、我《あ》が御子《みこ》の知らさむ国と、言依《ことよ》して賜へる国ぞ。故《かれ》、此の国に道《ち》速《はや》振《ぶ》る荒振《あらぶ》る国《くに》つ神等《かみども》が多《あま》た在《あ》るを以為《おも》ふに、是《これ》、何《いづ》れの神を使《つか》はしてか言《こと》趣《む》けむ」とのりたまひき。
爾《しか》くして、思金神と八百万の神と、議《はか》りて白《まを》ししく、「天菩比神《あめのほひのかみ》、是遣《これつかは》すべし」とまをしき。故《かれ》、天菩比神を遣せば、乃《すなは》ち大国主神《おほくにぬしのかみ》に媚《こ》び附《つ》きて、三年《みとせ》に至るまで復奏《かへりことまを》さず。

二 天《あめ》若《わか》日《ひ》子《こ》の派遣

このため、高御産巣日神《たかみむすひのかみ》・天照大御神《あまてらすおおみかみ》は、また諸々の神々に、「葦原中国《あしはらのなかつくに》に遣わした天菩比神《あめのほひのかみ》は、長い間復命してこない。また、どの神を遣わすのがよいだろうか」と尋ねた。そこで、思金神《おもいかねのかみ》が答えて、「天津国玉神《あまつくにたまのかみ》の子、天若日子《あめわかひこ》を遣わすがよろしいでしょう」と申した。それで、天《あめ》のまかこ弓《ゆみ》・天《あめ》のはは矢《や》を天若日子に授け、葦原中国に遣わした。すると天若日子は、その国へ降《くだ》り着いて、たちまち大国主神《おおくにぬしのかみ》の娘、下照比売《したでるひめ》を娶《めと》り、またその国を手に入れようともくろんで、八年になるまで復命しなかった。

それで、天照大御神・高御産巣日神は、また諸々の神々に、「天若日子は、長い間復命してこない。また、どの神を遣わして、天若日子が長い間葦原中国にとどまっているわけを問いただそうか」と尋ねた。これに対し、諸々の神々と思金神とが答えて、「雉《きじ》の、名は鳴女《なきめ》という者を遣わすがよろしいでしょう」と申した。そこで、天照大御神・高御産巣日神は、「お前は葦原中国へ行って、天若日子に、『お前を葦原中国へ遣わしたわけは、その国の荒ぶる神々を言向け帰順させるためである。いったいどうして八年になるまで復命しないのか』と問いただせ」と仰せられた。

それで、鳴女は天から葦原中国へ降《くだ》り着いて、天若日子の住みかの入り口の神聖な桂《かつら》の木の上にとまり、天《あま》つ神《かみ》の詔命どおりに委細洩《も》らさず、言葉を伝えた。すると、天佐《あめのさ》具売《ぐめ》（探女《さぐりめ》で、探偵役をする女）がこの鳥の言葉を聞いて、天若日子に語りかけて、「この鳥は、鳴き声がひどく悪い。だから、射殺しておしまいなさい」と進言したところ、天若日子はただちに、天つ神のお与えになった天《あめ》のはじ弓《ゆみ》・天《あめ》のかく矢《や》を持って、その雉《きじ》を射殺してしまった。

そうして、その矢は、雉の胸を貫通して逆さまに天へ射上げられ、天《あめ》の安《やす》の河《かわ》の河原にいらっしゃる天照大御神・高木神《たかぎのかみ》のみもとまで届いた。この高木神は、高御産巣日神の別名である。

それで、高木神がその矢を取ってみたところ、血がその矢の羽に付いていた。そこで、高木神は、「この矢は、天若日子に授けた矢である」と仰せられ、すぐに諸々の神々に示して仰せられるには、「もしも天若日子が、命令に背かず、悪い神を射ようとした矢がここに届いたのであれば、天若日子に当るな。もしも邪心があるならば、天若日子はこの矢によって災いを受けよ」と言って、その矢を取り、その矢の開《あ》けた穴から突き返して下《くだ》したところ、天若日子が朝方になってもまだ寝ているその高い胸先に当って死んだ。

また、その雉《きじ》は帰ってこなかった。それで、今の諺《ことわざ》に「雉の頓使《ひたつか》い」（行ったきり帰って来ない使者）という始めがこれである。

是《ここ》を以《もち》て、高御産巣日神《たかみむすひのかみ》・天照大御神《あまてらすおほみかみ》、亦《また》、諸《もろもろ》の神等《かみたち》を問《と》ひしく、「葦《あし》原中国《はらのなかつくに》に遣《つかは》せる天菩比神《あめのほひのかみ》、久《ひさ》しく復奏《かへりことまを》さず。亦《また》、何《いづ》れの神を使《つか》はさば、吉《よ》けむ」ととひき。爾《しか》くして、思金神《おもひかねのかみ》が答へて白《まを》ししく、「天津国玉神《あまつくにたまのかみ》の子、天若日子《あめわかひこ》を遣すべし」とまをしき。故爾《かれしか》くして、天《あめ》のまかこ弓《ゆみ》・天《あめ》のはは矢《や》を以《もち》て天若日子に賜《たま》ひて、遣しき。是《ここ》に、天若日子、其《そ》の国に降《くだ》り

到《いた》りて、即《すなは》ち大国主神《おほくにぬしのかみ》の女《むすめ》、下照比売《したでるひめ》を娶《めと》り、亦《また》、其の国を獲《え》むと慮《おもひはか》りて、八年《やとせ》に至るまで復奏《かへりことまを》さず。

故爾《かれしか》くして、天照大御神・高御産巣日神、亦、諸の神等を問ひしく、「天若日子、久しく復奏《かへりことまを》さず。又《また》、曷《いづ》れの神を遣してか天若日子が淹《ひさ》しく留《とど》まれる所由《ゆゑ》を問はむ」ととひき。是《ここ》に、諸の神と思金神と、答へて白《まを》さく、「雉《きぎし》、名は鳴女《なきめ》を遣すべし」とまをす時に、詔《のりたま》ひしく、「汝《なむち》、行きて、天若日子を問はむ状《かたち》は、『汝を葦原中国に使《つか》はせる所以《ゆゑ》は、其の国の荒振《あらぶ》る神等《かみども》を言趣《ことむ》け和《やは》せとぞ。何《なに》とかも八年《やとせ》に至るまで復奏《かへりことまを》さぬ』ととへ」とのりたまひき。

故爾《かれしか》くして、鳴女、天《あめ》より降《くだ》り到《いた》りて、天若日子が門《かど》の湯津楓《ゆつかつら》の上《うへ》に居《ゐ》て、言《こと》の委曲《つばひら》けきこと、天《あま》つ神《かみ》の詔命《みことのり》の如《ごと》し。爾《しか》くして、天佐具売《あめのさぐめ》、此《こ》の鳥の言《こと》を聞きて、天若日子に語りて言はく、「此の鳥は、其の鳴く音甚悪《おといとあ》し。故《かれ》、射殺《いころ》すべし」と、云《い》ひ進むるに、即《すなは》ち天若日子、天《あま》つ神《かみ》の賜《たま》へる天《あめ》のはじ弓《ゆみ》・天《あめ》のかく矢を持ちて、其の雉《きぎし》を射殺しき。

爾《しか》くして、其の矢、雉の胸より通りて、逆《さかし》まに射上《いあ》がりて、天《あめ》の安《やす》の河《かは》の河原《かはら》に坐《いま》す天照大御神・高木神《たかぎのかみ》の御所《みもと》に逮《いた》りき。是《こ》の高木神は、高御産巣日神の別名《ことな》ぞ。

故《かれ》、高木神、其の矢を取りて見れば、血、其の矢の羽《は》に著《つ》けり。是に、高木神の告《の》らさく、「此の矢は、天若日子に賜へる矢ぞ」とのらして、即ち諸《もろもろ》の神等《たち》に示して詔《のりたま》はく、「或《も》し天若日子が、命《みこと》を誤《あやま》たず、悪《あ》しき神を射むと為《す》る矢の至れらば、天若日子に中《あた》らずあれ。或し邪《あ》しき心有らば、天若日子、此の矢にまがれ」と、云ひて、其の矢を取りて、其の矢の穴より衝《つ》き返《かへ》し下《くだ》ししかば、天若日子が朝床《あさとこ》に寝《い》ねたる高胸坂《たかむなさか》に中りて、死にき。

亦《また》、其の雉《きぎし》、還《かへ》らず。故《かれ》、今に、諺《ことわざ》に「雉の頓使《ひたつかひ》」と曰《い》ふ本《もと》は、是《これ》ぞ。

さて、天若日子《あめわかひこ》の妻、下照比売《したでるひめ》の泣く声が風に乗って響き、天まで届いた。これを、天にいる天若日子の父、天津国玉神《あまつくにたまのかみ》と、天若日子の妻子とが聞いて、葦原中国《あしはらのなかつくに》へ降《くだ》って来て、泣き悲しんで、ただちにそこに喪屋《もや》（死んでから埋葬するまでの間、遺体を安置

しておく建物）を作り、河雁《かわかり》をきさり（未詳）持ちとし、鷺《さぎ》を喪屋を掃《は》くための箒《ははき》持ちとし、翡翠《かわせみ》を死者のための調理人とし、雀《すずめ》を臼《うす》で米をつく女とし、雉《きじ》を泣き女とし、このように割り当てて決めて、八日八晩の間、歌舞音曲を奏した。

この時に、阿遅志貴高日子根神《あじしきたかひこねのかみ》（農耕神・雷神）がやって来て、天若日子の喪を弔ったところ、天から降って来た天若日子の父、また妻が、皆泣きながら、「わが子は、死なずにいた。わが夫は、死なずにいらっしゃった」と言って、手足に取りすがって泣き悲しんだ。このように間違えたわけは、この二柱の神の姿形が、互いにたいへんよく似ていた。それで間違えてしまったのである。

これに対し、阿遅志貴高日子根神は、はげしく怒って、「私は親しい友人だから、弔いに来ただけだ。いったいどういうわけで私を汚《けが》らわしい死者に見立てるのか」と言って、腰に帯びられた十掬《とつか》の剣《つるぎ》を抜き、その喪屋を斬り倒し、足で蹴り飛ばしてしまった。これが、美濃国《みののくに》の藍見河《あいみのかわ》（長良川中流の名か）の河上にある喪山《もやま》である。その、阿遅志貴高日子根神が持って喪屋を斬《き》った大刀《たち》の名は、大量《おおはかり》といい、またの名は神度剣《かむどのつるぎ》という。

そして、阿遅志貴高日子根神が怒って飛び去った時に、その同母の妹高比売命《たかひめのみこと》は、その御名《みな》を明かそうと思った。それで、歌っていうには、

天《あめ》なるや　弟棚機《おとたなばた》の　項《うな》がせる　玉《たま》の御統《みすまる》　御統《みすまる》に　足玉《あなだま》はや　み谷《たに》
二渡《ふたわた》らす　阿治志貴高日子根《あぢしきたかひこね》の　神そ

――天上の、機織《はたおり》り女《め》が、首に懸けていらっしゃる緒で貫き通した玉、その連ねた玉よ、足玉《あなだま》よ、その玉のように、谷を二つも輝き渡る、阿遅志貴高日子根神である

故《かれ》、天若日子《あめわかひこ》が妻《め》、下照比売《したでるひめ》が哭《な》く声、風と響きて天《あめ》に到《いた》りき。是《ここ》に、天《あ》に在る、天若日子が父天津国玉神《あまつくにたまのかみ》と其《そ》の妻子《めこ》と、聞きて、降《くだ》り来て、哭き悲しびて、乃《すなは》ち其処《そこ》に喪屋《もや》を作りて、河鴈《かはかり》をきさり持《もち》と為《し》、鷺《さぎ》を掃持《ははきもち》と為《し》、翠鳥《そにどり》を御食人《みけびと》と為《し》、雀《すずめ》を碓女《うすめ》と為《し》、雉《きぎし》を哭女《なきめ》と為《し》、如此《かく》行《おこな》ひ定めて、日八日夜八夜《ひやうかよやよ》以《もち》て、遊びき。

此《こ》の時に、阿遅志貴高日子根神《あぢしきたかひこねのかみ》到りて、天若日子が喪《も》を弔《とぶら》ひし時に、天より降り到れる、天若日子が父、亦《また》、其の妻《め》、皆哭《な》きて云《い》はく、「我《あ》が子は、死なず有《あ》りけり。我が君は、死なず坐《いま》しけり」と、云ひて、手足に取り懸《かか》りて哭き悲しびき。其の過《あやま》ちし所以《ゆゑ》は、此の二柱《ふたはしら》の神の容姿《かたち》、甚《いと》能《よ》く相似《あひに》たり。故是《かれここ》を以《もち》て、過ちしぞ。

是《ここ》に、阿遅志貴高日子根神、大きに怒《いか》りて曰《い》はく、「我《あれ》は、愛《うるは》しき友に有るが故《ゆゑ》に、弔《とぶら》ひ来《き》つらくのみ。何《なに》とかも吾《あれ》を穢《きたな》き死人《しにびと》に比《なそ》ふる」と、云ひて、御佩《みは》かしせる十掬《とつか》の剣《つるぎ》を抜き、其《そ》の喪屋《もや》を切り伏せ、足を以て蹶《く》ゑ離《はな》ち遣《や》りき。此《これ》は、美濃国《みののくに》の藍見河《あゐみのかは》の河上《かはかみ》に在る喪山《もやま》ぞ。其の、持ちて切れる大刀《たち》の名は、大量《おほはかり》と謂《い》ひ、亦《また》の名は神度剣《かむどのつるぎ》と謂ふ。

故《かれ》、阿治志貴高日子根神は、忿《いか》りて飛び去りし時に、其のいろ妹《も》高比売《たかひめ》の命《みこと》、其の御名《みな》を顕《あら》はさむと思ひき。故、歌ひて曰はく、

天《あめ》なるや　弟棚機《おとたなばた》の　項《うな》がせる　玉《たま》の御統《みすまる》　御統《みすまる》に　足玉《あなだま》はや　み谷《たに》
二渡《ふたわた》らす　阿治志貴高日子根《あぢしきたかひこね》の　神そ　（略）

三　建《たけ》御雷神《みかずちのかみ》の派遣

そこで、天照大御神《あまてらすおおみかみ》は、「また、どの神を遣わすのがよいだろうか」と仰せられた。

これに対し、思金神《おもいかねのかみ》と諸々の神々とが、「天《あめ》の安《やす》の河《かわ》の河上の天《あめ》の石屋《いわや》にいらっしゃる、

名は伊都之尾羽張神《いつのおはばりのかみ》（迦具土神《かぐつちのかみ》を斬《き》った刀。三五頁参照）という者、これを遣わすがよろしいでしょう。もしもまたこの神でなければ、その神の子建御雷之男神《たけみかずちのおのかみ》（三四頁参照）、これを遣わすがよろしいでしょう。また、その天尾羽張神《あめのおはばりのかみ》（伊都之尾羽張神の別名）は、天の安の河の水を逆にせき上げて道を塞《ふさ》いでいるために、他の神はそのもとへ行くことができません。だから、特別に天迦久神《あめのかくのかみ》を遣わして、行くかどうか尋ねるがよろしいでしょう」と申した。

そこで、天迦久神を遣わして、天尾羽張神に尋ねたところ、答えて、「恐れ多いことです。お仕え申し上げましょう。しかし、この使いの任務には、私の子、建御雷神《たけみかずちのかみ》を遣わすのがよろしいでしょう」と申して、ただちに建御雷神を差し出した。そこで、天鳥船神《あめのとりふねのかみ》（三二頁参照）を建御雷神にそえて葦原中国《あしはらのなかつくに》へ遣わした。

こうして、この二柱《ふたはしら》の神は、出雲国《いずものくに》の伊耶佐《いざさ》の小浜《おはま》（島根県出雲市大社町の稲佐浜）に降《くだ》り着いて、十掬《とつか》の剣《つるぎ》（長剣）を抜き、波頭に逆さまに突き立て、その剣の切っ先に胡座《あぐら》を組んで座り、葦原中国の大国主神《おおくにぬしのかみ》に尋ねて、「天照大御神・高木神《たかぎのかみ》の仰せで、お前に尋ねさせるため我々を問いに使わした。お前が領有する葦原中国は、わが御子《みこ》の支配する国であるとご委任なさった。そこで、お前の心はどうか」と言った。これに対し、大国主神は答えて、「私には申し上げられません。わが子の八重言代主神《やえことしろぬしのかみ》（神のことばをつかさどる神）が、申すでしょう。ところが、鳥の狩猟、魚の漁をしに、御大《みほ》の岬（島根県東端の岬）に行って、まだ帰って来ていません」と申した。

　そこで、天鳥船神を遣わして、八重事代主神を召して来て、お尋ねになったところ、八重事代主神はその父の大神《おおかみ》に語って、「恐れ多いことです。この国は、天《あま》つ神《かみ》の御子に差し上げましょう」と言って、ただちに乗って来た船を踏んで傾け、天《あめ》の逆手《さかて》（呪術的な動作）を打って、その船を青々とした柴垣《しばかき》に変えて隠れた。

　是《ここ》に、天照大御神《あまてらすおほみかみ》の詔《のりたま》ひしく、「亦《また》、曷《いづ》れの神を遣《つかは》さば、吉《よ》けむ」とのりたまひき。爾《しか》くして、思金神《おもひかねのかみ》と諸《もろもろ》の神と白《まを》ししく、「天《あめ》の安《やす》の河《かは》の河上《かはかみ》の天《あめ》の石屋《いはや》に坐《いま》す、名《な》は伊都之尾羽張神《いつのをはばりのかみ》、是《これ》、遣すべし。若《も》し亦《また》、此《こ》の神に非《あら》ずは、其《そ》の神の子、建御雷之男神《たけみかづちのをのかみ》、此《これ》遣すべし。且《また》、其の天尾羽張神《あめのをはばりのかみ》は、逆《さかし》まに天の安の河の水《みづ》を塞《せ》き上《あ》げて、道を塞《ふさ》ぎ居《を》るが故《ゆゑ》に、他《あた》し神は、行《ゆ》くこと得《え》じ。故《かれ》、別《こと》に天迦久神《あめのかくのかみ》を遣して問ふべし」とまをしき。

　故爾《かれしか》くして、天迦久神を使《つか》はして天尾羽張神を問ひし時に、答へて白《まを》さく、「恐《かしこ》し。仕《つか》へ奉《まつ》らむ。然《しか》れども、此の道には、僕《やつかれ》が子、建御雷神《たけみかづちのかみ》を遣すべし」とまをして、乃《すなは》ち貢進《たてまつ》りき。爾《しか》くして、天鳥船神《あめのとりふねのかみ》を建御雷神に副《そ》へて遣しき。

是《ここ》を以《もち》て、此の二はしらの神、出雲国《いづものくに》の伊耶佐《いざさ》の小浜《をはま》に降《くだ》り到《いた》りて、十《と》掬《つか》の剣《つるぎ》を抜き、逆《さかし》まに浪《なみ》の穂《ほ》に刺《さ》し立て、其の剣の前《さき》に趺《あぐ》み坐《ゐ》て、其の大《おほ》国主神《くにぬしのかみ》を問ひて言ひしく、「天照大御神・高木神《たかぎのかみ》の命《みこと》以《もち》て、問ひに使《つか》はせり。汝《なむち》がうしはける葦原中国《あしはらのなかつくに》は、我《あ》が御子《みこ》の知《し》らさむ国と言依《ことよ》し賜《たま》ひき。故《かれ》、汝が心は、奈何《いか》に」といひき。爾《しか》くして、答へて白《まを》ししく、「僕《やつかれ》は、白《まを》すこと得《え》ず。我《あ》が子八重言代主神《やへことしろぬしのかみ》、是白《これまを》すべし。然《しか》れども、鳥《とり》の遊《あそび》・取《すな》魚《どり》の為《ため》に、御大之前《みほのさき》に往《ゆ》きて、未《いま》だ還《かへ》り来《こ》ず」とまをしき。

故爾《かれしか》くして、天鳥船神《あめのとりふねのかみ》を遣《つかは》して、八重事代主神を徴《め》し来《き》て、問《と》ひ賜《たま》ひし時《とき》に、其《そ》の父の大神《おほかみ》に語りて言はく、「恐《かしこ》し。此《こ》の国は、天《あま》つ神《かみ》の御子《みこ》に立《た》て奉《まつ》らむ」といひて、即《すなは》ち其の船を蹈《ふ》み傾《かたぶ》けて、天《あめ》の逆手《さかて》を青柴垣《あをふしかき》に打《う》ち成《な》して隠《かく》りき。

さてこうして、建御雷神《たけみかずちのかみ》は大国主神《おおくにぬしのかみ》に、「今、お前の子の事代主神《ことしろぬしのかみ》は、このように申しおわった。また他に申すべき子がいるか」と尋ねた。そこで大国主神はまた、「もう一人、わが子として建御名方神《たけみなかたのかみ》（水の方にいる勇猛な神）がいます。これをおいて他にはございません」と申した。こう申している間に、その建御名方神が、千引《ちびき》の石《いわ》（千人力でやっと動く巨岩）を手先で差し上げながら来て、「だれだ、わが国に来て、こうひそひそとものを言っているのは。それならば、力比べをしようと思う。それで、私がまずそちらの御手を取ろうと思う」と言った。

そこで、建御雷神がその御手を取らせたところ、たちまち手を氷柱に変え、また、剣の刃に変えた。それで、建御名方神は恐れて退き下がった。そうして、今度は建御雷神が建御名方神の手を取ろうと思って、求め寄せて手を取ったところ、若い葦《あし》を取るようにやすやすと取り押しつぶして投げ飛ばしたので、建御名方神はただちに逃げ去った。

そこで、建御雷神は追って行き、信濃国《しなののくに》（長野県）の諏訪湖《すわこ》にまで迫り着いて、殺そうとした時に、建御名方神は、「恐れ多いことです。私を殺さないでください。この場所以外、他の所には行きません。また、わが父大国主神《おおくにぬしのかみ》の仰せには背きません。八重事代主神《やえことしろぬしのかみ》の言葉には背きません。この葦原中国《あしはらのなかつくに》は、天《あま》つ神《かみ》である御子《みこ》の仰せのままに献《たてまつ》りましょう」と申した。

故《かれ》爾《しか》くして、其《そ》の大国主神《おほくにぬしのかみ》を問ひしく、「今、汝《なむち》が子《こ》事代主神《ことしろぬしのかみ》、如此《かく》白《まを》し訖《をは》りぬ。亦《また》、白《まを》すべき子有《あ》りや」ととひき。是《ここ》に亦《また》、白《まを》さく、「亦、我《あ》が子に建御名方神《たけみなかたのかみ》有り。此《これ》を除《お》きては無《な》し」と、如此《かく》白す間《あひだ》に、其の建御名方神、千引《ちびき》の石《いは》を手末《たなすゑ》に擎《ささ》げて来て、言ひしく、「誰《たれ》ぞ我《あ》が国に来て、忍《しの》ぶ忍《しの》ぶ如此《かく》物言ふ。然《しか》らば、力競《ちからくら》べを為《せ》むと欲《おも》ふ。故、我《あれ》、先《ま》づ其の御《み》手《て》を取らむと欲ふ」といひき。

故、其の御手を取らしむれば、即ち立氷《たつひ》に取り成し、亦、剣《つるぎ》の刃《は》に取り成しき。故爾《かれしか》くして、懼《を》ぢて退《しりぞ》き居《を》りき。爾くして、其の建御名方神の手を取らむと欲ひて、乞《こ》ひ帰《よ》せて取れば、若葦《わかあし》を取るが如《ごと》く搤《と》り批《ひだ》きて投げ離《はな》てば、即《すなは》ち逃げ去りき。

故、追《お》ひ往《ゆ》きて、科野国《しなののくに》の州羽海《すはのうみ》に迫《せ》め到《いた》りて、殺さむとせし時に、建御名方神の白《まを》ししく、「恐《かしこ》し。我《あれ》を殺すこと莫《なか》れ。此地《ここ》を除《お》きては、他《あた》し処《ところ》に行《ゆ》かじ。亦《また》、我《あ》が父大国主神《ちちおほくにぬしのかみ》の命《みこと》に違《たが》はじ。八重事代主神《やへことしろぬしのかみ》の言《こと》に違《たが》は一じ。此《こ》の葦原中国《あしはらのなかつくに》は、天《あま》つ神御子《かみみこ》の命《みこと》の随《まにま》に献《たてまつ》らむ」とまをしき。

四 大国主神《おおくにぬしのかみ》の国譲り

そこで、建御雷神《たけみかずちのかみ》は再びまた帰って来て、大国主神に、「お前の子ども、事代主神《ことしろぬしのかみ》・建御名方神《たけみなかたのかみ》の二柱《ふたはしら》の神は、天《あま》つ神御子《かみみこ》の仰せに従って背くことはないと申しおわった。それで、お前の心はどうか」と尋ねた。

これに対し、大国主神は答えて、「私の子ども二柱の神が申すことに従い、私は背きません。この葦原中国《あしはらのなかつくに》は、仰せのままにすっかり献上いたしましょう。ただ、私の住みかだけは、天つ神御子が天津日継《あまつひつぎ》（日の御子として血統を受け継ぐこと）を伝えなさる、天の住居のように、大磐石の上に宮柱を太く立て、高天原《たかあまのはら》に千木《ちぎ》を高くそびえさせてお祭りくだされば、私は、多くの道の曲り角を経て行った果てのこの出雲《いずも》に隠れておりましょう。また、私の子たちである大勢の神は、八重事代主神《やえことしろぬしのかみ》が、諸神の先頭に立ちまた後尾に立ってお仕えするならば、背く神はありますまい」と、こう申して、出雲国の多《た》芸志《ぎし》の小浜《おはま》に、天つ神のための殿舎を作り、水戸神《みなとのかみ》の孫、櫛八玉神《くしやたまのかみ》を調理人として天つ神にご馳走《ちそう》を差し出した時に、祝福の言葉を唱え、櫛八玉神は鵜《う》となって海の底に入り、海底の粘土をくわえ出してきて、天つ神のための平たい土器を多数作り、海藻の茎を刈り取って火をおこすための臼《うす》を作り、また海藻の茎で火をおこすための杵《きね》を作り、火をおこして言うには、「この、私がおこした火は、高天原《たかあまのはら》に向っては、神産巣日御祖命《かむむすひのみおやのみこと》の、満ち足りて立派な天の新しい住居に、煤《すす》が長く垂れるほどに焼き上げ、地の下に向っては、地底の巨岩に至るまで焼き固めて、楮《こうぞ》から作った、千尋《ちひろ》もある長い縄を張り伸ばし、釣りをする海人《あま》が、口の大きな尾鰭《おひれ》がぴんと張った立派な鱸《すずき》を、ざわざわと音を立てて引き上げ、たわわに、天の魚料理を差し上げます」。

そこで、建御雷神は高天原へ返り参り上り、葦原中国を言向け、帰順させて平定したことを復命した。

故《かれ》、更《さら》に且還《またかへ》り来《き》て、其《そ》の大国主神《おほくにぬしのかみ》を問ひしく、「汝《なむち》が子等《こら》、事代主《ことしろぬしの》神《かみ》・建御名方神《たけみなかたのかみ》の二はしらの神は、天《あま》つ神御子《かみみこ》の命《みこと》の随《まにま》に違《たが》ふこと勿《な》けむと白《まを》し訖《をは》りぬ。故、汝《なむち》が心は、奈何《いか》に」ととひき。

爾《しか》くして、答へて白《まを》ししく、「僕《やつかれ》が子等《こども》二はしらの神が白す随《まにま》に、僕は、違はじ。此《こ》の葦原中国《あしはらのなかつくに》は、命《みこと》の随《まにま》に既《すで》に献《たてまつ》らむ。唯《ただ》に僕が住所《すみか》のみは、天つ神御子の天津日継《あまつひつぎ》知《し》らすとだる天《あめ》の御巣《みす》の如《ごと》くして、底津石根《そこついはね》に宮柱《みやばしら》ふとしり、高天原《たかあまのはら》に氷木《ひぎ》たかしりて、治《をさ》め賜《たま》はば、僕は、百足《ももた》らず八十坰手《やそくまで》に隠《かく》りて侍《はべ》らむ。亦、僕が子等《こら》百八十《ももやそ》の神は、即《すなは》ち八重事代主神《やへことしろぬしのかみ》、神の御尾前《みをさき》と為《し》て仕《つか》へ奉《たてまつ》らば、違《たが》ふ神は非《あら》じ」と、如此《かく》白《まを》して、出雲国《いづものくに》の多芸志《たぎし》の小浜《をはま》に、天《あめ》の御舎《みあらか》を造《つく》りて、水戸神《みなとのかみ》の孫櫛八玉神《うまごくしやたまのかみ》を膳夫《かしはて》と為《し》て、天《あめ》の御饗《みあへ》を献《たてまつ》りし時に、禱《ほ》き白して、櫛八玉神、鵜《う》と化《な》り、海の底に入《い》り、底のはにを咋《く》ひ出《い》だし、天《あめ》の八十《やそ》びらかを作りて、海布《め》の柄《から》を鎌《か》りて燧臼《ひきりうす》を作り、海蓴《こも》の柄《から》を以《もち》て燧杵《ひきりきね》を作りて、火を鑽《き》り出《い》だして云《い》はく、「是《こ》の、我《あ》が燧《き》れる火は、高天原には、神産巣日御祖命《かむむすひのみおやのみこと》の、とだる天《あめ》の新巣《にひす》の凝烟《すす》の、八拳《やつか》垂《た》るまで焼き挙《あ》げ、地《つち》の下は、底津石根《そこついはね》に焼《た》き凝《こ》らして、栲縄《たくなは》の千尋縄《ちひろなは》打《う》ち莚《は》へ、釣為《つりす》る海人《あま》が、口大《くちおほ》の尾翼鱸《をはたすずき》、さわさわに控《ひ》き依《よ》せ騰《あ》げて、打竹《うちたけ》のとをとををに、天の真魚咋《まなぐひ》を献る」。

故《かれ》、建御雷神《たけみかづちのかみ》、返《かへ》り参《ま》ゐ上《のぼ》り、葦原中国を言向《ことむ》け和《やは》し平《たひら》げつる状《かたち》を 復奏《かへりことまを》しき。

五 天孫降臨《てんそんこうりん》

こうして、天照大御神《あまてらすおおみかみ》・高木神《たかぎのかみ》の仰せで、太子正勝吾勝々速日天忍穂耳命《おおみこまさかつあかつかちはやひあめのおしほみみのみこと》に、「今や、葦原中国《あしはらのなかつくに》を平定しおわったと申している。それゆえ、ご委任に従い、お降《くだ》りになって統治せよ」と仰せられた。

これに対し、その太子正勝吾勝々速日天忍穂耳命が答えて、「私が降ろうとして身仕度をしている間に、子が生れ出ました。名は天邇岐志国邇岐志天津日高日子番能邇々芸《あめにきしくににきしあまつひたかひこほのににぎの》命《みこと》（天地に親しく天高く仰ぎみるがごとく尊い豊穣の神）、この子を降すのがよろしいでしょう」と申した。

この御子《みこ》は、高木神の娘、万幡豊秋津師比売命《よろずはたとよあきつしひめのみこと》とご結婚なさって生んだ子であり、その御子は、天火明命《あめのほあかりのみこと》、次に日子番能邇々芸命《ひこほのににぎのみこと》、二柱《ふたはしら》である。そこで、正勝吾勝々速日天忍穂耳命が申したままに、日子番能邇々芸命に命じて、「この、豊葦原水穂国《とよあしはらのみずほのくに》は、お前が治める国であると委任なさった。それゆえ、仰せに従って天降《あまくだ》りなさい」と仰せられた。

こうして、日子番能邇々芸命が天降《あまくだ》ろうとする時に、天の分れ道にいて、上方は高天《たかあまの》原《はら》を照らし、下方は葦原中国を照らす神がいた。

そこで、天照大御神・高木神の仰せで、天宇受《あめのうず》売神《めのかみ》（五七頁参照）に、「お前はか弱い女だとはいえ、敵対する神に面と向ってにらみ勝つ神である。それゆえ、お前一人で行って、向こうに、『わが御子が天降ろうとする道に、だれがこのようにしているのか』と問え」と仰せられた。それで、天宇受売神が行ってお問いになったところ、答えて、「私は国《くに》つ神《かみ》、名は猿田《さるた》毘《び》古神《このかみ》です。出ているのは、天つ神である御子が天降りなさると聞いたので、先頭に立ってお仕え申し上げようと思い、お迎えに参上して待っております」と申した。

そこで、天児屋命《あめのこやのみこと》・布《ふ》刀玉命《とたまのみこと》・天宇受売命・伊《い》斯《し》許《こ》理《り》度《ど》売命《めのみこと》・玉祖命《たまのおやのみこと》、合せて五人の部族の長の神を分けそえて天降した。

そして、あの天《あめ》の石屋《いわや》から天照大御神を招き出した八《や》尺《さか》の勾玉《まがたま》と鏡、それに草なぎの剣《つるぎ》（六五頁参照）と、また、常世思金神《とこよのおもいかねのかみ》・手力男神《たぢからおのかみ》（五六〜五七頁参照）・天石門別《あめのいわとわけ》神《のかみ》をお添えになり、仰せられるには、「この鏡はひたすら私の御《み》魂《たま》として、私を祭るように祭《まつ》り仕えなさい」。さらに続いて、「思金神《おもいかねのかみ》は今言ったことを受け持って、私の祭事《りごと》を執り行いなさい」と仰せられた。

そこで、この二柱の神は、五十鈴《いすず》の宮（伊勢神宮の内宮）をあがめ祭った。次に、登《と》由宇気神《ゆうけのかみ》（三二頁の豊宇気毘売神《とようけびめのかみ》に同じ）、これは外宮《とつみや》（伊勢神宮の外宮）の度相《わたらい》（三重県伊勢市周辺）に鎮座なさる神である。次に、天石戸別神《あまのいわとわけのかみ》は、またの名を櫛石窓神《くしいわまとのかみ》といい、また別の名を豊石窓神《とよいわまとのかみ》という。この神は御門《みかど》の神である。次に、手力男神は、佐《さ》那《な》々県《なあがた》（三重県多気郡多気町辺り）に鎮座しておられる。


爾《しか》くして、天照大御神《あまてらすおほみかみ》・高木神《たかぎのかみ》の命《みこともち》以て、太子正勝吾勝々速日天忍穂《おほみこまさかつあかつかちはやひあめのおしほ》耳命《みみのみこと》に詔《のりたま》ひしく、「今《いま》、葦原中国《あしはらのなかつくに》を平《たひら》げ訖《をは》りぬと白《まを》す。故《かれ》、言依《ことよ》し賜ひし随《まにま》に、降《くだ》り坐《ま》して知《し》らせ」とのりたまひき。

爾《しか》くして、其《そ》の太子正勝吾勝々速日天忍穂耳命の答へて白《まを》ししく、「僕《やつかれ》が降《くだ》らむとして装束《よそ》へる間《あひだ》に、子《こ》、生《う》まれ出《い》でぬ。名《な》は天邇岐志国邇岐志天《あめにきしくににきしあま》津日高日子番能邇々芸命《つひたかひこほのににぎのみこと》、此《こ》の子を降《くだ》すべし」とまをしき。

此《こ》の御子《みこ》の、高木神の女《むすめ》、万幡豊秋津師比売命《よろづはたとよあきつしひめのみこと》に御合《みあひ》して、生みし子、天火明命《あめのほあかりのみこと》、次に、日子番能邇々芸命、二柱《ふたはしら》ぞ。是《ここ》を以《もち》て、白《まを》し随《まにま》に、日子番能邇々芸命に科《おほ》せて詔《のりたま》ひしく、「此の豊葦原水穂国《とよあしはらのみづほのくに》は、汝《なむち》が知らさむ国ぞと言依《ことよ》し賜ふ。故《かれ》、命《みこと》の随《まにま》に天降《あまくだ》るべし」とのりたまひき。

爾《しか》くして、日子番能邇々芸命の天降らむとする時に、天《あめ》の八衢《やちまた》に居《ゐ》て、上《かみ》は高天原《たかあまのはら》を光《てら》し、下《しも》は葦原中国《あしはらのなかつくに》を光《てら》す神、是《ここ》に有《あ》り。

故爾《かれしか》くして、天照大御神・高木神の命以《みこともち》て、天宇受売神《あめのうずめのかみ》に詔《のりたま》ひしく、「汝《なむち》は、手弱女人《たわやめ》に有《あ》れども、いむかふ神と面勝《おもか》つ神ぞ。故、専《もは》ら汝往《ゆ》きて問《と》はまくは、『吾《わ》が御子の天降らむと為《す》る道に、誰《たれ》ぞ如此《かく》して居《を》る』ととへ」とのりたまひき。故、問ひ賜ひし時に、答へて白《まを》ししく、「僕《やつかれ》は、国《くに》つ神《かみ》、名は猿田毘古神《さるたびこのかみ》ぞ。出で居《を》る所以《ゆゑ》は、天《あま》つ神御子《かみみこ》天降り坐《ま》すと聞きつるが故《ゆゑ》に、御前《みさき》に仕《つか》へ奉《まつ》らむとして、参《ま》ゐ向《むか》へて侍《はべ》り」とまをしき。

爾《しか》くして、天児屋命《あめのこやのみこと》・布刀玉命《ふとたまのみこと》・天宇受売命《あめのうずめのみこと》・伊斯許理度売命《いしこりどめのみこと》・玉祖命《たまのおやのみこと》、并《あは》せて五《いと》りの伴緒《とものを》を支《わか》ち加《くは》へて天降しき。

是《ここ》に、其のをきし八尺《やさか》の勾璁《たま》・鏡と草那芸剣《くさなぎのつるぎ》と、亦《また》、常世思金神《とこよのおもひかねのかみ》・手力男神《たぢからをのかみ》・天石門別神《あめのいはとわけのかみ》を副《そ》へ賜《たま》ひて、詔《のりたま》ひしく、「此《こ》の鏡は、専《もは》ら我《あ》が御魂《みたま》と為《し》て、吾《あ》が前《まへ》を拝《をろが》む如《ごと》く、いつき奉《まつ》れ」とのりたまひ、次に、「思金神は、前《さき》の事を取り持ちて政《まつりごと》を為《せ》よ」とのりたまひき。

此の二柱の神は、さくしろ伊須受能宮《いすずのみや》を拝《おろが》み祭りき。次に、登由宇気神《とゆうけのかみ》、此《これ》は、外宮《とつみや》の度相《わたらひ》に坐《いま》す神ぞ。次に、天石戸別神《あめのいはとわけのかみ》、亦《また》の名は、櫛石窓神《くしいはまとのかみ》と謂《い》ひ、亦の名は、豊石窓神《とよいはまとのかみ》と謂ふ。此の神は、御門《みかど》の神ぞ。次に、手力男神は、佐那々県《さななあがた》に坐《いま》す。（略）

そこで天照大御神《あまてらすおおみかみ》・高木神《たかぎのかみ》は天津日子番能邇々芸命《あまつひこほのににぎのみこと》に詔命を下し、邇々芸命は高天原《たかあまのはら》の堅固な神座を離れて、天空に八重《やえ》にたなびく雲を押し分け、威風堂々と道を選び、途中、天《あめ》の浮橋《うきはし》にすっくとお立ちになって、そこから筑紫《つくし》（九州）の日向《ひむか》（日に向う地）の高千穂《たかちほ》（高く積み上げられた稲穂の意）の霊峰に天降《あまくだ》りなさった。そこで、天忍日《あめのおしひの》命《みこと》と天津久米命《あまつくめのみこと》との二人が、堅固な靫《ゆき》（矢入れ）を背負い、頭椎《かぶつち》（握り拳《こぶし》のような柄頭を持つ剣）の大刀《たち》を腰に下げ、天《あめ》のはじ弓《ゆみ》（ハゼノキで作った弓）を手に持ち、天《あめ》の真《ま》鹿児矢《かこや》をたばさんで、天孫のおん前に立ってご先導申し上げた。

そうして、邇々芸命《ににぎのみこと》は、「ここは、朝鮮に相対し、笠沙《かささ》の岬をまっすぐ通って来て、朝日のじかに射す国、夕日の照らす国である。それゆえ、ここはたいへんよい地だ」と仰せられ、大磐石の上に宮柱を太く立て、高天原《たかあまのはら》に千木《ちぎ》を高くそびえさせてお住まいになった。

故爾《かれしか》くして、天津日子番能邇々芸命《あまつひこほのににぎのみこと》に詔《のりたま》ひて、天《あめ》の石位《いはくら》を離《はな》れ、天《あめ》の八重《やへ》のたな雲《ぐも》を押し分けて、いつのちわきちわきて、天《あめ》の浮橋《うきはし》に、うきじまり、そりたたして、竺紫《つくし》の日向《ひむか》の高千穂《たかちほ》の久士布流多気《くじふるたけ》に天降《あまくだ》り坐《ま》しき。故爾《かれしか》くして、天忍日命《あめのおしひのみこと》・天津久米命《あまつくめのみこと》の二人《ふたり》、天《あめ》の石靫《いはゆき》を取《と》り負《お》ひ、頭椎《かぶつち》の大刀《たち》を取《と》り佩《は》き、天《あめ》のはじ弓を取り持ち、天《あめ》の真鹿児矢《まかこや》を手挟《たばさ》み、御前《みさき》に立ちて仕へ奉《まつ》りき。（略）

是《ここ》に、詔《のりたま》はく、「此地《ここ》は、韓国《からくに》に向ひ、笠沙《かささ》の御前《みさき》を真来《まき》通《とほ》りて、朝日の直刺《たださ》す国、夕日《ゆふひ》の日照《ひで》る国ぞ。故《かれ》、此地《ここ》は、甚吉《いとよ》き地《ところ》」と、詔《のりたま》ひて、底津石根《そこついはね》に宮柱《みやばしら》ふとしり、高天原《たかあまのはら》に氷椽《ひぎ》たかしりて坐《いま》しき。（略）

六 邇々芸命《ににぎのみこと》の結婚

さて、天津日高日子番能邇々芸能命《あまつひたかひこほのににぎのみこと》は、笠沙《かささ》の岬で、美しい乙女に出会った。そこで、「お前はだれの娘か」と尋ねたところ、答えて、「大山津見神《おおやまつみのかみ》（三一頁参照）の娘、名前は神阿多都比売《かむあたつひめ》、またの名は木花之佐久夜毘売《このはなのさくやびめ》（桜花が咲くように美しい女神）といいます」と申した。また、邇々芸命が「お前には兄弟がいるか」と尋ねたところ、答えて、「私の姉、石長比売《いわながひめ》（岩のように長久不変の女神）がいます」と申した。そうして、邇々芸命が、「私はお前と結婚しようと思う。どうか」と仰せられたところ、答えて、「私は申し上げられません。私の父、大山津見神が申しましょう」と申した。

そこで、その父の大山津見神に求めて使いを遣《や》ったところ、大山津見神は大いに喜んで、その姉石長比売をそえて、たくさんの結納の品を台に載せて持たせ、差し出した。そうしたところ、その姉はたいへん醜かったので、邇々芸命は見て恐れて送り返し、ただその妹の木花之佐久夜毘売だけをとどめて、一夜の交わりをもった。

これに対し、大山津見神は、石長比売を返してきたために大いに恥ずかしく思い、申し送って、「わが娘を二人とも差し上げたわけは、石長比売を召し使いなされば、天《あま》つ神《かみ》である御子《みこ》の命《いのち》は、雪が降り風が吹いても、つねに岩のように、いつまでも堅く動かずにいらっしゃるだろう、また、木花之佐久夜毘売を召し使いなされば、木の花の咲くようにお栄えになるだろうとうけいをして、差し上げたのです。このように、石長比売を帰らせて、ひとり木花之佐久夜毘売だけをとどめたために、天つ神である御子の御寿命は、桜の花のように短くあられるでしょう」と言った。このために、今に至るまで天皇たちの御寿命は長くないのである。

さて、この後に、木花之佐久夜毘売が邇々芸命のもとに参上して、「私は身ごもりました。今、産もうとする時にあたり、この天つ神の御子はひそかに産むわけにはいかないので、申し上げます」と申した。これに対し、邇々芸命は、「佐久夜毘売よ、一晩で身ごもったというのか。これはわが子ではあるまい。きっと国つ神の子だろう」と仰せられた。

これに対し、木花之佐久夜毘売は答えて、「私が妊娠した子がもし国つ神の子ならば、産む時に無事ではありますまい。もし天つ神の御子ならば、無事でしょう」と申して、ただちに戸口のない高い神聖な建物を作り、その建物の内に入り、土で塗り塞《ふさ》いで、今まさに産もうとする時にその建物に火をつけて産んだ。

そうして、その火が盛んに燃えている時に生んだ子の名は、火照命《ほでりのみこと》（火が明るく燃える時に生れた神）。次に生んだ子の名は、火須勢理命《ほすせりのみこと》（火が燃え盛る時に生れた神）。次に生んだ子の御名は、火遠理命《ほおりのみこと》（火が燃え広がる時に生れた神）、またの名は天津日高《あまつひたか》日子穂々手見命《ひこほほでみのみこと》。


是《ここ》に、天津日高日子番能邇々芸能命《あまつひたかひこほのににぎのみこと》、笠沙《かささ》の御前《みさき》にして、麗《うるは》しき美人《をとめ》に遇《あ》ひき。爾《しか》くして、問ひしく、「誰《た》が女《むすめ》ぞ」ととひしに、答へて白《まを》ししく、「大山津見神《おほやまつみのかみ》の女《むすめ》、名《な》は神阿多都比売《かむあたつひめ》、亦《また》の名《な》は、木花之佐久夜毘売《このはなのさくやびめ》と謂《い》ふ」とまをしき。又、問ひしく、「汝《なむち》が兄弟《はらから》有《あ》りや」ととひしに、答へて白《まを》ししく、「我《あ》が姉《あね》、石長比売《いはながひめ》在《あ》り」とまをしき。爾《しか》くして、詔《のりたま》ひしく、「吾《あれ》、汝《なむち》と目合《あひあ》はむと欲《おも》ふ。奈何《いか》に」とのりたまひしに、答へて白《まを》ししく、「僕《やつかれ》は、白すこと得ず。僕が父《ちち》大山津見神、白さむ」とまをしき。

故《かれ》、其《そ》の父大山津見神に乞《こ》ひに遣《や》りし時に、大きに歓喜《よろこ》びて、其の姉石《いは》長比売《ながひめ》を副《そ》へ、百取《ももとり》の机代《つくえしろ》の物を持たしめて、奉《まつ》り出《い》だしき。故爾《かれしか》くして、其の姉は、甚凶醜《いとみにく》きに因《よ》りて、見畏《みかしこ》みて返《かへ》し送り、唯《ただ》に其の弟木花之佐久《おとこのはなのさく》夜毘売《やびめ》のみを留《とど》めて、一宿《ひとよ》、婚《あひ》を為《し》き。

爾《しか》くして、大山津見神、石長比売を返ししに因《よ》りて、大《おほ》きに恥ぢ、白し送りて言ひしく、「我《あ》が女《むすめ》二《ふたり》並《とも》に立《た》て奉《まつ》りし由《ゆゑ》は、石長比売を使《つか》はば、天《あま》つ神御子《かみみこ》の命《いのち》は、雪零《ゆきふ》り風《かぜ》吹くとも、恒《つね》に石《いは》の如《ごと》くして、常《ときは》に堅《かちは》に動《うご》かず坐《いま》さむ、亦《また》、木花之佐久夜比売を使はば、木《こ》の花の栄《さか》ゆるが如く栄え坐《ま》さむとうけひて、貢進《たてまつ》りき。此《か》く、石長比売を返らしめて、独《ひと》り木花之佐久夜毘売のみを留《とど》むるが故に、天《あま》つ神御子《かみみこ》の御寿《みいのち》は、木《こ》の花のあまひのみ坐《いま》さむ」といひき。故是《かれここ》を以《もち》て、今に至るまで、天皇命等《すめらみことたち》の御《み》命《いのち》は、長くあらぬぞ。

故《かれ》、後《のち》に木花之佐久夜毘売、参《ま》ゐ出《い》でて白《まを》ししく、「妾《あれ》は、妊《はら》身みぬ。今、産《う》む時に臨《のぞ》みて、是《こ》の天つ神の御子は、私《わたくし》に産むべくあらぬが故《ゆゑ》に、請《まを》す」とまをしき。爾《しか》くして、詔《のりたま》ひしく、「佐久夜毘売、一宿《ひとよ》にや妊《はら》みぬる。是《これ》は、我《あ》が子に非《あら》じ。必ず国《くに》つ神《かみ》の子ならむ」とのりたまひき。爾《しか》くして、答へて白《まを》さく、「吾《あ》が妊《はら》める子、若《も》し国つ神の子ならば、産《う》む時に幸《さき》くあらじ。若し天つ神の御子ならば、幸くあらむ」とまをして、即《すなは》ち戸無き八尋殿《やひろどの》を作り、其《そ》の殿《との》の内《うち》に入《い》り、土《つち》を以《もち》て塗《ぬ》り塞《ふさ》ぎて、方《まさ》に産まむとする時に、火を以《もち》て其の殿に著《つ》けて産みき。

故《かれ》、其の火の盛《さか》りに焼《も》ゆる時に生める子の名は、火照命《ほでりのみこと》。次に、生みし子の名は、火須勢理命《ほすせりのみこと》。次に、生みし子の御名《みな》は、火遠理命《ほをりのみこと》、亦《また》の名は、天津《あまつ》日《ひ》高日《たかひ》子《こ》穂《ほ》々《ほ》手《で》見命《みのみこと》。

古事記の風景 ②

高《たか》千《ち》穂《ほ》

　天照大神《あまてらすおおみかみ》・高御産巣日神《たかみむすひのかみ》より、葦原中国《あしはらのなかつくに》を治めよとの命をうけ天から降った番能邇々芸命《ほのににぎのみこと》が降り立ったのは、「竺紫《つくし》の日向《ひむか》の高千《たかち》穂《ほ》」の峰であった。この天孫降臨《てんそんこうりん》の舞台については、江戸時代以来多くの人々がその所在を探し求めてきたが、宮崎県西臼杵《にしうすき》郡高千穂町（臼杵高千穂）、あるいは宮崎県と鹿児島県の県境にそびえる高千穂峰（霧島高千穂）など、いくつかの伝承地があり、決着を見ない。

　そもそも邇々芸命はなぜその地へ降臨したのか。「高千穂」の名は、文字通り高く積み上げられた稲穂を表す。葦原中国の生を支える力を象徴する名称である。そこへ、ホノニニギ＝稲穂の賑々しく実るさまを名に負う存在が、統治者として降臨する。まさに世界に豊穣をもたらす王の誕生が、ことばとことばの響きあいを通じて描き出されるのである。そうした神話的思考の中にこそ、本当の高千穂は存在するといえるだろう。南九州の広い地域を指すとされる「日向」という地域名もまた、日に向かう場所としての神話的イメージを強く負った名称である。現実にどの土地にあたるかということ以上に、神話の中でその名が持つ意味を受けとめることが重要だ。

　写真は高千穂町西方の「国見ヶ丘」の早朝。眼下は雲海に包まれ、合間から低い山々がわずかに頭を覗《のぞ》かせた荘厳な光景が広がる。『古事記』の語る豊穣のきざしをその彼方に感じ取れたなら、そこもまたひとつの高千穂なのである。

日子穂々手見命《ひこほほでみのみこと》と鵜葺草葺不合命《うかやふきあえずのみこと》

一 海佐知毘古《うみさちびこ》と山佐知毘古《やまさちびこ》

さて、火照命《ほでりのみこと》は、海佐知毘古《うみさちびこ》（海の獲物《えもの》を得る男）として大きな魚と小さな魚を取り、火遠理命《ほおりのみこと》は、山佐知毘古《やまさちびこ》（山の獲物を得る男）として毛の粗《あら》い獣と毛の柔らかい獣を取っていた。そうして、火遠理命が兄の火照命に対し、「それぞれ道具を取り替えて使ってみたい」と言って、三度乞《こ》い求めたが、火照命は許さなかった。しかしながら、最後にやっと取り替えることができた。そこで、火遠理命は、海の獲物を取る道具を使って魚を釣ってみたが、全く一匹の魚も釣れなかった。また、道具の釣り針を海中になくしてしまった。

そこへ、兄の火照命がその釣り針を求めて、「山の獲物《えもの》も、海の獲物も、やはり自分の道具でなくてはうまく得られない。今はもうそれぞれ道具を返そうと思う」と言ったところ、弟の火遠理命は答えて、「あなたの釣り針は、魚を釣った時に、一匹の魚も釣れずに、とうとう海中になくしてしまいました」と言った。すると、兄は無理にも求めた。それで、弟は腰に帯びられた十拳《とつか》の剣《つるぎ》（長剣）を折り、五百もの釣り針を作って償《つぐな》ったが、兄はそれを受け取らなかった。弟はまたさらに千の釣り針を作って償ったが、兄は受け取らず、「やはり正真正銘のもとの釣り針を手に入れたい」と言った。

そこで、この弟が泣いて嘆き、海辺にいた時、塩椎神《しおつちのかみ》（潮流をつかさどる神）が来て、火遠理命に尋ね、「どうしたわけで、虚空津日高《そらつひたか》（仰ぎ見るように尊い中空の神。火遠理命の別名）が泣き嘆いているのか」と言った。火遠理命は答えて、「私は、兄と釣り針を取り替えて、その釣り針をなくしてしまいました。そして、兄がその釣り針を求めるので、たくさんの釣り針で償いましたが、兄はそれを受け取らず、『やはりもとの釣り針がほしい』と言いました。それで、困って泣いているのです」と言った。

すると、塩椎神は、「私が、あなた様のために善《よ》い手だてを考えましょう」と言って、たちどころに隙間のない竹の籠《かご》を作って小舟とし、その船に火遠理命を乗せ、教えて、

「私がこの船を押し流したら、暫《しばら》くそのまま行きなさい。よい潮路《しおじ》があるでしょう。すぐにその潮路にのって行けば、鱗《うろこ》のようにずらりと家屋の並び立った宮殿がある。それが綿津見神《わたつみのかみ》（海神）の宮です。その神の宮の入り口に着くと、そばの井戸のほとりに神聖な桂《かつら》の木があるでしょう。そうしたら、その木の上にいらっしゃれば、その海の神の娘が、あなたを見つけて相談に乗ってくれるでしょう」と言った。

故《かれ》、火照命《ほでりのみこと》は、海佐知毘古《うみさちびこ》と為《し》て、鰭《はた》の広物《ひろもの》、鰭《はた》の狭物《さもの》を取り、火遠理《ほをり》命《みこと》は、山佐知毘古《やまさちびこ》と為《し》て、毛《け》の麁物《あらもの》、毛《け》の柔物《にこもの》を取りき。爾《しか》くして、火遠理命、其《そ》の兄《え》火照命に謂《い》はく、「各《おのおの》さちを相易《あひか》へて用ゐむと欲《おも》ふ」といひて、三度《みたび》乞《こ》へども、許さず。然《しか》れども、遂《つひ》に纔《わづ》かに相易《あひか》ふること得《え》たり。爾《しか》くして、火遠理命、海さちを以《もち》て魚《うを》を釣《つ》るに、都《かつ》て一つの魚も得ず。亦《また》、其の鉤《ち》を海に失ひき。

是《ここ》に、其の兄《え》火照命、其の鉤《ち》を乞ひて曰《い》ひしく、「山さちも、己《おの》がさちさち、海さちも、己《おの》がさちさち。今は各《おのおの》さちを返さむと謂《おも》ふ」といひし時に、其の弟《おと》火袁理命の答へて曰ひしく、「汝《なむち》が鉤《ち》は、魚を釣りしに、一つの魚も得ずして、遂に海に失ひき」といひき。然《しか》れども、其の兄、強《あなが》ちに乞《こ》ひ徴《はた》りき。故《かれ》、其の弟、御佩《みは》かしせる十拳《とつか》の剣《つるぎ》を破《やぶ》り、五百《いほ》の鉤《ち》を作り、償《つくの》へども、取らず。亦《また》、一千《ち》の鉤《ち》を作り、償《つくの》へども、受けずして、云《い》ひしく、「猶《なほ》其の正《まさ》しき本《もと》の鉤《ち》を得《え》むと欲《おも》ふ」といひき。

是《ここ》に、其の弟《おと》、泣き患《うれ》へて、海辺《うみへ》に居《を》りし時に、塩椎神《しほつちのかみ》、来て、問ひて曰《い》ひしく、「何《なに》ぞ、虚空津日高《そらつひたか》の泣き患《うれ》ふる所由《ゆゑ》は」といひき。答へて言ひしく、「我《あれ》、兄《え》と鉤《ち》を易《か》へて、其の鉤を失ひき。是《ここ》に、其の鉤を乞《こ》ふが故《ゆゑ》に、多《あま》たの鉤を償《つくの》へども、受けずして、云《い》ひつらく、『猶《なほ》其の本の鉤を得むと欲ふ』といひつ。故《かれ》、泣き患《うれ》ふるぞ」といひき。

爾《しか》くして、塩椎神の云はく、「我《あれ》、汝命《ながみこと》の為《ため》に善《よ》き議《はかりこと》を作《な》さむ」といひて、即《すなは》ち無間勝間《まなしかつま》の小船《をぶね》を造り、其の船に載せて、教《をし》へて曰《い》ひしく、「我其の船を押し流さば、差暫《ややしま》らく往《ゆ》け。味《うま》し御路《みち》有《あ》らむ。乃《すなは》ち其の道に乗りて往かば、魚鱗《いろこ》の如《ごと》く造れる宮室《みや》、其綿津見神《それわたつみのかみ》の宮《みや》ぞ。其の神の御門《みかど》に到《いた》らば、傍《かたはら》の井上《ゐのへ》に湯津香木《ゆつかつら》有らむ。故《かれ》、其の木の上《うへ》に坐《いま》さば、其の海の神《かみ》の女《むすめ》、見て相議《あひはか》らむぞ」といひき。

そこで、教えに従ってやや行ったところ、すべてその言葉どおりであった。それで、その桂《かつら》の木に登っていらっしゃった。そうして、海の神の娘豊玉毘売《とよたまびめ》の下女が、美麗な器を持って水を汲《く》もうとした時に、井戸の中に光が見えた。下女が上を仰ぎ見たところ、立派な青年がいた。下女は、たいへん不思議なことだと思った。そして、火遠理命《ほおりのみこと》は、その下女を見て、「水が欲しい」と求めた。下女はすぐに水を汲んで、器に入れて差し上げた。これに対し、火遠理命《ほおりのみこと》は、その水を飲まずに、御首に掛けた玉飾りをほどいて口に含んでその器に吐き入れた。すると、その玉は器にくっついてしまい、下女は玉を離すことができなかった。それで、玉をつけたまま豊玉毘売命《とよたまびめのみこと》に差し上げた。

さて、豊玉毘売はその玉を見て、下女に尋ねて、「もしやだれか人が門の外にいるのですか」と言った。下女は答えて、「人がいて、私どもの井戸のほとりの桂の木の上にいらっしゃいます。たいへん立派な青年です。われらが王にもまして、たいへん高貴な様子です。それで、その人が水を求めたので、水を差し上げたら、その水を飲まずに、この玉を吐き入れたのです。これは離すことができません。それで、入ったままにして持って来て差し上げたのです」と言った。

そこで、豊玉毘売命は不思議なことだと思い、外に出て火遠理命を見て、たちまちその姿に感じ入り、目配せをして、その父に申して、「私の家の入り口に立派な人がいます」と言った。そこで、海の神が自ら外に出て、火遠理命を見て、「この人は、天津日《あまつひ》高《たか》（ここでは邇々芸命をさす）の御子《みこ》、虚空津日高《そらつひたか》（火遠理命の別名）だ」と言って、すぐに家の内に連れて入り、海驢《あしか》の皮の敷物を幾重にも重ねて敷き、またその上に絹の敷物を幾重にも重ねて敷き、その上に座らせて、たくさんの結納品を台に載せて用意し、ご馳走して、すぐにその娘の豊玉毘売と結婚させた。そうして、火遠理命は三年になるまでその国に住んだ。

故《かれ》、教《をしへ》の随《まにま》に少し行《ゆ》くに、備《つぶ》さに其《そ》の言《こと》の如《ごと》し。即《すなは》ち、其の香木《かつら》に登りて坐《いま》しき。爾《しか》くして、海《うみ》の神《かみ》の女豊玉毘売《むすめとよたまびめ》の従婢《つかひめ》、玉器《たまもひ》を持ちて水《みづ》を酌《く》まむとする時《とき》に、井《ゐ》に光有《ひかりあ》り。仰《あふ》ぎ見れば、麗《うるは》しき壮夫《をとこ》有り。甚異《いとあや》奇しと以為《おも》ひき。爾くして、火遠理命《ほをりのみこと》、其の婢《つかひめ》を見て、「水を得《え》むと欲《おも》ふ」と乞《こ》ひき。婢、乃《すなは》ち水を酌《く》み、玉器《たまもひ》に入《い》れて貢進《たてまつ》りき。爾《しか》くして、水を飲まずして、御頸《みくび》の璵《たま》を解き、口に含《ふふ》みて其の玉器に唾《は》き入れき。是《ここ》に、其の璵《たま》、器《もひ》に著《つ》きて、婢、璵を離《はな》つこと得《え》ず。故《かれ》、璵を著《つ》け任《なが》ら、豊玉毘売命《とよたまびめのみこと》に進《たてまつ》りき。

爾《しか》くして、其の璵《たま》を見て、婢《つかひめ》を問ひて曰《い》ひしく、「若《も》し、人、門《かど》の外《と》に有《あ》りや」といひき。答へて曰ひしく、「人有りて、我《わ》が井上《ゐのへ》の香木《かつら》の上に坐《いま》す。甚麗《いとうるは》しき壮夫《をとこ》ぞ。我《わ》が王《きみ》に益《ま》して甚貴《いとたふと》し。故《かれ》、其《そ》の人水《ひとみづ》を乞《こ》ひつるが故《ゆゑ》に、水を奉《まつ》れば、水を飲まずして、此《こ》の璵を唾《は》き入《い》れつ。是《これ》、離《はな》つことを得ず。故《かれ》、入《い》れ任《なが》ら、将《も》ち来《き》て献《たてまつ》りつ」といひき。

爾《しか》くして、豊玉毘売命《とよたまびめのみこと》、奇《あや》しと思ひ、出《い》で見て、乃《すなは》ち見感《みめ》でて、目合《めくはせ》して、其の父に白《まを》して曰《い》ひしく、「吾《わ》が門《かど》に麗しき人有り」といひき。爾《しか》くして、海《うみ》の神、自《みづか》ら出で見て、云《い》はく、「此の人は、天津日高《あまつひたか》の御子《みこ》、虚空津日高《そらつひたか》ぞ」といひて、即《すなは》ち内《うち》に率《ゐ》て入《い》りて、みちの皮《かは》の畳《たたみ》を八重《やへ》に敷き、亦《また》、絁畳《きぬたたみ》を八重に其の上に敷き、其の上に坐《いま》せて、百取《ももとり》の机代《つくえしろ》の物を具《そな》へ、御饗《みあへ》を為《し》て、即ち其の女《むすめ》豊玉毘売に婚《あ》はしめき。故、三年《みとせ》に至るまで其の国に住みき。

さて、火遠理命《ほおりのみこと》は、ここに来た当初の目的を思い出して、大きなため息を一つついた。

すると、豊玉毘売命《とよたまびめのみこと》がこのため息を聞いて、父に申して、「火遠理命は、この国に住んで三年になりますが、いつもは、ため息をつくことなどなかったのに、昨日の晩は大きなため息をひとつつきました。もしかしたら何かわけがあるのでしょうか」と言った。

それで、その父の大神が、婿に尋ねて、「今朝、私の娘の話を聞いたところ、『三年いらっしゃって、いつもは、ため息などついたことがないのに、昨日の晩は大きなため息をつきました』と言っていました。もしや、何かわけがございましょうか。また、あなたがこの国に来たのはどういう理由があってのことでしょうか」と言った。これに対し、火遠理命はその大神に、なくなった釣り針を兄が取り立てた様子そのままに、委細洩らさず語った。

そこで、海の神は、海にいる大小の魚をすべて召し集め、尋ねて、「もしやこの釣り針を取った魚はいるか」と言った。これに対し、諸々の魚は、「最近は、鯛《たい》が、『喉《のど》に骨が刺さって、物を食べられない』と嘆いて言っていました。だから、きっとこの針を取ったのでしょう」と申した。そこで、鯛の喉を探ると、釣り針があった。

すぐに取り出して洗い清め、火遠理命に差し出した時、綿津見大神《わたつみのおおかみ》が火遠理命に教えて、「この釣り針をその兄にお与えになる時に、『この釣り針は、ぼんやりの針・猛《たけ》り狂う針・貧しい針・役立たずの針』と言って、後ろ手にお与えなさい。そうして、その兄が高地に田を作ったら、あなたは低地に田を作りなさい。その兄が低地に田を作ったら、あなたは高地に田を作りなさい。そうしたら、私は水を支配しますから、三年の間、きっとその兄の方は収穫がなく貧しくなるでしょう。もしもそうしたことを恨んで戦を仕掛けてきたら、塩盈珠《しおみちのたま》を取り出して溺《おぼ》れさせなさい。そうしてもしも嘆いて赦《ゆる》しを求めてきたら、塩乾珠《しおひのたま》を取り出して生かしなさい。このようにして、困らせ苦しめなさい」と言って、塩盈珠・塩乾珠を、合せて二つ授け、すぐにすべてのわにを召し集め、尋ねて、「今、天津《あまつ》日《ひ》高《たか》の御子《みこ》、虚空津《そらつ》日《ひ》高《たか》が、上《うわ》つ国《くに》（虚空津日高の帰る国はソラ〔高いところ〕にあるからこう呼ぶ）においでなさろうとしている。だれが幾日でお送り申し上げて復命するか」と言った。

是《ここ》に、火袁理命《ほをりのみこと》、其《そ》の初《はじ》めの事を思ひて、大《おほ》きに一《ひと》たび歎《なげ》きき。故《かれ》、豊《とよ》玉毘売命《たまびめのみこと》、其の歎きを聞きて、其の父に白《まを》して言ひしく、「三年《みとせ》住めども、恒《つね》は歎くこと無きに、今夜《こよひ》大《おほ》き一つの歎きを為《し》つ。若《も》し何《なに》の由《ゆゑ》か有《あ》る」といひき。

故《かれ》、其の父の大神《おほかみ》、其の聟夫《むこ》を問ひて曰《い》ひしく、「今旦《けさ》、我《あ》が女《むすめ》が語るを聞くに、云《い》ひしく、『三年坐《いま》せども、恒は歎くこと無きに、今夜《こよひ》大き歎きを為つ』といひき。若し由《ゆゑ》有りや。亦《また》、此間《ここ》に到《いた》れる由は、奈何《いか》に」といひき。爾《しか》くして、其の大神に語ること、備《つぶ》さに其の兄《え》の失《う》せたる鉤《ち》を罰《はた》りし状《かたち》の如《ごと》し。

是《ここ》を以《もち》て、海《うみ》の神、悉《ことごと》く海の大き小さき魚《うを》を召し集め、問ひて曰ひしく、「若《も》し此《こ》の鉤《ち》を取れる魚《うを》有りや」といひき。故《かれ》、諸《もろもろ》の魚が白《まを》ししく、「頃《このころ》は、赤海鯽魚《たひ》、『喉《のみと》に鯁《のぎた》ちて、物《もの》を食《く》ふこと得《え》ず』と愁《うれ》へ言へり。故、必ず是《これ》を取りつらむ」とまをしき。是《ここ》に、赤海鯽魚《たひ》の喉《のみと》を探れば、鉤《ち》有り。

即《すなは》ち、取り出《い》だして清め洗ひて、火遠理命《ほをりのみこと》に奉《まつ》りし時に、其の綿津見大《わたつみのおほ》神《かみ》の誨《をし》へて曰はく、「此の鉤を以《もち》て其の兄《え》に給はむ時に、言はむ状《かたち》は、『此の鉤は、おぼ鉤《ち》・すす鉤《ち》・貧鉤《まづち》・うる鉤《ち》』と、云ひて、後手《しりへで》に賜《たま》へ。然《しか》くして、其の兄《え》高田《たかた》を作らば、汝命《ながみこと》は、下田《ひきた》を営《つく》れ。其の兄下田《ひきた》を作らば、汝命は、高田を営れ。然為《しかせ》ば、吾《あれ》水を掌《つかさど》るが故《ゆゑ》に、三年《みとせ》の間《あひだ》、必ず、其の兄、貧窮《まづ》しくあらむ。若《も》し其《そ》の然為《しかす》る事を悵怨《うら》みて、攻め戦はば、塩盈《しほみち》珠《のたま》を出《い》だして溺《おぼほ》せよ。若し其愁《それうれ》へ請《こ》はば、塩乾珠《しほひのたま》を出だして活《い》けよ。如此《かく》惚《なや》み苦しびしめよ」と、云ひて、塩盈珠・塩乾珠を并《あは》せて両箇《ふたつ》授《さづ》けて、即《すなは》ち悉《ことごと》くわにを召し集め、問ひて曰《い》ひしく、「今、天津日高《あまつひたか》の御子《みこ》、虚空津《そらつ》日高《ひたか》、上《うは》つ国《くに》に出幸《いでま》さむと為《す》。誰者《たれ》か幾日《いくか》に送り奉《まつ》りて覆奏《かへりことまを》さむ」といひき。

すると、めいめいがそれぞれの身長に応じて日数を申すなかで、一尋《ひとひろ》わに（「尋」は両手を広げた長さ）が、「私は、一日で送って、すぐに帰ってきましょう」と申した。そこで、その一尋わにに、「それならば、お前がお送りして差し上げよ。もしも海原《うなばら》の真中を渡る時には、恐ろしい思いをさせないようにせよ」と仰せられ、すぐにそのわにの背中に火遠理命《ほおりのみこと》を乗せて送り出した。そうして、約束どおり、一日のうちにお送り申し上げた。

そのわにが帰ろうとした時に、火遠理命は身に帯びた紐《ひも》つきの懐剣をほどいて、わにの背中に結びつけて返した。それで、その一尋わにには、今、佐比持神《さひもちのかみ》（佐比は刀。背中に剣状のものを負うギンザメのことか）というのである。

こうして、火遠理命は、何もかも海の神が教えた言葉のとおりにして、その釣り針を火照命《ほでりのみこと》に与えた。それで、それ以後、火照命はだんだんますます貧しくなり、前にもまして荒々しい心を起して攻めてきた。火照命が攻めようとした時には、火遠理命は塩盈《しおみちの》珠《たま》を取り出して溺《おぼ》れさせた。そして火照命が嘆いて赦《ゆる》しを求めると、塩乾珠《しおひのたま》を取り出して救った。このように困らせ苦しめたところ、火照命はぬかずいて、「私は、今から後は、あなた様を昼夜守護する者として、お仕え申し上げます」と申した。それで、今に至るまで、その溺れた時の色々な仕草（歌舞など）を絶えることなく伝え、お仕え申し上げているのである。

＊邇々芸命《ににぎのみこと》の結婚により山の神の呪能（花のように栄える）が、火遠理命の結婚により海の神の呪能（水の支配）が取りこまれることにより、天上のものであった天皇の血統に、地上の支配者としての力が備わってゆく。

故《かれ》、各《おのおの》己《おの》が身の尋長《ひろたけ》の随《まにま》に、日を限りて白《まを》す中《なか》に、一尋《ひとひろ》わにが白ししく、「僕《やつかれ》は、一日《ひとひ》に送りて即《すなは》ち還《かへ》り来《こ》む」とまをしき。故爾《かれしか》くして、其《そ》の

一尋わにに告《の》らさく、「然《しか》らば、汝《なむち》、送り奉《まつ》れ。若《も》し海中《うみなか》を度《わた》らむ時には、惶《おそ》り畏《かしこま》らしむること無《な》かれ」とのらして、即ち其のわにの頸《くび》に載《の》せて送り出《い》だしき。故《かれ》、期《ちぎ》りしが如《ごと》く、一日の内《うち》に送り奉りき。

其のわに返《かへ》らむとせし時に、佩《は》ける紐小刀《ひもかたな》を解きて、其の頸に著《つ》けて返しき。故《かれ》、其の一尋わにには、今に佐比持神《さひもちのかみ》と謂《い》ふ。

是《ここ》を以《もち》て、備《つぶ》さに海《うみ》の神の教《をし》へし言《こと》の如く、其の鉤《ち》を与へき。故《かれ》、爾《それ》より以後《のち》は、稍《やをや》く愈《いよ》よ貧《まづ》しくして、更《さら》に荒き心を起して迫《せ》め来《き》たり。攻めむとせし時には、塩盈珠《しほみちのたま》を出《い》だして溺《おぼほ》れしめき。其愁《それうれ》へ請《こ》へば、塩乾珠《しほひのたま》を出だして救ひき。如此《かく》惚《なや》み苦しびしめし時に、稽首《ぬかつ》きて白《まを》ししく、「僕《やつかれ》は、今より以後《のち》、汝命《ながみこと》の昼夜《ひるよる》の守護人《まもりびと》と為《し》て仕《つか》へ奉《まつ》らむ」とまをしき。故《かれ》、今に至るまで其の溺れし時の種々《くさぐさ》の態《わざ》絶えずして、仕へ奉《まつ》るぞ。

二 鵜葺草葺不合命《うかやふきあえずのみこと》の誕生

さて、海の神の娘、豊玉毘売命《とよたまびめのみこと》は、自分自身で国を出て火遠理命《ほおりのみこと》のもとへ参り、「私はもう妊娠しています。今、産もうという時にあたってこのことを考えてみると、天《あま》つ神《かみ》の御子《みこ》は海原で産むわけにもゆきません。それで、参り出てやって来たのです」と申した。そこで、ただちにその海辺の渚《なぎさ》に、鵜《う》の羽で屋根を葺《ふ》いて産屋《うぶや》を造った。ところが、その産屋の屋根をまだ鵜の羽で葺きおえないうちに、豊玉毘売命はさし迫った出産の痛みに耐えられなくなった。それで、産屋にお入りになった。

そうして、まさに産もうとした時、豊玉毘売命は日の御子（火遠理命）に申して、「他の国の人は、およそ子を産む時にあたって、自分の国での姿となって産みます。だから、私は今、本来の姿になって子を産もうと思います。お願いですから、私を見ないでください」と言った。そこで、その言葉を不思議に思って、豊玉毘売命がまさに子を産もうとしている様子をこっそりと覗《のぞ》いたところ、大きなわにに変って、腹這《はらば》いになって身をくねらせ動いていた。それで、火遠理命は見て驚き恐れ、逃げ去った。

そうして、豊玉毘売命は火遠理命が、覗き見たことを知って、心に恥ずかしく思い、すぐにその御子《みこ》を産んでその場に置き、「私は、普段は海の道を通って行き来しようと思っていました。それなのに、あなたが私の姿を覗《のぞ》き見たことは、たいへん恥ずかしいことです」と申して、ただちに海坂《うなさか》（海の世界と葦原中国《あしはらのなかつくに》を区切る境界）を塞《ふさ》いで、自分の国へ帰っていってしまった。そうして、その産んだ御子《みこ》は名付けて、天津日高日子《あまつひたかひこ》波限建鵜葺草葺不合命《なぎさたけうかやふきあえずのみこと》という。

この天津日高日子波限建鵜葺草葺不合命が、叔母《おば》の玉依毘売命《たまよりびめのみこと》を娶《めと》って生んだ御子の名は、五瀬命《いつせのみこと》。次に、稲氷命《いなひのみこと》。次に、御毛沼命《みけぬのみこと》。次に、若御毛沼命《わかみけぬのみこと》、またの名は、豊御毛沼命《とよみけぬのみこと》、またの名は、神倭伊波礼毘古命《かむやまといわれびこのみこと》（のちの神武天皇）。

そして、御毛沼命《みけぬのみこと》は、波頭を伝って、常世国《とこよのくに》へお渡りになり、稲氷命《いなひのみこと》は、亡き母の国である、海原《うなばら》にお入りになった。

是《ここ》に、海の神の女豊玉毘売命《むすめとよたまびめのみこと》、自《みづか》ら参《ま》ゐ出《い》でて白《まを》ししく、「妾《あれ》は、已《すで》に妊身《はら》みぬ。今、産む時に臨《のぞ》みて、此《これ》を念《おも》ふに、天《あま》つ神《かみ》の御子《みこ》は、海原《うなはら》に生むべくあらず。故《かれ》、参《ま》ゐ出《い》で到《いた》れり」とまをしき。爾《しか》くして、即《すなは》ち其《そ》の海《うみ》辺《へ》の波限《なぎさ》にして、鵜《う》の羽《は》を以《もち》て葺草《かや》と為《し》て、産殿《うぶや》を造りき。是《ここ》に、其の産殿を未《いま》だ葺《ふ》き合《あ》へぬに、御腹《みはら》の急《には》かなるに忍《た》へず。故、産殿に入《い》り坐《ま》しき。爾《しか》くして、方《まさ》に産まむとする時に、其の日子《ひこ》に白《まを》して言ひしく、「凡《おほよ》そ他《あた》し国の人は、産む時に臨みて、本《もと》つ国《くに》の形《かたち》を以《もち》て産生《う》むぞ。故《かれ》、妾《あれ》、今《いま》

本の身を以て産まむと為《す》。願ふ、妾を見ること勿《なか》れ」といひき。是に、其の言《こと》を奇《あや》しと思ひて、窃《ひそ》かに其の方《まさ》に産まむとするを伺《うかか》へば、八尋《やひろ》わにと化《な》りて、匍匐《はらば》ひ委蛇《もごよ》ひき。即《すなは》ち見驚き畏《かしこ》みて、遁《に》げ退《そ》きき。

爾くして、豊玉毘売命、其の伺ひ見る事を知りて、心恥《こころはづか》しと以為《おも》ひて、乃《すなは》ち其の御子を生み置きて、白《まを》さく、「妾は、恒《つね》に海《うみ》つ道《ち》を通《とほ》りて往来《かよ》はむと欲《おも》ひき。然《しか》れども、吾《あ》が形《かたち》を伺《うかか》ひ見つること、是甚怍《これいとはづか》し」とまをして、即《すなは》ち海坂《うなさか》を塞《ふさ》ぎて、返り入りき。是《ここ》を以て、其の産める御子を名《なづ》けて、天《あま》津日高日子波限建鵜葺草葺不合命《つひたかひこなぎさたけうかやふきあへずのみこと》と謂《い》ふ。（略）

是《こ》の天津日高日子波限建鵜葺草葺不合命《あまつひたかひこなぎさたけうかやふきあへずのみこと》、其の姨玉依毘売命《をばたまよりびめのみこと》を娶《めと》りて、生みし御子の名《な》は、五瀬命《いつせのみこと》。次に、稲氷命《いなひのみこと》。次に、御毛沼命《みけぬのみこと》。次に、若御《わかみ》毛沼命《けぬのみこと》、亦《また》の名は、豊御毛沼命《とよみけぬのみこと》、亦の名は、神倭伊波礼毘古命《かむやまといはれびこのみこと》。

故《かれ》、御毛沼命は、浪《なみ》の穂《ほ》を跳《ふ》みて常世国《とこよのくに》に渡《わた》り坐《ま》し、稲氷命は、妣《はは》の国と為《し》て、海原《うなはら》に入《い》り坐《ま》しき。

古事記《ふることふみ》　上《かみ》つ巻《まき》

古事記

中巻

中巻

あらすじ

神倭伊波礼毘古命《かむやまといわれびこのみこと》（初代神武《じんむ》天皇）は、国を治めるに適した土地を求め、高千穂《たかちほ》を離れ大和《やまと》へ向かった。途中、敵との戦いにより兄の五瀬命《いつせのみこと》を失い、熊野《くまの》山中では山の神の気に当てられ人事不省に陥るが、天照《あまてらす》大御神《おおみかみ》、高木神《たかぎのかみ》（高御産巣日神《たかみむすひのかみ》）の助けを得て切り抜けた。大和に入り皇居を定め、即位して初代天皇となった後、三輪山《みわやま》の大物主神《おおものぬしのかみ》の娘を娶《めと》り皇后とした。

六代後の大倭根子日子賦斗邇命《おおやまとねこひこふとにのみこと》（第七代孝霊《こうれい》天皇）の時代、吉備国《きびのくに》に派兵して服属させた。

三代後の御真木入日子印恵命《みまきいりびこいにえのみこと》（第十代崇神《すじん》天皇）の時代、国中に疫病が流行した。天皇が夢に神託を求めると大物主神の所為であるとわかり、神託どおり神の子孫を探し出し神を祀《まつ》ると疫病は鎮《しず》まった。また、北陸・東海地方に派兵して諸国を服属させた結果、天下は安らぎ、税制も定められ、国家の基盤が整った。

崇神天皇の子、伊久米伊理毘古伊佐知命《いくめいりびこいさちのみこと》（第十一代垂仁《すいにん》天皇）の后、沙本毘売《さほびめ》は、兄の沙本毘古《さほびこ》の言葉に従い天皇を殺《あや》めようとするが失敗に終わった。沙本毘古のもとへ走った沙本毘売を天皇は連れ戻そうとするが果たせず、兄妹はともに討たれた。戦いのさなかに沙本毘売が生んだ本牟智和気御子《ほむちわけのみこ》は成人するまで言葉をしゃべれなかったが、天皇の夢に現れた出雲大神《いずものおおかみ》（大国主神《おおくにぬしのかみ》）の教えに従うと、ようやく言葉を発した。また、この天皇の時代に、多遅摩毛理《たじまもり》を常世国《とこよのくに》へ遣わし、「時《とき》じくのかくの木《こ》の実《み》」を求めさせたが、求め得て帰国した時、すでに天皇は崩じていた。

垂仁天皇の子、大帯日子《おおたらしひこ》淤斯呂和気命《おしろわけのみこと》（第十二代景行《けいこう》天皇）の皇子、小碓命《おうすのみこと》は、少年にして兄を力ずくで殺害するほどの猛威の持ち主だった。その力を身近に置くことを怖《おそ》れた天皇は、支配に従わない辺境の平定を小碓命に命じ、はじめ西方の熊襲《くまそ》の地へ派遣した。少女になりすまして敵地へ侵入し熊襲の長《おさ》を討った小碓命は、倭建命《やまとたけるのみこと》の名を得て無事帰還するが、ただちにふたたび東方十二道の平定を命ぜられた。天皇に疎まれていることを知り嘆く倭建命に、叔母である伊勢斎宮《いせのさいぐう》の倭比売《やまとひめ》は、草薙剣《くさなぎのつるぎ》などを与えて旅立たせた。剣の威力にも守られて待ちかまえる危難を切り抜け、東方の平定を果たした倭建命だったが、帰途、自らの過失から神の祟《たた》りを招き、故郷を偲《しの》びつつ落命した。その魂は白千鳥《しろちどり》となり、天に翔《か》け上った。

景行天皇の子、若帯日子命《わかたらしひこのみこと》（第十三代成務《せいむ》天皇）の時代、国々の境を定め、国造《くにのみやつこ》・県主《あがたぬし》を定めた。

倭建命の子、帯中日子命《たらしなかつひこのみこと》（第十四代仲哀《ちゅうあい》天皇）が熊襲の反乱を平定しようとしたとき、皇后の息長帯《おきながたらし》比売命《ひめのみこと》（神功《じんぐう》皇后）に神が託宣し、西方の宝の国を帰服させよと告げた。ところが天皇はこれを信じず、神の怒りに触れ崩じた。皇后はいそぎ国中の罪を祓《はら》う大祓《おおはらえ》を行い、神の命に従い親征に赴いた。海を越えて新羅国《しらぎのくに》に到着すると、神助を得た皇后の軍勢の威力を怖れた国王は降伏し、隣国の百済国《くだらのくに》とともに仕えることとなった。この際、皇后は懐妊中だったが、帰還した筑紫《つくし》の地で皇子品陀和気命《ほむだわけのみこと》が誕生した。

品陀和気命（第十五代応神《おうじん》天皇）には三人の皇子がいた。長兄の大山守命《おおやまもりのみこと》には山海の政治が、次兄の大《おお》雀命《さざきのみこと》には食国《おすくに》（山海以外の支配地）の政治が、末弟の宇遅能和紀郎子《うじのわきいらつこ》には皇位の継承が命じられたが、天皇の崩後、大山守命は反乱を起こし討たれた。大雀命と宇遅能和紀郎子は皇位を譲り合ったが、宇遅能和紀郎子が早く崩じたため大雀命が皇位を継ぐこととなった。この時代に山海の部が定められ、天皇の支配が確立した。また新羅・百済から人の渡来や朝貢があり、『論語』や『千字文《せんじもん》』がもたらされた。

神《じん》武《む》天皇

一　東《とう》征《せい》

神倭伊波礼毘古命《かむやまといわれびこのみこと》（神武天皇）とその同母の兄五瀬命《いつせのみこと》とのお二人は、高千穂宮《たかちほのみや》（一一一頁参照）にあって相談して仰せられるには、「どこの地におられたならば、天下の政治を平安にお聞きになられるであろうか。やはり東に行こうと思う」と言って、早速日《ひ》向《むか》から出発して、筑紫《つくし》（福岡県）においでになった。そして、豊国《とよくに》の宇沙《うさ》（大分県宇佐市）に着いた時に、その土地の者で、名は宇沙都比古《うさつひこ》・宇沙都比売《うさつひめ》の二人が足一騰宮《あしひとつあがりのみや》（宇佐川から一本の柱を突きだし、残り三本は崖上に短く建てた宮殿）を作って、服属のしるしとしてお食事をさしあげた。

その地から移って、筑紫の岡田宮《おかだのみや》に一年おいでになった。また、その国から上《のぼ》っていらっしゃって、安芸国《あきのくに》（広島県）の多祁理宮《たけりのみや》に七年おいでになった。また、その国から移って上っていらっしゃって、吉備《きび》（岡山県）の高島宮《たかしまのみや》に八年いらっしゃった。

そして、その国から上っていらっしゃった時に、亀《かめ》の背に乗って釣りをしながら袖《そで》を振って来る人に、速吸門《はやすいのと》（潮が吸い込まれるように流れる明石海峡）で出会った。そうして、神倭伊波礼毘古命がこの人を呼び寄せて尋ねて、「お前は、だれか」と問うたところ、答えて言うには、「私は、国つ神《くにつかみ》です」と言った。また、「お前は、海の道を知っているか」と問うたところ、答えて「よく知っています」と言った。また尋ねて、「私に従って仕え申すか」と問うたところ、答えて、「お仕え申し上げましょう」と申し上げた。それで、棹《さお》をさし渡して、その船に引き入れて、早速名前をお与えになって槁根《さおね》津日子《つひこ》と名付けた。

神倭伊波礼毘古命《かむやまといはれびこのみこと》と其《そ》のいろ兄《ね》五瀬命《いつせのみこと》との二柱《ふたはしら》は、高千穂宮《たかちほのみや》に坐《いま》して議《はか》りて云《い》はく、「何地《いづく》に坐《いま》さば、平《たひら》けく天《あめ》の下《した》の政《まつりごと》を聞《き》こし看《め》さむ。猶《なほ》東《ひむかし》に行《ゆ》かむと思ふ」といひて、即《すなは》ち日向《ひむか》より発《た》ちて、筑紫《つくし》に幸行《いでま》しき。故《かれ》、

二 五《いつ》瀬《せの》命《みこと》の戦死

豊国《とよくに》の宇沙《うさ》に到《いた》りし時に、其の土人《くにひと》、名は宇沙都比古《うさつひこ》・宇沙都比売《うさつひめ》の二人《ふたり》、足一騰宮《あしひとつあがりのみや》を作りて、大御饗《おほみあへ》を献《たてまつ》りき。

其地《そこ》より遷移《うつ》りて、竺紫《つくし》の岡田宮《をかだのみや》に一年《ひととせ》坐《いま》しき。亦《また》、其の国より上《のぼ》り幸《いでま》して、阿岐国《あきのくに》の多祁理宮《たけりのみや》に七年《ななとせ》坐しき。亦、其の国より遷《うつ》り上《のぼ》り幸《いでま》して、吉備《きび》の高島宮《たかしまのみや》に八年《やとせ》坐しき。

故《かれ》、其の国より上《のぼ》り幸《いでま》しし時に、亀《かめ》の甲《せ》に乗りて釣《つり》を為《し》つつ打ち羽挙《はふ》り来《く》る人、速吸門《はやすひのと》に遇《あ》ひき。爾《しか》くして、喚《よ》び帰《よ》せて問ひしく、「汝《なむち》は、誰《たれ》ぞ」ととひしに、答へて曰《い》ひしく、「僕《やつかれ》は、国《くに》つ神《かみ》ぞ」といひき。又、問ひしく、「汝は、海道《うみぢ》を知れりや」ととひしに、答へて曰ひしく、「能《よ》く知れり」といひき。又、問ひしく、「従ひて仕《つか》へ奉《まつ》らむや」ととひしに、答へて白《まを》ししく、「仕へ奉らむ」とまをしき。故爾《かれしか》くして、槁機《さを》を指し渡し、其の御船《みふね》に引き入れて、即《すなは》ち名《な》を賜《たま》ひて槁根津日子《さをねつひこ》と号《なづ》けき。

さて、その国から上って行った時に、浪速《なみはや》の渡《わたり》（流れの急な海峡）を経て、白肩津《しらかたのつ》に停泊した。この時に、登美能那賀須泥毘古《とみのながすねびこ》（登実は地名で、奈良市富雄の辺り）が、軍勢を率いて、待ち迎えて戦った。そこで、神倭伊波礼毘古命《かむやまといわれびこのみこと》は船に入れてある楯《たて》を取って、下り立った。それで、その地を名付けて楯津《たてつ》といったのである。今は、日下《くさか》（東大阪市日下町の辺り）の蓼津《たでつ》という。

こうして、登美毘古《とみびこ》と戦った時に、五瀬命《いつせのみこと》は、御手に登美毘古の痛矢串《いたやぐし》（矢による痛手）を受けた。そして、「私は、日の神（天照大御神《あまてらすおおみかみ》）の御子《みこ》として、日に向って戦うことは、よくない。だから、いやしい奴《やっこ》から手傷を負ってしまった。今からは、迂回《うかい》して背に日を受けて敵を撃とう」と、誓って、南の方から迂回していらっしゃった時に、血沼海《ちぬのうみ》（大阪府南部の海）に着いて、その御手の血を洗った。それで、血沼海というのである。

その地から迂回していらっしゃって、紀伊国《きのくに》の男之水門《おのみなと》（大阪府泉南市男里の辺り）に着いて、五瀬命は、「いやしい奴から手傷を負って死ぬのか」と、雄叫《おたけ》びしてお亡くなりになった。それで、その水門を名付けて男之水門というのである。陵《はか》は、そのまま紀伊国《きのくに》の竈山《かまやま》（和歌山市和田）にある。

故《かれ》、其《そ》の国より上《のぼ》り行《ゆ》きし時に、浪速《なみはや》の渡《わたり》を経て、青雲《あをくも》の白肩津《しらかたのつ》に泊《は》てき。此《こ》の時に、登美能那賀須泥毘古《とみのながすねびこ》、軍《いくさ》を興《おこ》し、待《ま》ち向《むか》へて戦ひき。爾《しか》くして、御船《みふね》に入れたる楯《たて》を取りて、下《お》り立《た》ちき。故《かれ》、其地《そこ》を号《なづ》けて楯津《たてつ》と謂《い》ひき。今には、日下《くさか》の蓼津《たでつ》と云《い》ふ。

是《ここ》に、登美毘古《とみびこ》と戦ひし時に、五瀬命《いつせのみこと》、御手《みて》に登美毘古が痛矢串《いたやぐし》を負《お》ひき。故爾《かれしか》くして、詔《のりたま》ひしく、「吾《あれ》は、日の神の御子《みこ》と為《し》て、日に向《むか》ひて戦ふこと、良くあらず。故、賤《いや》しき奴《やつこ》が痛手《いたて》を負《お》ひつ。今よりは、行《ゆ》き廻《めぐ》りて背《せ》に日を負《お》ひて撃《う》たむ」と、期《ちぎ》りて、南の方《かた》より廻《めぐ》り幸《いでま》しし時に、血沼《ちぬの》海《うみ》に到《いた》りて、其の御手の血を洗ひき。故、血沼海と謂《い》ふ。

其地《そこ》より廻《めぐ》り幸《いでま》して、紀国《きのくに》の男之水門《をのみなと》に到りて、詔ひしく、「賤しき奴が手を負ひてや死なむ」と、男建《をたけ》び為《し》て崩《さ》りましき。故、其の水門を号《なづ》けて男水門《をのみなと》と謂ふ。陵《はか》は、即《すなは》ち紀国の竈山《かまやま》に在《あ》り。

さて、神倭伊波礼毘古命《かむやまといわれびこのみこと》が、その地から迂回《うかい》していらっしゃって、熊野《くまの》（和歌山県と三重県にまたがる広大な地域）の村に着いた時に、大きな熊が、ちらりと見え隠れして、そのまま姿を消した。すると神倭伊波礼毘古命は、毒気に当てられて急に正気を失い、また軍勢も、皆正気を失って倒れてしまった。

この時に、熊野の高倉下《たかくらじ》という者が一振りの大刀《たち》を持って、天《あま》つ神《かみ》である御子《みこ》の横たわっているところにやってきて、その大刀を献上した時に、天つ神である御子は、たちまち正気にもどって起きあがり、「長いこと寝てしまったなあ」とおっしゃった。そして、その大刀を受け取った時に、その熊野の山の荒れすさぶ神は、ひとりでにすべて斬《き》り倒された。そうして、意識が混乱して倒れていたその軍勢も、皆正気にもどって起きあがった。

そこで、天つ神である御子が、其の大刀を手に入れた事情を問うたところ、高倉下が答えて言うには、「私が夢に見たことには、『天照大神《あまてらすおおかみ》・高木神《たかぎのかみ》の二柱《ふたはしら》の神のご命令で、建御雷神《たけみかずちのかみ》（九九頁参照）をお呼び寄せになり、「葦原中国《あしはらのなかつくに》は、ひどく騒がしいようである。わが御子たちは、悩んでおられるらしい。その葦原中国は、もっぱらお前が言向《ことむ》けた（服属させた）国である。だから、お前、建御雷神が降《くだ》るのがよろしい」とおっしゃいました。そして、建御雷神はそれに答えて、「私が降らなくても、もっぱらその国を平定した大刀があります。この大刀を降すのがよいでしょう。この大刀を降す方法は、高倉下の所の倉の頂《いただき》に穴をあけて、そこから落とし入れましょう」と申し上げました。そして、建御雷神は、私に「では、よく探して、お前がその大刀を取り持って天つ神である御子に献上しなさい」と言った』という夢を見たのです。そこで、夢のお告げの如《ごと》く、朝になって自分の倉を見ますと、そのとおりに大刀がありました。それで、この大刀を献上するのです」と言った。

故《かれ》、神倭伊波礼毘古命《かむやまといはれびこのみこと》、其地《そこ》より廻《めぐ》り幸《いでま》して、熊野《くまの》の村に到《いた》りし時に、大き熊《くま》、髣《ほの》かに出で入りて、即《すなは》ち失《う》せき。爾《しか》くして、神倭伊波礼毘古命、倐忽《たちまち》にをえ為《し》、及《また》、御軍《みいくさ》、皆《みな》をえして伏《ふ》しき。

此《こ》の時に、熊野の高倉下《たかくらじ》、一《ひと》ふりの横刀《たち》を齎《も》ちて、天《あま》つ神御子《かみみこ》の伏せる地《ところ》に到りて献《たてまつ》りし時に、天つ神御子、即ち寤《さ》め起きて、詔《のりたま》ひしく、「長く寝《い》ねつるかも」とのりたまひき。故、其《そ》の横刀《たち》を受け取りし時に、其の熊野の山の荒《あら》ぶる神、自《おのづか》ら皆切《き》り仆《たふ》さえき。爾《しか》くして、其の惑《まと》ひ伏せる御軍、悉《ことごと》く寤め起きき。

故《かれ》、天つ神御子、其の横刀《たち》を獲《え》し所由《ゆゑ》を問ひしに、高倉下が答へて曰《い》ひしく、「己《おの》が夢《いめ》みつらく、『天照大神《あまてらすおほかみ》・高木神《たかぎのかみ》の二柱《ふたはしら》の神の命以《みこともち》て、建御雷神《たけみかづちのかみ》を召して詔《のりたま》はく、「葦原中国《あしはらのなかつくに》は、いたくさやぎてありなり。我《わ》が御子《みこ》等《たち》、平《たひ》らかならず坐《いま》すらし。其の葦原中国は、専《もは》ら汝《なむち》が言向《ことむ》けたる国ぞ。故《かれ》、汝《なむち》建御雷神、降《くだ》るべし」とのりたまふ。爾《しか》くして、答へて白《まを》さく、「僕《やつかれ》は降らずとも、専《もは》ら其の国を平《たひ》らげし横刀《たち》有《あ》り。是《こ》の刀《たち》を降《くだ》すべし。此の刀を降さむ状《かたち》は、高倉下が倉の頂《いただき》を穿《うか》ちて、其《それ》より堕《おと》し入れむ」とまをす。「故《かれ》、あさめよく、汝、取り持ちて天つ神御子に献れ」といふ』といめみつ。故、夢《いめ》の教《をしへ》の如《ごと》く、旦《あした》に己《おの》が倉を見れば、信《まこと》に横刀《たち》有り。故、是の横刀を以《もち》て献りつらくのみ」といひき。

四 八《や》咫《あた》烏《からす》の先導

するとまた、高木大神《たかぎのおおかみ》のご命令で、教え申し上げることに、「天《あま》つ神《かみ》である御子《みこ》よ、ここから奥の方にすぐに入って行かれてはなりません。荒れすさぶ神が、とてもたくさんいます。今、天から八咫烏《やあたからす》（大きな烏）を遣わします。そうすれば、その八咫烏が、あなたを先導するはずです。その飛び立つ後についていでになるとよいでしょう」と申し上げた。

そこで、その教えさとしの通りに、その八咫烏の後についていらっしゃると、吉野川《よしの》の下流に着いた時に、筌《うえ》（魚を捕る仕掛け）を作って魚を捕っている人がいる。そこで、天つ神である御子が尋ねて、「お前は、だれか」と問うたところ、答えて、「私は国《くに》つ神《かみ》で、名は贄持之子《にえもつのこ》（神の食べ物を持参する者）といいます」と申し上げた。

その地からさらに進んでいらっしゃると、尾の生えた人が、井戸の中から出てきた。その井戸は光っている。そこで、尋ねて、「お前は、だれか」と問うたところ、答えて、「私は、国つ神で、名は井氷鹿《いひか》（光る井戸に住む者）といいます」と申し上げた。

そこから、その山に入ると、また、尾の生えた人に出会った。この人は、岩を押し分けて出てきた。そこで、尋ねて、「お前は、だれか」と問うたところ、答えて、「私は、国つ神で、名は石押分之子《いわおしわくのこ》といいます。今、天つ神である御子がいらっしゃったと聞いたので、お迎えに参ったのです」と申し上げた。

その地から道のない山中を踏み分けて、宇陀《うだ》（奈良県宇陀郡）に越え出て行かれた。それで、そこを宇陀の穿《うかち》（貫く意）というのである。

是《ここ》に、亦《また》、高木大神《たかぎのおほかみ》の命以《みこともち》て、覚《さと》して白《まを》ししく、「天《あま》つ神御子《かみみこ》、此《これ》より奥《おく》つ方《かた》に便《すなは》ち入《い》り幸《いでま》すこと莫《なか》れ。荒《あら》ぶる神、甚《いと》多し。今、天《あめ》より八咫烏《やあたからす》を遣《つかは》さむ。故《かれ》、其《そ》の八咫烏、引道《みちび》きてむ。其の立たむ後《しりへ》より幸行《いでま》すべし」とまをしき。

故、其の教《をし》へ覚《さと》しの随《まにま》に、其の八咫烏の後《しりへ》より幸行《いでま》せば、吉野河《よしののかは》の河尻《かはしり》に到《いた》りし時に、筌《うへ》を作りて魚《うを》を取れる人有《あ》り。爾《しか》くして、天つ神御子の問ひしく、「汝《なむち》は、誰《たれ》ぞ」ととひしに、答へて白《まを》ししく、「僕《やつかれ》は、国《くに》つ神《かみ》、名は贄持之子《にへもつのこ》と謂《い》ふ」とまをしき。

其地《そこ》より幸行《いでま》せば、尾生《をお》ひたる人、井《ゐ》より出で来たり。其の井に光《ひかり》有り。爾くして、問ひしく、「汝は、誰ぞ」ととひしに、答へて白《まを》ししく、「僕は、国つ神、名は井氷鹿《ゐひか》と謂《い》ふ」とまをしき。

即《すなは》ち、其の山に入れば、亦《また》、尾生《をお》ひたる人に遇《あ》ひき。此の人、巌《いはほ》を押し分けて出で来たり。爾くして、問ひしく、「汝は、誰ぞ」ととひしに、答へて白ししく、「僕は、国つ神、名は石押分之子《いはおしわくのこ》と謂ふ。今、天つ神御子幸行《いでま》しぬと聞きつるが故《ゆゑ》に、参《ま》ゐ向《むか》へたらくのみ」とまをしき。

其地《そこ》より蹈《ふ》み穿《うか》ちて、宇陀《うだ》に越《こ》え幸《いでま》しき。故《かれ》、宇陀の穿《うかち》と曰《い》ふ。

五 兄宇迦斯《えうかし》と弟宇迦斯《おとうかし》

ところで、この宇陀《うだ》に兄宇迦斯《えうかし》・弟宇迦斯《おとうかし》の二人がいた。そこで、まず八咫烏《やあたからす》を派遣して、二人に、「今、天《あま》つ神《かみ》である御子《みこ》がおいでになった。お前たちは、お仕え申すか」と問うた。すると、兄宇迦斯は、鏑矢《かぶらや》でその使いを待ち受けて射て追い返した。それで、その鏑矢の落ちた地を、訶夫羅前《かぶらさき》というのである。

兄宇迦斯は「迎え撃とう」と言って、軍勢を集めた。しかし軍勢をうまく集めることができないので、お仕え申し上げることにしようと偽《いつわ》って、大きな御殿を造り、その御殿の中に押機《おし》（踏むと石が落下して圧死させるような罠《わな》か）をしかけて待ち構えていた時に、弟宇迦斯がまず御子のもとへお迎えに参って、拝礼して申し上げるには、「私の兄の兄宇迦斯は、天つ神である御子の使者を射返し、待ち受けて攻撃しようとして軍勢を集めましたが、うまく集めることができないので、御殿を造り、その中に押機をしかけて、御子を殺そうと待ち構えています。そこで、お迎えにあがって白状申すのです」と申し上げた。

そこで、大伴連《おおとものむらじ》らの祖先道臣命《みちのおみのみこと》と久米直《くめのあたい》らの祖先大久米命《おおくめのみこと》の二人が、兄宇迦斯を呼び寄せて、罵《ののし》って言うには、「きさまが御子のためにお造り申し上げた御殿の中には、きさまが先に入って、お仕え申そうとする様子をはっきりお見せしろ」と言って、そのまま大刀《たち》の柄《つか》を握り、矛《ほこ》をしごき、矢をつがえて、御殿の中に追い入れた時に、兄宇迦斯はたちまち自分の作った押機に打たれて死んだ。そこで、すぐにその亡骸《なきがら》を引きずり出してばらばらに斬《き》り刻んだ。それで、その地は、宇陀《うだ》の血原《ちはら》というのである。

故爾《かれしか》くして、宇陀《うだ》に兄宇迦斯《えうかし》・弟宇迦斯《おとうかし》の二人《ふたり》有《あ》り。故、先《ま》づ八咫烏《やあたからす》を遣《つかは》して、二人を問ひて曰《い》ひしく、「今、天《あま》つ神御子《かみみこ》、幸行《いでま》しぬ。汝等《なむちら》、仕《つか》へ奉《まつ》らむや」といひき。是《ここ》に、兄宇迦斯、鳴鏑《かぶら》を以《もち》て、其《そ》の使《つかひ》を待ち射返《いかへ》しき。故、其の鳴鏑の落ちたる地《ところ》は、訶夫羅前《かぶらさき》と謂《い》ふ。

六 久《く》米《め》歌《うた》

「待《ま》ち撃《う》たむ」と、云《い》ひて、軍《いくさ》を聚《あつ》めき。然《しか》れども、軍を聚むること得《え》ねば、仕《つか》へ奉《まつ》らむと欺陽《いつは》りて、大き殿《との》を作り、其の殿の内《うち》に押機《おし》を作りて待ちし時に、弟宇迦斯先《ま》づ参《ま》ゐ向《むか》へて、拝《をろが》みて白《まを》ししく、「僕《やつかれ》が兄《え》兄宇迦斯、天つ神御子の使を射返し、将《まさ》に待ち攻めむと為《し》て軍《いくさ》を聚《あつ》むるに、聚むること得ねば、殿《との》を作り、其の内に押機を張りて、待ち取らむとす。故、参《ま》ゐ向《むか》へて顕《あらは》し白《まを》しつ」とまをしき。

爾くして、大伴連等《おほとものむらじら》が祖道臣命《おやみちのおみのみこと》・久米直等《くめのあたひら》が祖大久米命《おやおほくめのみこと》の二人、兄宇迦斯を召して、罵詈《の》りて云《い》はく、「いが作り仕《つか》へ奉《まつ》れる大殿の内には、おれ、先《ま》づ入りて、其の将《まさ》に仕へ奉らむと為《す》る状《かたち》を明《あ》かし白《まを》せ」といひて、即《すなは》ち横刀《たち》の手上《たかみ》を握《にぎ》り、矛《ほこ》ゆけ、矢《や》刺して、追ひ入《い》れし時に、乃《すなは》ち己《おの》が作れる押《おし》に打《う》たえて死にき。爾《しか》くして、即ち控《ひ》き出《いだ》して斬《き》り散《ちら》しき。故《かれ》、其《そ》地《こ》は、宇陀《うだ》の血原《ちはら》と謂《い》ふ。

その地からさらに進んで行かれて、忍坂《おしさか》の大きな室《むろ》に着いた時に、尾の生えた土雲《つちぐも》という勇猛な者たちが大勢その室にいて、待ち構えてうなり声をあげていた。そこで、天《あま》つ神《かみ》である御子《みこ》のご命令で、ご馳走《ちそう》をその猛者たちにお与えになった。この時、多くの猛者たちにそれぞれ割り当てて多くの給仕人を用意して、めいめいに大刀《たち》をはかせ、その給仕人たちに教えて言うには、「歌うのを聞いたら、いっせいに斬《き》れ」と言った。そして、その土雲を撃とうとすることを知らせた歌にいうには、

忍坂《おさか》の　大室屋《おほむろや》に　人多《ひとさは》に　来入《きい》り居《を》り　人多《ひとさは》に　入《い》り居《を》りとも　厳々《みつみつ》
し　久米《くめ》の子が　頭椎《くぶつつ》い　石椎《いしつつ》い持ち　撃《う》ちてし止《や》まむ　厳々《みつみつ》し　久米
の子らが　頭椎《くぶつつ》い　石椎《いしつつ》い持ち　今撃たば宜《よら》し

——忍坂《おしさか》の大きな室屋の中に人がたくさん来て入っている。人がたくさん入っていても、勢い盛んな久米部《くめべ》の者たちの頭椎《くぶつつ》・石椎《いしつつ》を持って、敵を撃たずにはおくものか。勢い盛んな久米部の者たちの頭椎・石椎を持ち、今撃てばよいぞ

このように歌って、大刀を抜いていっせいに土雲を打ち殺した。

さて、天つ神である御子は、こうして荒れすさぶ神たちを言向《ことむ》け平定して秩序に服せ

しめ、従わない人どもを討ちはらって、畝傍《うねび》の橿原宮《かしはらのみや》（奈良県橿原市）においでになって、天下を治めた。

其地《そこ》より幸行《いでま》して、忍坂《おしさか》の大室《おほむろ》に到《いた》りし時に、尾生《をお》ひたる土雲《つちぐも》の八十《やそ》建《たける》、其《そ》の室《むろ》に在《あ》りて、待ちいなる。故爾《かれしか》くして、天《あま》つ神御子《かみみこ》の命《みこと》以《もち》て、饗《あへ》を八十建に賜《たま》ひき。是《ここ》に、八十建に宛《あ》てて、八十膳夫《やそかしはて》を設《まう》けて、人毎《ひとごと》に刀《たち》を佩《は》けて、其《そ》の膳夫等《かしはてら》に誨《をし》へて曰《い》ひしく、「歌ふを聞かば、一時共《もろとも》に斬《き》れ」といひき。故《かれ》、其の土雲を打たむことを明《あか》せる歌に曰《い》はく、

忍坂《おさか》の　大室屋《おほむろや》に　人多《ひとさは》に　来入《きい》り居《を》り　人多《ひとさは》に　入《い》り居《を》りとも
厳々《みつみつ》し　久米《くめ》の子が　頭椎《くぶつつ》い　石椎《いしつつ》い持ち　撃《う》ちてし止《や》まむ　厳々《みつみつ》し
久米の子らが　頭椎《くぶつつ》い　石椎《いしつつ》い持ち　今撃たば宜《よら》し

如此《かく》歌ひて、刀《たち》を抜きて一時《もろとも》に打《う》ち殺《ころ》しき。（略）
故、如此《かく》荒《あら》ぶる神等《かみたち》を言向《ことむ》け平《たひら》げ和《やは》し、伏《したが》はぬ人等《ひとども》を退《しりぞ》け撥《はら》ひて、畝火《うねび》の白檮原宮《かしはらのみや》に坐《いま》して、天《あめ》の下《した》を治《をさ》めき。

七 皇后の選定

さて、神武天皇が日向《ひむか》にいらっしゃった時に、阿多《あた》（薩摩半島の広い地域をさす古名）の小椅君《おばしのきみ》の妹で、名は阿比良比売《あひらひめ》を娶《めと》って、生んだ子は、多芸志美美命《たぎしみみのみこと》。次に、岐須美美命《きすみみのみこと》。お二人いらっしゃった。

しかし、さらに皇后とするための乙女を探した時に、大久米命《おおくめのみこと》が「この辺りに一人の乙女がいます。この方は、神の御子《みこ》といわれています。その、神の御子というわけは、三島《みしま》の湟咋《みぞくい》の娘、名は勢夜陀多良比売《せやだたらひめ》が、その容貌が美しかったために、三輪《みわ》の大物主神《おおものぬしのかみ》（八六頁参照）は一目見て心を奪われ、その娘が大便をしようとした時に、赤く塗った矢に姿を変えて、その大便をしようとした溝を流れ下って、その乙女の陰部を突きました。すると、その乙女は驚いて、走り回ってうろたえました。そして、その矢を持ってきて、床のそばに置いたところ、矢はたちまち立派な男の姿になりました。そのままその乙女を娶って、生んだ子の名は、富登多々良伊須々岐比売命《ほとたたらいすすきひめのみこと》といい、またの名は、比売多々良伊須気余理比売《ひめたたらいすけよりひめ》といいます。こういうわけで神の御子というのです」と申し上げた。
そうして、お生れになった御子の名は、日子八井命《ひこやいのみこと》。次に、神八井耳命《かむやいみみのみこと》。次に、神沼《かむぬな》河耳命《かわみみのみこと》（のちの綏靖《すいぜい》天皇）。

＊始めに降臨した高千穂を離れ大和に入り即位した天皇は、土地の神の娘との結婚を通じ、その地の支配を実現してゆく。

故《かれ》、日向《ひむか》に坐《いま》しし時に、阿多《あた》の小椅君《をばしのきみ》が妹《いも》、名は阿比良比売《あひらひめ》を娶《めと》りて、生《う》みし子は、多芸志美々命《たぎしみみのみこと》。次に、岐須美々命《きすみみのみこと》。二柱坐《ふたはしらいま》しき。

然《しか》れども、更《さら》に大后《おほきさき》と為《せ》む美人《をとめ》を求めし時に、大久米命《おほくめのみこと》の白《まを》ししく、

「此間《ここ》に媛女《をとめ》有り。是《これ》、神の御子《みこ》と謂《い》ふ。其《そ》の、神の御子と謂《い》ふ所以《ゆゑ》は、三島《みしま》の湟咋《みぞくひ》が女《むすめ》、名は勢夜陀多良比売《せやだたらひめ》、其の容姿麗美《かたちうるは》しきが故《ゆゑ》に、美和《みわ》の大物主神《おほものぬしのかみ》、見感《みめ》でて、其の美人の大便《くそま》らむと為《せ》し時に、丹塗矢《にぬりや》と化《な》りて、其の大便《くそま》らむと為《せ》し溝《みぞ》より流れ下《くだ》りて、其の美人のほとを突きき。爾《しか》くして、其の美人、驚きて、立ち走りいすすきき。乃《すなは》ち、其の矢を将《も》ち来《き》て、床《とこ》の辺《へ》に置くに、忽《たちま》ちに麗《うるは》しき壮夫《をとこ》と成《な》りき。即《すなは》ち其の美人を娶《めと》りて、生

み子の名は、富登多々良伊須々岐比売命《ほとたたらいすすきひめのみこと》と謂ふ。亦《また》の名は、比売多々良《ひめたたら》伊須気余理比売《いすけよりひめ》と謂《い》ふ。故、是《ここ》を以《もち》て神の御子と謂ふぞ」とまをしき。

（略）

然《しか》くして、あれ坐《ま》せる御子の名は、日子八井命《ひこやゐのみこと》。次に、神八井耳命《かむやゐみみのみこと》。次に、神沼河耳命《かむぬなかはみみのみこと》。

八　当芸志美々命《たぎしみみのみこと》の反逆

さて、天皇が崩じられた後に、その三人の御子《みこ》の異母兄にあたる当芸志美々命《たぎしみみのみこと》は、天皇の皇后である伊須気余理比売《いすけよりひめ》を娶《めと》った時に、その三人の弟を殺そうとたくらんだので、その母君である伊須気余理比売は、心を痛め苦しんで、歌によってその御子たちに知らせた。歌っていうには、

狭井河《さゐがは》よ　雲立《くもた》ち渡《わた》り　畝火山《うねびやま》　木《こ》の葉《は》さやぎぬ　風吹かむとす

——狭井河から雲が広がり、畝傍山《うねびやま》の木の葉がざわざわと音を立てはじめた。風が吹こうとし

ている

そこで、その御子が、その歌を聞いて計りごとを知り驚いて、すぐさま当芸志美々を殺そうとした時に、神沼河耳命《かむぬなかわみみのみこと》が、その兄の神八《かむや》井耳命《いみみのみこと》に申し上げるには、「兄上よ、武器を持って入って、当芸志美々を殺せ」と申し上げた。

そこで、神八井耳命は、武器を持って入って、殺そうとしたのだが、その時に、手足がふるえて、殺すことができない。それで、その弟の神沼河耳命は、その兄の持っている武器を受け取って、中に入って当芸志美々を殺した。それでまた、その名をたたえて、建沼河耳命《たけぬなかわみみのみこと》というのである。

そうして、神八井耳命が、弟の建沼河耳命に皇位を譲って言うには、「私は、敵を殺すことができませんでした。あなたは、見事に敵を殺すことができました。ですから、私は兄ではあるけれども、天皇となるべきではありません。そういうわけで、あなたが、天皇となって天下を治めてください。私は、あなたを助け、身を慎んで神の加護を願う役としてお仕え申し上げましょう」と言った。神沼河耳命《かむぬなかわみみのみこと》は、天下を治めた（綏靖《すいぜい》天皇）。

すべてこの神倭伊波礼毘古天皇《かむやまといわれびこ》（神武天皇）の享年は、百三十七歳である。御陵《みはか》は、畝傍山《うねびやま》の北方の白檮尾《かしのお》（樫《かし》が生えた山裾）のほとりにある。

故《かれ》、天皇《すめらみこと》の崩《さ》りましし後《のち》に、其《そ》の庶兄当芸志美々命《ままねたぎしみみのみこと》、其の適后《おほきさき》伊須気余《いすけよ》理比売《りひめ》を娶《めと》りし時に、其の三《み》はしらの弟《おと》を殺《ころ》さむとして謀《はか》りし間《あひだ》に、其の御祖《みおや》伊須気余理比売《いすけよりひめ》、患《うれ》へ苦《くる》しびて、歌を以《もち》て其の御子等《みこたち》に知らしめき。歌ひて曰《い》はく、

狭井河《さゐがは》よ　雲立《くもた》ち渡《わた》り　畝火山《うねびやま》　木《こ》の葉《は》さやぎぬ　風吹かむとす

（略）是《ここ》に、其の御子、聞き知りて驚きて、乃《すなは》ち当芸志美々を殺さむと為《せ》し時に、神沼河耳命《かむぬなかはみみのみこと》、其《そ》の兄《え》神八井耳命《かむやゐみみのみこと》に白《まを》ししく、「なね汝命《ながみこと》、兵《つはもの》を持ち入りて、当芸志美々を殺せ」とまをしき。

故《かれ》、兵《つはもの》を持ち入りて、殺さむとせし時に、手足わななきて、殺すこと得《え》ず。故爾《かれしか》くして、其の弟《おと》神沼河耳命、其の兄《え》の持てる兵《つはもの》を乞《こ》ひ取《と》りて、入りて当芸志美々を殺しき。故、亦《また》、其の御名《みな》を称《たた》へて、建沼河耳命《たけぬなかはみみのみこと》と謂《い》ふ。

爾《しか》くして、神八井耳命、弟《おと》建沼河耳命に譲りて曰《い》ひしく、「吾《あれ》は、仇《あた》を殺すこと能《あた》はず。汝命《ながみこと》、既《すで》に仇《あた》を殺すこと得つ。故、吾は、兄《え》なれども、上《かみ》と為《な》るべくあらず。是《ここ》を以《もち》て、汝命《ながみこと》、上《かみ》と為《な》りて天《あめ》の下《した》を治《をさ》めよ。僕《やつかれ》は、汝命を扶《たす》け、忌人《いはひひと》と為《し》て仕《つか》へ奉《まつ》らむ」といひき。（略）神沼河耳命《かむぬなかはみみのみこと》は、天の下を治めき。

凡《おほよ》そ、此《こ》の神倭伊波礼毘古天皇《かむやまといはれびこのすめらみこと》の御年《みとし》は、壱佰参拾漆歳《ももとせあまりみそとせあまりななとせ》ぞ。御陵《みはか》は、畝火山《うねびやま》の北の方《かた》の白檮尾《かしのを》の上《うへ》に在《あ》り。

古事記の風景 ③

熊野《くまの》

和歌山県と三重県にまたがる熊野山地は、あまりにも深い山塊と多雨、そして険しい路によって、古くからの自然環境と信仰を保ちえてきた。その歴史は平安時代、早くから山岳宗教の中心であった吉野の金峰山《きんぷせん》から、熊野にかけて修験道の道場が開かれたことに始まる。多くの聖《ひじり》や山伏たちのあこがれの場となり、熊野本宮大社・熊野速玉《はやたま》大社（写真）・熊野那智《なち》大社の三社を参詣《さんけい》する「熊野詣《くまのもうで》」が行われるようになった。院政期には皇族・貴族たちによる爆発的な参詣ブームが起り、中世には「蟻《あり》の熊野詣」と称されるほど、おびただしい人々が連なって山塊に吸い込まれて行った。現在も「熊野古道」として参詣道は残され、「紀伊《きい》山地の霊場と参詣道」としてユネスコ世界文化遺産に登録されている。

『古事記』では、この熊野はまさに「大きな熊」が現れた場所として描かれる。邇々芸命《ににぎのみこと》の末裔《まつえい》、神倭伊波礼毘古命《かむやまといわれびこのみこと》（神武天皇）東征の際、高千穂《たかちほ》から瀬戸内海を抜け、紀伊水道を巡って上陸した、その場所である。「熊野の山の荒ぶる神」が棲《す》み、現れた「大きな熊」の毒によって神武天皇は軍勢もろとも正気を失ってしまう。しかし天《あま》つ神から遣わされた刀によって荒ぶる神々は倒され、その後は「八咫烏《やあたからす》」を先導に、吉野、大和へ向かった。烏は今も熊野の神の使いとして篤《あつ》く信仰され、熊野三社の護符「熊野牛王宝印《ごおうほういん》」にも図案化されている。

綏《すい》靖《ぜい》天皇

（概略）

神沼河耳命《かむぬなかわみみのみこと》（綏靖天皇）は葛城《かずらき》（奈良県の金剛山地東麓一帯）の高岡宮《たかおかのみや》（奈良県御所市森脇の地か）にいらっしゃって、天下を治めた。この天皇が、師木県主《しきのあがたぬし》（奈良県桜井市一帯に勢力のあった氏族）の祖先、河俣毘売《かわまたびめ》を娶《めと》って生んだ御子《みこ》は、師木津日子玉手見命《しきつひこたまてみのみこと》（安寧《あんねい》天皇）。

天皇の享年は四十五歳である。御陵《みはか》は衝田岡《つきたのおか》（『延喜式』によれば、大和国高市郡の地）にある。

安寧《あんねい》天皇（概略）

師木津日子《しきつひこ》玉手《たまて》見命《みのみこと》（安寧天皇）は片塩《かたしお》（奈良県大和高田市三倉堂辺りか）の浮穴《うきあなの》宮《みや》にいらっしゃって、天下を治めた。この天皇が、河俣毘売《かわまたびめ》の兄、県主波延《はえ》の娘、阿久斗比売《あくとひめ》を娶って生んだ御子は、常根津日子伊呂泥命《とこねつひこいろねのみこと》、大倭日子鉏友命《おおやまとひこすきとものみこと》、師木津日子命《しきつひこのみこと》。大倭日子鉏友命は、天下を治めた（懿徳《いとく》天皇）。

師木津日子命の子、和知都美命《わちつみのみこと》には、蠅伊呂泥《はえいろね》（意富夜麻登久邇阿礼比売命《おおやまとくにあれひめのみこと》とも）、蠅伊呂杼《はえいろど》という二人の娘があった（二人とも孝霊《こうれい》天皇妃）。

天皇の享年は四十九歳である。御陵は畝傍《うねび》山《やま》のくぼんだ所にある。

懿《い》徳《とく》天皇（概略）

大倭日子鉏友命《おおやまとひこすきとものみこと》（懿徳天皇）は軽《かる》（橿原市大軽町一帯）の境岡宮《さかいおかのみや》にいらっしゃって、天下を治めた。この天皇が、師木県主《しきのあがたぬし》の祖先、賦登麻和訶比売命《ふとまわかひめのみこと》を娶《めと》って生んだ御子《みこ》は、御真津日子訶恵志泥命《みまつひこかえしねのみこと》、多芸志比古命《たぎしひこのみこと》。御真津日子訶恵志泥命は、天下を治めた（孝昭《こうしょう》天皇）。

天皇の享年は四十五歳である。御陵《みはか》は畝傍山《うねびやま》の真名子谷《まなこだに》のほとりにある。

孝昭《こうしょう》天皇（概略）

御真津日子訶恵志泥命《みまつひこかえしねのみこと》（孝昭天皇）は葛城《かずらき》の掖上宮《わきがみのみや》（奈良県御所市東北部）にいらっしゃって、天下を治めた。この天皇が、尾張連《おわりのむらじ》の祖先、奥津余曾《おきつよそ》の妹、余曾多本毘売《よそたほびめの》命《みこと》を娶って生んだ御子は、天押帯日子命《あめおしたらしひこのみこと》、大倭帯日子国押人命《おおやまとたらしひこくにおしひとのみこと》。弟の帯日子国押人命は天下を治めた（孝安《こうあん》天皇）。

天皇の享年は九十三歳である。御陵は、掖上《わきがみ》の博多山《はかたやま》（御所市三室）のほとりにある。

孝《こう》安《あん》天皇（概略）

大倭《おおやまと》　帯日子国押人命《たらしひこくにおしひとのみこと》（孝安天皇）は、葛城《かずらき》の室《むろ》の秋津島宮《あきづしまのみや》（奈良県御所市室の宮山の東麓）にいらっしゃって、天下を治めた。この天皇が、姪《めい》の忍鹿比売命《おしかひめのみこと》を娶《めと》って生んだ御子《みこ》は、大吉備諸進命《おおきびもろすすみのみこと》、大倭根子日子賦斗邇命《おおやまとねこひこふとにのみこと》。大倭根子日子賦斗邇命は、天下を治めた（孝霊《こうれい》天皇）。

天皇の享年は百二十三歳である。御陵《みはか》は玉手岡《たまてのおか》（御所市玉手の地）のほとりにある。

孝《こう》霊《れい》天皇（概略）

大倭根子《おおやまとねこ》日子《ひこ》賦斗邇命《ふとにのみこと》（孝霊天皇）は黒田《くろだ》（奈良県磯城郡田原本町黒田）の廬戸宮《いおとのみや》にいらっしゃって、天下を治めた。この天皇が細比売命《ほそひめのみこと》を娶って生んだ御子は、大倭根子《おおやまとねこ》日子《ひこ》国玖琉命《くにくるのみこと》。意富夜麻登玖邇阿礼比売命《おおやまとくにあれひめのみこと》（一六一頁参照）を娶って生んだ御子は、夜《や》麻登々母々曾毘売命《まとともそびめのみこと》、日子刺肩別命《ひこさしかたわけのみこと》、大吉備津日子命《おおきびつひこのみこと》、倭飛羽矢若屋比売《やまととびはやわかやひめ》。阿礼比売《あれひめ》命《みこと》の妹、蠅伊呂杼《はえいろど》を娶って生んだ御子は、日子寤間命《ひこさめまのみこと》、若日子建吉備津日子命《わかひこたけきびつひこのみこと》。御子たちは、ほかも合せて八柱である。大倭根子日子国玖琉命は、天下を治めた（孝元《こうげん》天皇）。大吉備津日子命《おおきびつひこのみこと》と若日子建吉備津日子命は、播磨《はりま》の氷河《ひかわ》（兵庫県を流れる加古川）の岬に瓶《かめ》を据えて神をまつり、播磨を道の入口として吉備国《きびのくに》（岡山県と広島県東部）を言《こと》向《む》け平定した。

天皇の享年は百六歳である。御陵《みはか》は片岡《かたおか》の馬坂《うまさか》のほとりにある（北葛城郡王寺町に比定）。

孝《こう》元《げん》天皇（概略）

大倭根子《おおやまとねこ》日子《ひこ》国玖琉命《くにくるのみこと》（孝元天皇）は軽《かる》（橿原市大軽町一帯）の堺原宮《さかいはらのみや》にいらっしゃって、天下を治めた。この天皇が、内色許男命《うつしこおのみこと》の妹、内色許売命《うつしこめのみこと》を娶《めと》って生んだ御子《みこ》は、大毘古命《おおびこのみこと》（一七四頁参照）、少名《すくな》日子《ひこ》建猪心命《たけいごころのみこと》、若倭根子《わかやまとねこ》日子《ひこ》大毘々命《おおびびのみこと》（開化《かいか》天皇）。内色許男命《うつしこおのみこと》の娘、伊迦賀色許売命《いかがしこめのみこと》（開化天皇妃）を娶って生んだ御子は、比古布都押之《ひこふつおしのま》信命《ことのみこと》。波邇夜須毘売《はにやすびめ》を娶って生んだ御子は、建波邇夜須毘古命《たけはにやすびこのみこと》。若倭根子日子大毘々命は、天下を治めた。

比古布都押之信命の子は建内宿禰《たけうちのすくね》（成務《せいむ》朝から仁徳《にんとく》朝に至る歴代に仕えた長寿の人）。

この天皇の享年は五十七歳である。御陵《みはか》は剣池《つるぎのいけ》の中岡《なかのおか》のほとりにある（橿原市石川町の石川池の中の突き出た地に比定）。

開《かい》化《か》天皇（概略）

若倭根子《わかやまとねこ》日子《ひこ》大毘々命《おおびびのみこと》（開化天皇）は春日《かすが》の伊耶河宮《いざかわのみや》（奈良市の率川《いさがわ》神社付近）にいらっしゃって、天下を治めた。この天皇が継母の伊迦賀色許売命《いかがしこめのみこと》を娶って生んだ御子は、御真木入日子印恵命《みまきいりびこいにえのみこと》、御真津比売命《みまつひめのみこと》。意祁津比売命《おけつひめのみこと》を娶って生んだ御子は、日子坐王《ひこいますのみこ》。御子たちは合せて五柱である。御真木入日子印恵命は天下を治めた（崇神《すじん》天皇）。日子坐王の子は、大俣王《おおまたのみこ》、沙本毘古王《さほびこのみこ》、沙本毘売命《さほびめのみこと》（垂仁《すいにん》天皇妃）、丹波比古多々須美知能《たにはのひこたたすみちの》宇斯王《うしのみこ》ほか十一柱。大俣王の子は曙立王《あけたつのみこ》、菟上王《うなかみのみこ》。丹波比古多々須美知能宇斯王の子は、比婆須比売命《ひばすひめのみこと》、弟比売命《おとひめのみこと》ほか四柱（すべて垂仁天皇妃）。山代之大箇木真若王《やましろのおおつつきのまわかのみこ》の子は息《おき》長宿禰王《ながのすくねのみこ》。この王の子が息長帯比売命《おきながたらしひめのみこと》（神功《じんぐう》皇后）。

天皇の享年は六十三歳である。御陵《みはか》は伊耶河《いざかわ》の坂のほとりにある（奈良市油阪町に比定）。

崇《す》神《じん》天皇

一　神々の祭祀《さいし》

御真木入日子印恵命《みまきいりびこいにえのみこと》（崇神天皇）は、磯城《しき》の水垣宮《みずかきのみや》（奈良県桜井市金屋の辺りか）にいらっしゃって、天下を治めた。この天皇が、大毘古命《おおびこのみこと》（孝元天皇皇子）の娘、御真津比売命《みまつひめのみこと》を娶《めと》って、生んだ御子《みこ》は、伊玖米伊理毘古伊佐知命《いくめいりびこいさちのみこと》。この天皇の御子たちは、合せて十二人である。そして伊久米伊理毘古伊佐知命は、天下を治めた（垂仁天皇）。

この天皇の御代《みよ》に、疫病が大流行して、人民が死に絶えようとした。それで、天皇は愁《うれ》え嘆いて、神託を受けるための床におやすみになった夜に、大物主大神《おおものぬしのおおかみ》（三輪山《みわやま》の祭神）が夢にあらわれて言うには、「これは、私の意思によるものだ。だから、意富多々《おおたた》泥古《ねこ》をして私を祭らせるならば、神の祟《たた》りによる病も起らず、国もまた安らかであるだろう」と言った。

そこで、駅使《はゆまづかい》（早馬による急使）を四方に分けて、意富多々泥古という人を捜し求めたところ、河内《かわち》の美努村《みののむら》（大阪府八尾市内）にその人を見つけて、天皇にさしだした。そうして、天皇が「お前は、だれの子か」とお尋ねになると、答えて、「私は、大物主大神が、陶津耳命《すえつみみのみこと》の娘である活玉依毘売《いくたまよりびめ》を娶って生んだ子、名は櫛御方命《くしみかたのみこと》の子、飯肩巣見命《いいかたすみのみこと》の子、建甕槌命《たけみかづちのみこと》の子で、私は、意富多々泥古です」と申し上げた。

すると天皇は、とても喜んで、「天下は安らかになり、人民は栄えるだろう」とおっしゃって、早速、意富多々泥古命を祭り主として、三輪山《みわやま》で意富美和之大神《おおみわのおおかみ》（大物主大神）を拝み祭った。

また、伊迦賀色許男命《いかがしこおのみこと》にお命じになり、神聖な多くの平たい土器を作って、天神《あまつかみ》・地祇《くにつかみ》を祭る神社を定め申し上げた。また、宇陀《うだ》の墨坂神《すみさかのかみ》（奈良県宇陀市に祭られていた神）に、赤い色の楯《たて》・矛《ほこ》を祭った。また、大坂神《おおさかのかみ》（奈良県香芝市逢坂に祭られていた神）に黒い色の楯・矛を祭った。また、坂の裾《すそ》の神と川の瀬の神とに、すべて漏れ忘れることなく、幣帛《みてぐら》（神へのお供え）を献上した。

これによって、疫病はすっかりやんで、国家は平安になった。

御真木入日子印恵命《みまきいりびこいにゑのみこと》、師木《しき》の水垣宮《みづかきのみや》に坐《いま》して、天《あめ》の下《した》を治《をさ》めき。此《こ》の天皇《すめら》命《みこと》、（略）大毘古命《おほびこのみこと》の女《むすめ》、御真津比売命《みまつひめのみこと》を娶《めと》りて、生みし御子《みこ》は、伊玖米入日子伊沙知命《いくめいりびこいさちのみこと》。（略）此の天皇の御子等《みこたち》は、并《あは》せて十二柱《とはしらあまりふたはしら》ぞ。故《かれ》、伊久米伊理毘古伊佐知命《いくめいりびこいさちのみこと》は、天の下を治めき。（略）

此の天皇の御世《みよ》に、役病《えやみ》多《あま》た起《おこ》りて、人民《おほみたから》尽《つ》きむと為《し》き。爾《しか》くして、天皇の愁《うれ》へ歎《なげ》きて神牀《かむどこ》に坐《いま》しし夜《よ》に、大物主大神《おほものぬしのおほかみ》、御夢《みいめ》に顕《あらは》れて曰《い》ひしく、「是《これ》は、我《わ》が御心《みこころ》ぞ。故《かれ》、意富多々泥古《おほたたねこ》を以《もち》て、我《あ》が前《まへ》を祭らしめば、神《かみ》の氣《け》、起らず、国も、亦《また》、安《やす》らけく平《たひら》けくあらむ」といひき。

是《ここ》を以《もち》て、駅使《はゆまづかひ》を四方《よも》に班《あか》ちて、意富多々泥古と謂《い》ふ人を求めし時に、河内《かふち》の美努村《みののむら》に、其《そ》の人を見得《みえ》て、貢進《たてまつ》りき。爾《しか》くして、天皇の問ひ賜《たま》はく、「汝《なむち》は、誰《た》が子ぞ」ととひたまふに、答へて白《まを》ししく、「僕《やつかれ》は、大物主大神の、陶津耳命《すゑつみみのみこと》の女《むすめ》、活玉依毘売《いくたまよりびめ》を娶りて、生みし子、名は櫛御方《くしみかたの》命《みこと》の子、飯肩巣見命《いひかたすみのみこと》の子、建甕槌命《たけみかづちのみこと》の子にして、僕は、意富多々泥古ぞ」

と、白しき。

是《ここ》に、天皇、大《おほ》きに歓《よろこ》びて詔《のりたま》はく、「天の下平《たひら》ぎ、人民《おほみたから》栄えむ」とのりたまひて、即《すなは》ち意富多々泥古命《おほたたねこのみこと》を以《もち》て、神主《かむぬし》と為《し》て、御諸山《みもろのやま》にして、意富《おほ》美和之大神《みわのおほかみ》の前《まへ》を拝み祭りき。

又、伊迦賀色許男命《いかがしこをのみこと》に仰《おほ》せて、天《あめ》の八十《やそ》びらかを作り、天神《あまつかみ》・地祇《くにつかみ》の社《やしろ》を定め奉《まつ》りき。又、宇陀《うだ》の墨坂神《すみさかのかみ》に、赤き色の楯《たて》・矛《ほこ》を祭りき。又、大《おほ》坂神《さかのかみ》に、黒き色の楯・矛を祭りき。又、坂《さか》の御尾《みを》の神と河《かは》の瀬《せ》の神とに、悉《ことごと》く遺《のこ》し忘るること無くして、幣帛《みてぐら》を奉りき。

此《これ》に因《よ》りて、役《え》の気《け》、悉く息《や》み、国家《くに》、安らけく平けし。

二 三輪山《みわやま》伝説

この意富多々泥古《おおたたねこ》という人を、大物主大神《おおものぬしのおおかみ》の子と知った理由は、次のようである。先に述べた活玉依毘売《いくたまよりびめ》は、その容姿が整って美しかった。そこに、一人の若者がいた。その容姿や身なりは、当時比類ないほど立派だった。その男が、夜中に、突然姫のもとへやってきた。そして互いに愛し合い、結ばれて男が姫のところへ通ううちに、まだいくらも時が経《た》たないのに、その乙女は身ごもった。

そこで、乙女の両親は、そうして身ごもったことを不思議に思って、その娘に尋ねて、「お前はひとりでに身ごもっている。夫もいないのに、どういうわけで身ごもったのか」と言った。娘は答えて、「美しい若者がいて、その姓名は分りませんが、夜毎にやってきて、ともに暮らすうちに、自然と身ごもったのです」と言った。

そこで、その両親は、その男の素性を知ろうと思って、その娘に教えて、「(足裏に目印がつくように)赤土を床の前に撒《ま》き散らし、つむいだ麻糸を針に通して、それを男の着物の裾《すそ》に刺しなさい」と言った。

そこで、娘は教えられたとおりにして、朝になって見ると、針につけた麻糸は、戸の鍵穴《かぎあな》から抜け通って出て、残っている麻糸は、糸巻にただ三巻だけだった。それで、即座に、男が鍵穴から出ていったということを知って、糸を頼りにたどって行くと、三輪《みわ》山《やま》に着いて、神の社のところで終っていた。

それで、その神の子と知った。そして、その麻糸が糸巻に三巻残ったことから、その地を名付けて三輪《みわ》というのである。

此《こ》の、意富多々泥古《おほたたねこ》と謂《い》ふ人を、神の子と知りし所以《ゆゑ》は、上に云《い》へる活《いく》玉依毘売《たまよりびめ》、其《そ》の容姿《かたち》端正《きらぎら》し。是《ここ》に、壮夫有《をとこあ》り。其の形姿《かたち》・威儀《よそほひ》、時に比無《たぐひな》し。夜半《よなか》の時に、儵忽《たちま》ちに到来《きた》りぬ。故《かれ》、相感《あひめ》でて、共に婚《あ》ひ供《とも》に住《す》める間《あひだ》に、未《いま》だ幾《いく》ばくの時も経《へ》ぬに、其の美人《をとめ》、妊身《はら》みき。

爾《しか》くして、父母《ちちはは》、其の妊身《はら》める事を怪《あや》しびて、其の女《むすめ》を問ひて曰《い》ひしく、「汝《なむち》は、自《おのづか》ら妊《はら》めり。夫《を》無きに、何《なに》の由《ゆゑ》にか妊身める」といひき。答へて曰ひしく、「麗美《うるは》しき壮夫《をとこ》有り。其の姓《かばね》・名《な》を知らず。夕毎《よひごと》に到来《きた》りて、供《とも》に住める間に、自然《おのづか》ら懐妊《はら》めり」といひき。

是《ここ》を以《もち》て、其の父母、其の人を知らむと欲《おも》ひて、其の女に誨《をし》へて曰ひしく、「赤き土を以て床《とこ》の前《まへ》に散《ち》らし、へその紡麻《うみを》を以て針《はり》に貫《ぬ》き、其の衣《きぬ》の襴《すそ》に刺《さ》せ」といひき。

故《かれ》、教《をしへ》の如《ごと》くして、旦時《あした》に見れば、針に著《つ》けたる麻《を》は、戸の鉤穴《かぎあな》より控《ひ》き通《とほ》りて出《い》で、唯《ただ》に遺《のこ》れる麻は、三勾《みわ》のみなり。爾《しか》くして、即《すなは》ち鉤穴より出でし状《かたち》を知りて、糸《いと》に従ひて尋ね行けば、美和山《みわのやま》に至りて、神の社《やしろ》に留《とど》まりき。

故、其の神の子と知りき。故、其の麻《を》の三勾《みわ》遺りしに因《よ》りて、其地《そこ》を名づけて美和《みわ》と謂《い》ふぞ。（略）

三 初国《はつくに》を知らす天皇

また、この御代《みよ》に、大毘古命《おおびこのみこと》（一六六頁参照）を北陸地方に派遣し、その子の建沼河別命《たけぬなかわわけのみこと》を東方の十二国に派遣して、そこの服従しない人たちを平定させた。

そうして、天下は大いに安らぎ、人民は富み栄えた。

ここに、初めて男の狩猟の獲物《えもの》と女の手仕事の糸や織物を税として献上させた。そこで、その御代をたたえて、初国《はつくに》（貢納の制度が整って初めて国家となったという考え方からいう）を知らす御真木天皇《みまきのすめらみこと》というのである。

また、この御代に、依網池《よさみのいけ》を作り、また軽《かる》の酒折池《さかおりのいけ》（ともに灌漑《かんがい》用の溜《た》め池《いけ》）を作った。

天皇の享年は、百六十八歳である。御陵《みはか》は、山辺道《やまのべのみち》の勾之岡《まがりのおか》のほとりにある（奈良県天理市柳本町にあった岡とされる）。

又、此《こ》の御世《みよ》に、大毘古命《おほびこのみこと》は、高志道《こしのみち》に遣《つかは》し、其《そ》の子建沼河別命《たけぬなかはわけのみこと》は、東《ひむかし》の方《かた》の十二《とをあまりふたつ》の道《みち》に遣して、其のまつろはぬ人等《ひとども》を和《やは》し平《たひら》げしめき。（略）

爾《しか》くして、天《あめ》の下太《したおほ》きに平《たひら》ぎ、人民《おほみたから》富み栄えき。

是《ここ》に、初めて男《をとこ》の弓端《ゆはず》の調《つき》・女《をみな》の手末《たなすゑ》の調《つき》を貢《たてまつ》らしめき。故《かれ》、其《そ》の御世《みよ》を称《たた》へて、初国《はつくに》を知らす御真木天皇《みまきのすめらみこと》と謂《い》ふぞ。

又、是《こ》の御世に、依網池《よさみのいけ》を作り、亦《また》、軽《かる》の酒折池《さかをりのいけ》を作りき。

天皇の御歳《みとし》は、壱佰陸拾捌歳《ももとせあまりむそとせあまりやとせ》ぞ。御陵《みはか》は、山辺道《やまのへのみち》の勾之岡《まがりのをか》の上《うへ》に在《あ》り。

古事記の風景 ④

三《み》輪《わ》山《やま》

大和盆地の東縁にたたずむ三輪山は標高四六七メートル、決して高山ではないが、円錐《えんすい》のかたちも麗しく、古代から神の降臨する神体山として崇《あが》められてきた。ふもとには壮大な鳥居を持つ大神《おおみわ》神社が鎮座するが、社殿は拝殿のみで、本殿はない。拝するのは山そのもの。

山中には神の依《よ》ります三つの磐座《いわくら》があり、頂上に奥津磐座《おくついわくら》、少し下ったところに中津《なかつ》磐座、拝殿の近くに辺津《へつ》磐座がり、山麓には銅鏡や勾玉《まがたま》、土師器《はじき》、須恵器《すえき》など、古代の祭祀《さいし》で使われた遺物も多く発掘されている。

三輪の祭神は大物主神《おおものぬしのかみ》。畝傍《うねび》の橿原宮《かしはらのみや》で天下を治めた神武天皇は、この神の娘伊須気余理比売《いすけよりひめ》を妻にする。『古事記』によると、大物主神は活玉依毘売《いくたまよりびめ》のもとに通い、『日本書紀』では蛇の姿をして倭《やまと》迹迹日百襲姫命《ととひももそびめのみこと》のもとに通う。この話から三輪の神は蛇体と考えられ、ゆえに境内の「巳（蛇）の神杉」には、蛇の大好物だという卵がたくさん手向けられている。

『万葉集』では「味酒《うまさけ》　三輪の祝《はふり》が　いはふ杉　手触れし罪か　君に逢《あ》ひがたき」（巻四）と詠まれ、三輪の神主たちが神酒を捧げながら三輪の神杉を祭っていたことがわかる。ここから三輪の枕詞は「味酒」となり、神酒を「みわ」と読むようになった。今でも多くの酒屋は大神神社で求めた杉玉を軒先につるす。三輪の杉は神宿る霊木として信仰されてきたのである。

垂仁天皇《すいにん》

一 沙本毘古《さほびこ》と沙本毘売《さほびめ》

伊久米伊理毘古伊佐知命《いくめいりびこいさちのみこと》（垂仁天皇）は、磯城《しき》の玉垣宮《たまがきのみや》（奈良県桜井市穴師の地）にいらっしゃって、天下を治めた。この天皇が、沙本毘古命《さほびこのみこと》（一六七頁参照）の妹、佐波遅比売命《さはじひめのみこと》（沙本毘売）を娶《めと》って、生んだ御子《みこ》は、品牟都和気命《ほむつわけのみこと》。また、丹波比古多々須美知宇斯王《たにはのひこたたすみちのうしのみこ》の娘、氷羽州比売命《ひばすひめのみこと》を娶って、生んだ御子は、印色之入日子命《いにしきのいりびこのみこと》。次に、大帯日子淤斯呂和気命《おおたらしひこおしろわけのみこと》。次に、大中津日子命《おおなかつひこのみこと》。次に、倭比売命《やまとひめのみこと》。次に、若木入日子命《わかきいりびこのみこと》。すべて合せて、この天皇の御子たちは十六人の王である。そして、大帯日子淤斯呂和気命（景行天皇）は、天下を治めた。

この天皇が沙本毘売《さほびめ》を后《きさき》とした時に、沙本毘古王《さほびこのみこ》が、その同母妹に尋ねて、「夫と兄とどちらをいとしく思うか」と言ったのに対して、妹は答えて言うに、「兄の方をいとしく思います」と言った。

そこで、沙本毘古王は、はかりごとを語って言うには、「お前が、本当に私をいとしいと思うならば、私とお前とで天下を治めよう」と言って、すぐに幾度も鍛え直した切れ味の鋭い紐小刀《ひもかたな》を作り、その妹に授けて、「この小刀《かたな》で天皇が寝ているところを刺し殺せ」と言った。

さて、天皇は、そのはかりごとを知らないで、その后の膝《ひざ》を枕《まくら》としてやすんでいらっしゃった。そこで、その后は、紐小刀でその天皇の首を刺そうとして、三度振り上げたが、悲しい気持を抑えかねて、首を刺すことができないで、泣く涙が天皇のお顔の上にこぼれ落ちた。

その時、天皇は目を覚まし起きて、その后に問うて、「私は不思議な夢を見た。佐保《さほ》（奈良市内。沙本毘古の本拠地）の方からにわか雨が降ってきて、急に私の顔をぬらした。また、錦《にしき》の文様のある小さな蛇が、私の首にぐるぐる巻きついた。こういう夢を見たのは、これはいったい何のしるしであろうか」と言った。

これを聞いて、その后は、もはや抗弁もできまいと思って、そのまま天皇に申し上げたことには、「私の兄の沙本毘古王が私に尋ねて、『夫と兄とどちらをいとしく思うか』と言いました。こう面と向って言われると堪えられず、私は答えて、『兄の方をいとしく思います』と言いました。すると兄は私を誘って、『私とお前とで一緒に天下を治めよう。だから、天皇を殺せ』と言って、幾度も鍛え直した切れ味の鋭い紐小刀を作り、私に渡しました。それで、お首を刺そうとして、三度振り上げましたが、悲しい気持が急に起って、首を刺すことができず、泣く涙が落ちてお顔をぬらしたのです。夢は、きっとこのことのしるしでございましょう」と申し上げた。

伊久米伊理毘古伊佐知命《いくめいりびこいさちのみこと》、師木《しき》の玉垣宮《たまがきのみや》に坐《いま》して、天《あめ》の下《した》を治《をさ》めき。此《こ》の天皇《すめらみこと》、沙本毘古命《さほびこのみこと》の妹《いも》、佐波遅比売命《さはぢひめのみこと》を娶《めと》りて、生みし御子《みこ》は、品牟都和気命《ほむつわけのみこと》。又、旦波比古多々須美知宇斯王《たにはのひこたたすみちのうしのみこ》の女《むすめ》、氷羽州比売命《ひばすひめのみこと》を娶りて、生みし御子は、印色之入日子命《いにしきのいりびこのみこと》。次に、大帯日子淤斯呂和気命《おほたらしひこおしろわけのみこと》。次に、大中津日子命《おほなかつひこのみこと》。次に、倭比売命《やまとひめのみこと》。次に、若木入日子命《わかきいりびこのみこと》。（略）凡《おほよ》そ、此の天皇の御子等《みこたち》は、十六《とはしらあまりむはしら》の王《みこ》ぞ。故《かれ》、大帯日子淤斯呂和気命は、天の下を治

めき。

此の天皇《すめらみこと》、沙本毘売《さほびめ》を以《もち》て后《きさき》と為《せ》し時に、沙本毘売命《さほびめのみこと》の兄《せ》、沙本毘古王《さほびこのみこ》、其《そ》のいろ妹《も》を問ひて曰《い》はく、「夫《を》と兄《せ》と孰《いづ》れか愛《うるは》しみする」といふに、答へて曰ひしく、「兄を愛しみす」といひき。

爾《しか》くして、沙本毘古王の謀《はか》りて曰はく、「汝《なむち》、寔《まこと》に我《あれ》を愛しと思はば、吾《あれ》と汝と天の下を治めむ」といひて、即《すなは》ち八《や》塩折《しほを》りの紐小刀《ひもかたな》を作り、其の妹《いも》に授《さづ》けて曰《い》ひしく、「此の小刀《かたな》を以て天皇の寝《い》ねたるを刺し殺せ」といひき。故《かれ》、天皇、其の謀《はかりこと》を知らずして、其の后の御膝《みひざ》を枕《ま》きて、御寝《みね》為《し》坐《ま》しき。爾くして、其の后、紐小刀を以て其の天皇の御頸《みくび》を刺さむと為《し》て、三度《みたび》挙《ふ》りて、哀《かな》しき情《こころ》に忍《た》へず、頸を刺すこと能《あた》はずして、泣く涙《なみた》、御面《みおもて》に落ち溢《あふ》れき。

乃《すなは》ち天皇、驚き起きて、其の后を問ひて曰ひしく、「吾《あれ》、異《け》しき夢《いめ》を見つ。沙本《さほ》の方より暴雨《はやさめ》零《ふ》り来《き》て、急《には》かに吾《あ》が面《おもて》を沾《ぬら》しき。又、錦《にしき》の色の小さき蛇《へみ》、我《あ》が頸に纏繞《まつは》りき。如此《かく》夢みつるは、是何《これなに》の表《しるし》にか有《あ》らむ」といひき。

爾《しか》くして、其の后、争ふべくあらずと以為《おも》ひて、即《すなは》ち天皇に白《まを》して言ひしく、「妾《あ》が兄沙本毘古王《せさほびこのみこ》、妾《あれ》を問ひて曰《い》ひしく、『夫《を》と兄《せ》と孰《いづ》れか愛《うるは》しみする』といひき。是《か》く、面《まのあた》り問ふに勝《た》へぬが故《ゆゑ》に、妾《あ》が答へて曰ひしく、『兄《せ》を愛《うるは》しみするか』といひき。爾くして、妾《あれ》に誂《あとら》へて曰はく、『吾《あれ》と汝《なむち》と、共に天の下を治めむ。故《かれ》、天皇を殺すべし』と、云《い》ひて、八塩《やしほ》折《を》りの紐小刀《ひもかたな》を作り、妾《あれ》に授《さづ》けき。是《ここ》を以《もち》て、御頸を刺さむと欲《おも》ひて、三度挙《ふ》れども、哀しき情《こころ》忽《たちま》ちに起りて、頸を刺すこと得《え》ずして、泣く涙《なみた》、御面《みおもて》に落ち沾《ぬら》しき。必ず是《こ》の表《しるし》に有らむ」といひき。

それで天皇は、「私は、あやうくだまされるところだったなあ」とおっしゃって、軍勢を集めて沙本毘古王《さほびこのみこ》を討とうとしたのだが、その時その王《みこ》は、稲城《いなき》（稲束を積み上げた砦《とりで》）を作って迎え戦った。この時に、沙本毘売命《さほびめのみこと》は、その兄を思う情を抑えかね、裏門から逃げ出して、兄の稲城の中に入った。

この時、その后《きさき》は身重だった。それゆえ、天皇は、その后が身重であることと、妻としていとしみ、后として重んじて三年に及ぶことを思い、悲しみを抑えられずにいた。

そこで、その軍勢に稲城の周りを取り囲ませて、急には攻めなかった。

かく留まっている間に、その身ごもっていた御子《みこ》をまさしく出産した。そこで、后はその御子を出して稲城の外に置き、天皇に使者を遣わして、「もしこの御子を、天皇の御子と思し召《おぼめ》すならば、迎え入れてください」と申し上げさせた。すると天皇は、「その兄を恨んではいるが、やはり后をいとしく思う気持を抑えられない」とおっしゃった。これには、后を取りもどそうという心があったのである。

そこで、兵士の中から力持ちで敏捷《びんしょう》な者を選《よ》りすぐって、「その御子を引き取る時に、同時にその母君をも奪い取れ。髪であろうと手であろうと、どこでも取りつかまえ次第、つかんで引き出すがよい」とお命じになった。

一方、その后は、前々からそうした天皇の心を分っていて、すっかりその髪を剃《そ》って、剃り落とした髪でその頭を覆い、また玉の緒を腐らせて三重に手に巻き、また酒でお召し物を腐らせ、それをなんともないお召し物のようにして身につけていた。こうして準備をしておいて、その御子を抱いて稲城の外に差し出した。

そこで、その力の強い兵士たちが、その御子を受け取り、すぐにその母君をもつかまえた。そうして、その御髪を握ると、髪は自然に落ち、その御手を握ると、玉の緒がまた切れ、そのお召し物をつかむと、お召し物はたちまち破れてしまった。こういう次第で、その御子を受け取ることはできたが、その母君を得られなかった。

それで、その兵士たちが、戻ってきて奏上するには、「御髪は自然に落ち、お召し物はたやすく破れ、また御手に巻いた玉の緒もすぐに切れてしまいました。それで母君を得られずに、御子だけを取ることができました」と言った。そして天皇は、失敗を悔い、兵士たちを恨み、玉を作った人たちを憎んで、すべてその土地を取りあげた。それで諺《ことわざ》に「地所をもたない玉つくり」（利益を得ようとしてかえって不利益を受けることのたとえか）というのである。

また天皇は、その后に、「すべて子の名というものは、必ず母親が名付けるものだが、どのようにこの子の名をつけたらよいだろうか」とおっしゃった。それで、后は答えて、「今、火が稲城を焼く時にあたって、火の中で生んだのですから、そのお名前は、本牟《ほむ》智《ち》和《わ》気《け》御《の》子《みこ》とつけたらよいでしょう」と申し上げた。また天皇は、「どのようにしてお育て申したらよいだろうか」とおっしゃった。后はそれに答えて、「乳母をつけ、大湯《おおゆ》坐《え》・若湯坐《わかゆえ》（入浴係）を定めて、お育て申し上げたらよいでしょう」と申し上げた。それで、その后の申し上げたとおりに、お育て申し上げた。

また天皇は、その后に問うて、「お前が結び固めた私のみずみずしく美しい下紐《したひも》は、だれが解くのだろうか（だれを妃にしたらよいか、の意）」とおっしゃった。后はそれに答えて、「丹波比古多々須美智宇斯王《たにはのひこたたすみちのうしのみこ》の娘、名を兄比売《えひめ》・弟比売《おとひめ》という、この二人の女王は、忠誠な民です。それゆえこの二人をお召しになるがよいでしょう」と申し上げた。

そうしてきたのだが、ついにその沙本毘古王《さほびこのみこ》を殺した。その妹もまた兄に従った。


爾《しか》くして、天皇《すめらみこと》の詔《のりたま》はく、「吾《あれ》は、殆《ほとほ》と欺《あざむ》かえつるかも」とのりたまひて、乃《すなは》ち軍《いくさ》を興《おこ》して沙本毘古王《さほびこのみこ》を撃《う》たむとせし時に、其《そ》の王《みこ》、稲城《いなき》を作りて待ち戦ひき。此《こ》の時に、沙本毘売命《さほびめのみこと》、其の兄《せ》に忍《た》ふること得《え》ずして、後《しり》つ門《と》より逃げ出《い》でて、其の稲城に納《い》りき。

此の時に、其の后《きさき》、妊身《はら》めり。是《ここ》に、天皇、其の后の懐妊《はら》めると、愛《うつく》しみ重《おも》みして三年《みとせ》に至れるとに忍《た》へず。故《かれ》、其の軍《いくさ》を迴《めぐ》して、急《すむや》けくは攻迫《せ》めず。

如此《かく》逗留《とどま》れる間《あひだ》に、其の妊《はら》める御子《みこ》を既に産みき。故、其の御子を出《いだ》して、稲城の外《と》に置きて、天皇に白《まを》さしめしく、「若《も》し此の御子を、天皇の御子と思《おも》ほし看《め》さば、治《をさ》め賜《たま》ふべし」とまをさしめき。是《ここ》に、天皇の詔《のりたま》ひしく、「其の兄《せ》を怨《うら》むれども、猶《なほ》其の后を愛《うつく》しぶるに忍《た》ふること得ず」とのりたまひき。故《かれ》、即《すなは》ち后を得む心有《あ》り。

是《ここ》を以《もち》て、軍士《いくさ》の中《なか》に力士《ちからひと》の軽《かる》く捷《はや》きを選り聚《あつ》めて、宣《のりたま》ひしく、「其の御子を取らむ時に、乃《すなは》ち其の母王《ははみこ》を掠《かす》み取れ。或《も》しは髪《かみ》にもあれ、或しは手にもあれ、取り獲《え》む随《まにま》に掬《つか》みて控《ひ》き出《いだ》すべし」とのりたまひき。

爾《しか》くして、其の后、予《あらかじ》め其の情《こころ》を知りて、悉《ことごと》く其の髪を剃《そ》り、髪を以《もち》て其の頭《かしら》を覆《おほ》ひ、亦《また》、玉《たま》の緒《を》を腐《くた》して、三重《みへ》に手に纏《ま》き、且《また》、酒《さけ》を以て御衣《みけし》を腐し、全《また》き衣《きぬ》の如《ごと》く服《き》たり。如《か》く此設《まう》け備《そな》へて、其の御子を抱《むだ》きて、城《き》の外《と》に刺《さ》し出《いだ》しき。

爾《しか》くして、其の力士等《ちからひとども》、其の御子を取りて、即《すなは》ち其の御祖《みおや》を握《と》りき。爾くして、其の御髪《みかみ》を握れば、御髪、自《おのづか》ら落ち、其の御手《みて》を握れば、玉の緒、且《また》絶え、其の御衣《みけし》を握れば、御衣、便《すなは》ち破《や》れぬ。是《ここ》を以て、其の御子を取り獲て、其の御祖を得ず。

故《かれ》、其の軍士等《いくさども》、還《かへ》り来《き》て奏《まを》して言ひしく、「御髪、自ら落ち、御衣、易《やす》く破《や》れ、亦《また》、御手に纏《ま》ける玉の緒、便《すなは》ち絶えぬ。故、御祖を獲《え》ずして、御子を取り得たり」といひき。爾くして、天皇《すめらみこと》、悔《く》い恨《うら》みて、玉を作りし人等《ひとども》を悪《にく》みて、皆《みな》其の地《ところ》を奪ひ取りき。故、諺《ことわざ》に曰《い》はく、「地《ところ》を得《え》ぬ玉作《たまつくり》」といふ。

亦《また》、天皇、其の后に命詔《みことのり》して言ひしく、「凡《おほよ》そ子の名は、必ず母の名《なづ》くるに、何《いか》にか是《こ》の子の御名《みな》を称《い》はむ」といひき。爾《しか》くして、答へて白《まを》ししく、「今、火《ひ》の稲城《いなき》を焼く時に当《あた》りて、火中《ほなか》に生《う》めるが故《ゆゑ》に、其の御名は、本牟智和気御子《ほむちわけのみこ》と称《い》ふべし」とまをしき。又、命詔《みことのり》せしく、「何《いか》に為《し》てか日足《ひた》し奉《まつ》らむ」とみことのりしき。答へて白ししく、「御母《みおも》を取り、大湯《おほゆ》坐《ゐ》・若湯坐《わかゆゑ》を定めて、日足《ひた》し奉《まつ》るべし」とまをしき。故、其の后の白しし随《まにま》に、日足し奉りき。

又、其の后を問ひて曰ひしく、「汝《なむち》が堅《かた》めたるみづの小佩《をおび》は、誰《たれ》か解《と》かむ」といひき。答へて白《まを》ししく、「旦波比古多々須美智宇斯王《たにはのひこたたすみちのうしのみこ》の女《むすめ》、名は兄比売《えひめ》・弟比売《おとひめ》、茲の二はしらの女王《をみなみこ》は、浄《きよ》き公民《おほみたから》ぞ。故《かれ》、使ふべし」とまをしき。

――然《しか》れども、遂《つひ》に其の沙本比古王《さほびこのみこ》を殺しき。其のいろ妹《も》も、亦《また》、従ひき。

二 本牟智和気御子《ほむちわけのみこ》

さて、その御子《みこ》（本牟智和気御子）を連れて遊んだ様子は、尾張《おわり》の相津《あいづ》にある二股杉《ふたまた》を、そのままくりぬいて二股小舟《おぶね》（二股の木をくり抜いて作った丸木船）を作って、それを持ってきて大和《やまと》の市師池《いちしのいけ》（奈良県橿原市あるいは桜井市にあった磐余《いわれ》の池）や軽《かる》池《のいけ》（橿原市にあった池）に浮かべて、その御子を連れて遊んだのだった。

ところで、この御子は、長い鬚《ひげ》がみぞおちにとどくような大人になるまで、きちんと物を言うことができなかった。そしてちょうどその時、空高く飛んでゆく白鳥の鳴く声を聞いて、初めて不完全ながらも言葉を発した。それゆえ天皇は、山辺《やまのべ》（奈良県山辺郡）の大鶴《おおたか》という者を遣わして、その鳥を捕えさせようとした。

そこで、この人は、その白鳥を追いかけて紀伊国《きのくに》から播磨国《はりまのくに》に至り、さらに追って因幡国《いなばのくに》に越えていき、そのまま丹波国《たんばのくに》・但馬国《たじまのくに》に至り、さらに追いかけて東の方にまわって近江国《おうみのくに》に至り、そこから美濃国《みののくに》に越えていって、尾張国《おわりのくに》からつづいて信濃国《しなののくに》に追い至り、ついには高志国《こしのくに》（北陸）まで追っていって、和那美《わなみ》の水門《みなと》で網を張り、その鳥を捕えて、都に持ち帰って献上した。それで、その水門を名付けて、和那美の水門というのである。またその鳥を見れば、御子が物を言うだろうと思ったのだが、思ったとおりにはならず、御子が物を言うことはなかった。

そこで、天皇は心配なさって、寝ていらっしゃった時に、夢に神があらわれて覚《さと》して、「私の宮を天皇の宮殿と同じように整えたなら、御子は必ずきちんと物を言うだろう」と、このように教えた時に、太占《ふとまに》で占って、どの神の心であるかと求めたところ、その祟《たた》りは、出雲大神《いずものおおかみ》（大国主神）の御心《みこころ》によるものであった。

そこで、その御子を、その大神の宮を参拝させに遣わそうとした時に、だれを副《そ》えたらばよかろうかと占った。すると、曙立王《あけたつのみこ》（一六七頁参照）が占いにあたった。そこで、天皇は曙立王に命じてうけい（言語呪術。五〇頁参照）をさせて、「この大神を参拝することで、本当に効験あって御子が物を言うようになるならば、この鷺巣池《さぎすのいけ》（橿原市の鷺巣神社辺りにあった池）の木に住む鷺よ、このうけいに従って木から落ちよ」と、このようにおっしゃった時に、その鷺は池に堕《お》ちて死んだ。また、「うけいに従って生きよ」とおっしゃった。すると、再び生き返った。また、甘樫丘《あまかしのおか》（奈良県高市郡明日香村）の先端にある葉の広がり繁った樫の木をうけいどおりに枯れさせ、また生き返らせた。そうして、名をその曙立王にお与えになって、倭者師木登美豊朝倉曙立王《やまとのしきのとみのとよあさくらのあけたつのみこ》といった。

さて、出雲《いずも》に着いて、大神《おおかみ》を参拝し終えて大和へ帰る時に、肥河《ひのかわ》（島根県の斐伊川）の中に、黒い簀橋《すばし》（皮付きの丸木を簀の子のように組んだ橋）を作り、仮宮をお造り申し上げて、御子をお泊めした。そして、出雲国造《いずものくにのみやつこ》の祖先、名は岐比佐都美《きひさつみ》が、青葉の茂る山の形を飾り物に作り、その河下に立てて、お食事をさしあげようとした時に、その御子がおっしゃったことには、「この、河下にあって、青葉の茂る山のようなものは、山のように見えて山ではない。もしや出雲の石硐《いわくま》（岩陰の奥まった場所の意）の曾宮《そのみや》におわします葦原色許男大神《あしはらしこおのおおかみ》（大国主神）を祭り仕えている神主の祭場ではないか」とお尋ねになった。そうして、お供に遣わされた王たちは、その言葉を聞いて喜び、その様子を見て喜んで、御子を檳榔《あじまさ》の長穂宮《ながほのみや》にお迎えして、天皇のもとへ駅使《はゆまづかい》（早馬による急便）をさしあげた。

そして、その御子は一夜、肥長比売《ひながひめ》（肥の河に住む長いもの）と共寝をなさった。ところが、こっそりその乙女を覗《のぞ》き見ると、蛇であった。御子は、一目見ておそれをなして逃げた。すると、その肥長比売は悲しんで、海原を照らして船で追って来た。それを見てますますおそろしくなって、山の鞍部《あんぶ》から船を引いて、大和へ逃げ上った。

故《かれ》、其《そ》の御子《みこ》を率《ゐ》て遊《あそ》びし状《かたち》は、尾張《をはり》の相津《あひづ》に在《あ》る二俣榲《ふたまたすぎ》を、二俣小舟《ふたまたをぶね》に作りて、持ち上《のぼ》り来《き》て、倭《やまと》の市師池《いちしのいけ》・軽池《かるのいけ》に浮《う》けて、其の御子を率《ゐ》て遊びき。

然《しか》くして、是《こ》の御子、八拳鬚《やつかひげ》の心前《こころさき》に至るまで、真事《まこと》とはず。故、今高く往《ゆ》く鵠《くぐひ》の音《おと》を聞きて、始めてあぎとひ為《し》き。爾《しか》くして、山辺《やまのへ》の大鶙《おほたか》を遣《つかは》して、其の鳥を取らしめき。

故、是の人、其の鵠を追ひ尋ねて、木国《きのくに》より針間国《はりまのくに》に到《いた》り、亦《また》、稲羽国《いなばのくに》に追ひ越えて、即《すなは》ち、旦波国《たにはのくに》・多遅麻国《たぢまのくに》に到り、東《ひむかし》の方《かた》に追ひ廻《めぐ》りて、近《ちか》淡海国《つあふみのくに》に到りて、乃《すなは》ち三野国《みののくに》に越え、尾張国《をはりのくに》より伝《つた》ひて科野国《しなののくに》に追ひ、遂《つひ》に高志国《こしのくに》に追ひ到りて、和那美《わなみ》の水門《みなと》にして網《あみ》を張《は》り、其の鳥を取りて、持ち上《のぼ》りて献《たてまつ》りき。故、其の水門を号《なづ》けて和那美の水門と謂《い》ふ。亦《また》、其の鳥を見ば、物言《ものい》はむと思ひしに、思ひしが如《ごと》く非《あら》ず、物言ふ事無《な》し。

是《ここ》に、天皇《すめらみこと》、患《うれ》へ賜《たま》ひて、御寝《みね》しませる時に、御夢《みいめ》に覚《さと》して曰《い》はく、「我《あ》が宮《みや》を修理《つくろ》ひて、天皇の御舎《みあらか》の如くせば、御子、必ず真事《まこと》とはむ」と、如此《かく》覚す時に、ふとまにに占相《うらな》ひて、何《いづ》れの神の心ぞと求めしに、爾《そ》の祟《たた》りは、出雲大神《いづものおほかみ》の御心《みこころ》なりき。

故《かれ》、其の御子を、其の大神の宮《みや》を拝《をろが》ましめに遣《つかは》さむとする時に、誰人《たれ》を副《そ》はしめば、吉《よ》けむとうらなひき。爾《しか》くして、曙立王《あけたつのみこ》、卜《うら》に食《あ》ひき。故、曙立王に科《おほ》せて、うけひ白《まを》さしめしく、「此《こ》の大神を拝《をろが》むに因《よ》りて、誠《まこと》に験《しるしあ》有らば、是の鷺巣池《さぎすのいけ》の樹《き》に住む鷺《さぎ》や、うけひ落ちよ」と、如此《かく》詔《のりたま》ひし時に、其の鷺、地《つち》に堕《お》ちて死にき。又、詔ひしく、「うけひ活《い》け」とのりたまひき。爾《しか》すれば、更《さら》に活《い》きぬ。又、甜白檮之前《あまかしのさき》に在《あ》る葉広熊白檮《はびろくまかし》をうけひ枯《か》れしめ、亦《また》、うけひ生かしめき。爾《しか》くして、名を其の曙立王に賜《たま》ひて、倭者師木登美豊朝倉曙立王《やまとのしきのとみのとよあさくらのあけたつのみこ》と謂《い》ひき。（略）

故《かれ》、出雲に到りて、大神を拝《をろが》み訖《をは》りて、還《かへ》り上《のぼ》る時に、肥河《ひのかは》の中に、黒き欅橋《すばし》を作り、仮宮《かりみや》を仕《つか》へ奉《まつ》りて坐《いま》せき。爾《しか》くして、出雲国造《いづものくにのみやつこ》が祖《おや》、名は岐比佐都美《きひさつみ》、青葉《あをば》の山を餝《かざ》りて、其の河下《かはしも》に立て、大御食《おほみけ》を献《たてまつ》らむとせし時に、其の御子の詔ひて言ひしく、「是《こ》の、河下にして、青葉の山の如《ごと》きは、山と見えて、山に非《あら》ず。若《も》し出雲の石硐《いはくま》の曾宮《そのみや》に坐《いま》す葦原色許男大《あしはらしこをのおほ》神《かみ》を以《も》ちいつく祝《はふり》が大庭《おほには》か」と、問ひ賜《たま》ひき。爾《しか》くして、御伴《みとも》に遣《つかは》さえたる王等《みこたち》、聞き歓《よろこ》び見喜びて、御子をば檳榔《あぢまさ》の長穂宮《ながほのみや》に坐《いま》せて、駅使《はゆまのつかひ》を貢《たて》上《まつ》りき。

爾《しか》くして、其の御子、一宿《ひとよ》、肥長比売《ひながひめ》に婚《あ》ひき。故《かれ》、窃《ひそ》かに其の美人《をとめ》を伺《うかか》へば、蛇《へみ》なり。即《すなは》ち、見畏《みかしこ》みて遁逃《に》げき。爾くして、其の肥長比売、患《うれ》へて、海原《うなはら》を光《てら》して船より追ひ来《き》つ。故、益《ますま》す見畏《みかしこ》みて、山のたわより、御船《みふね》を引《ひ》き越《こ》して、逃げ上《のぼ》り行《ゆ》きき。

三 多遅摩毛理《たじまもり》

また、天皇は、三宅連《みやけのむらじ》らの祖先、名は多遅摩毛理《たじまもり》を、常世国《とこよのくに》（海の彼方にあるという永生の国）に遣わして、時じくのかくの木の実（時を定めず常に輝く木の実）を求めさせた。そして、多遅摩毛理が、ついにその常世国に着き、その木の実を採って、その葉がついたまま折り取った枝や、葉を取り去って実だけがついた枝を八組持ち帰ってくる間に、天皇はすでに崩御されていた。

それで、多遅摩毛理は、葉がついたまま折り取った枝や、葉を取り去って実だけがついた枝を、二つに分けて、四組を皇后に献上し、もう四組を天皇の御陵の戸に捧《ささ》げ置いて、その木の実を枝からもぎとって高く挙げ、大声で泣きながら、「常世国の時を定めず常に輝く木の実を持って参上し、おそばにお仕えしております」と申し上げて、とうとう絶叫して死んでしまった。その時じくのかくの木の実というのは、今の橘《たちばな》のことである。

この天皇の享年は、百五十三歳である。御陵《みはか》は、菅原《すがわら》の御立野《みたちの》の中にある（奈良市の宝来山古墳に比定）。また、その皇后比婆須比売命《ひばすひめのみこと》の時に、石祝作《いしつくり》（石棺などの加工に従事した部民《べみん》）を定め、また土師部《はにしべ》（土器・埴輪《はにわ》の加工に従事した部民）を定めた。この后は、佐紀《さき》の寺間《てらま》の陵《みささぎ》に葬った（奈良市の佐紀陵山古墳に比定）。

又、天皇《すめらみこと》、三宅連《みやけのむらじ》等が祖《おや》、名は多遅摩毛理《たぢまもり》を以《もち》て、常世国《とこよのくに》に遣《つかは》して、ときじくのかくの木実《このみ》を求めしめき。故《かれ》、多遅摩毛理、遂《つひ》に其《そ》の国に到《いた》り、

其の木実を採りて、縵八《かげや》縵《かげ》・矛八《ほこや》矛《ほこ》を将《も》ち来《く》る間《あひだ》に、天皇、既《すで》に崩《さ》りましき。

爾《しか》くして、多遅摩毛理、縵四《かげよ》縵《かげ》・矛四《ほこよ》矛《ほこ》を分けて、大后《おほきさき》に献《たてまつ》り、縵四縵・矛四矛を以て、天皇の御陵《みはか》の戸に献り置きて、其の木実《このみ》を擎《ささ》げて、叫《さけ》び哭《な》きて白《まを》さく、「常世国のときじくのかくの木実を持ちて、参《ま》ゐ上《のぼ》りて侍《はべ》り」とまをして、遂《つひ》に叫び哭《な》きて死にき。其のときじくのかくの木実は、是《これ》今の橘《たちばな》ぞ。

此《こ》の天皇の御年《みとし》は、壱佰伍拾参歳《ももとせあまりいとせあまりみとせ》ぞ。御陵《みはか》は、菅原《すがはら》の御立野《みたちの》の中《なか》に在《あ》り。又、其の大后比婆須比売命《おほきさきひばすひめのみこと》の時に、石祝作《いしつくり》を定め、又、土師部《はにしべ》を定めき。此の后《きさき》は、狭木《さき》の寺間《てらま》の陵《みささぎ》に葬《はぶ》りき。

景行天皇《けいこう》

一　八十柱《やそはしら》の御子《みこ》

大帯日子淤斯呂和気天皇《おおたらしひこおしろわけ》（景行天皇）は、纏向《まきむく》（奈良県桜井市内）の日代宮《ひしろのみや》にいらっしゃって、天下を治めた。

この天皇が、吉備臣《きびのおみ》らの祖先、若建吉備津日子《わかたけきびつひこ》の娘、名は針間《はりま》の伊那毘能大郎女《いなびのおおいらつめ》を娶《めと》って、生んだ御子《みこ》は、櫛角別王《くしつのわけのみこ》。次に、大碓命《おおうすのみこと》。次に、小碓命《おうすのみこと》（倭建命《やまとたけるのみこと》）、またの名は、倭男具那命《やまとおぐなのみこと》。次に、倭根子命《やまとねこのみこと》。次に、神櫛王《かむくしのみこ》。また、八尺入日子命《やさかのいりびこのみこと》の娘、八坂之入《やさかのいり》比売命《びめのみこと》を娶って、生んだ御子は、若帯日子命《わかたらしひこのみこと》。次に、五百木之入日子命《いおきのいりびこのみこと》。次に、押別《おしわけの》命《みこと》。次に、五百木之入日売命《いおきのいりびめのみこと》。数え合せて、八十柱《やそはしら》の王《みこ》の中で、若帯日子命と倭建《やまとたけるの》命《みこと》と、また五百木之入日子命と、この三柱の王は、太子の名を負うた。そして、若帯日子命は、天下を治めた（成務《せいむ》天皇）。

天皇は、小碓命に、「どうしてお前の兄は朝夕の食膳に出て参らないのか。よくお前からねんごろに教えさとしなさい」とおっしゃった。このようにおっしゃって後、五日たっても、大碓命はやはり出仕しなかった。そこで、天皇が小碓命に、「どうしてお前の兄は長い間出て参らぬのだ。もしやまだ教えていないのではないか」とお尋ねになると、小碓命は答えて、「すでにねんごろに教えさとしました」と申し上げた。また天皇が、「どのようにねんごろにさとしたのか」とおっしゃると、小碓命は答えて、「明け方、兄が厠《かわや》に入った時、待ち受けて捕えて、つかみつぶして、その手足をもぎとり、薦《こも》に包んで投げ捨てました」と申し上げた。

それを聞いて天皇は、その御子の猛々《たけだけ》しく荒々しい心を恐れ、「西の方に熊曾建《くまそたける》（熊《くま》襲《そ》の地の勇猛な者）が二人いる。これは朝廷に服従せず秩序に背く者たちである。だから、その者たちを討ち取れ」とおっしゃって、小碓命を遣わした。この時にあたって、小碓命はその髪を額のところで結っていた（少年であることを示す）。そして、小碓命は、叔母の倭比売命《やまとひめのみこと》（垂仁天皇皇女）の衣裳《いしよう》を頂戴《ちようだい》して、剣を懐に入れて、お出かけになった。

大帯日子淤斯呂和気天皇《おほたらしひこおしろわけのすめらみこと》、纏向《まきむく》の日代宮《ひしろのみや》に坐《いま》して、天《あめ》の下《した》を治《をさ》めき。

此《こ》の天皇、吉備臣《きびのおみ》等が祖《おや》、若建吉備津日子《わかたけきびつひこ》の女《むすめ》、名は針間《はりま》の伊那毘能大郎女《いなびのおほいらつめ》を娶《めと》りて、生みし御子《みこ》は、櫛角別王《くしつのわけのみこ》。次に、大碓命《おほうすのみこと》。次に、小碓命《をうすのみこと》、亦《また》の名は、倭男具那命《やまとをぐなのみこと》。次に、倭根子命《やまとねこのみこと》。次に、神櫛王《かむくしのみこ》。又、八尺入日子命《やさかのいりびこのみこと》の女、八坂之入日売命《やさかのいりびめのみこと》を娶りて、生みし御子は、若帯日子命《わかたらしひこのみこと》。次に、五百木之入日子命《いほきのいりびこのみこと》。次に、押別命《おしわけのみこと》。次に、五百木之入日売命《いほきのいりびめのみこと》。（略）凡《おほよ》そ、并《あは》せて八十《やそはしら》の王《みこ》の中に、若帯日子命と倭建命《やまとたけるのみこと》と、亦《また》、五百木之入日子命と、此の三《みはしら》の王は、太子《おほみこ》の名を負ひき。（略）故《かれ》、若帯日子命は、天の下を治めき。（略）

天皇、小碓命《をうすのみこと》に詔《のりたま》はく、「何《なに》とかも汝《なむち》が兄《え》の朝夕《あしたゆふべ》の大御食《おほみけ》に参《ま》ゐ出《い》で来《こ》ぬ。専《もは》ら汝、ねぎし教《をし》へ覚《さと》せ」と、如此《かく》詔ひてより以後《のち》、五日《いつか》に至《いた》るまで、猶《なほ》参ゐ出でず。爾《しか》くして、天皇、小碓命を問《と》ひ賜《たま》はく、「何とかも汝が兄の久しく参ゐ出でぬ。若《も》し未《いま》だ誨《をし》へず有《あ》りや」ととひたまふに、答へて白《まを》ししく、「既《すで》にねぎ為《し》つ」とまをしき。又、詔はく、「如何《いか》にかねぎしつる」とのりたまふに、答へて白ししく、「朝署《あさけ》に廁《かはや》に入りし時に、待《ま》ち捕《とら》へ、搤《と》り批《ひだ》きて、其《そ》の枝《えだ》を引《ひ》き闕《か》きて、薦《こも》に裹《つつ》みて投《な》げ棄《う》てつ」とまをしき。

是《ここ》に、天皇、其の御子の建《たけ》く荒き情《こころ》を惶《おそ》りて詔《のりたま》はく、「西の方《かた》に熊曾建《くまそたける》二人《ふたり》有り。是《これ》、伏《したが》はず礼無《ゐやな》き人等《ひとども》ぞ。故《かれ》、其の人等を取れ」とのりたまひて、遣《つかは》しき。此《こ》の時に当《あた》りて、其の御髪《みかみ》を額に結《ひたひゆ》ひき。爾《しか》くして、小碓《をうすの》命《みこと》、其の姨倭比売命《をばやまとひめのみこと》の御衣《みけし》・御裳《みも》を給《たま》はりて、剣《つるぎ》を御懐《みふつくろ》に納《い》れて、幸行《いでま》しき。

二 倭建命《やまとたけるのみこと》の熊曾《くまそ》征伐

さて、熊曾建《くまそたける》の家に着いてみると、その家の周りを、軍勢が三重に囲んで、熊曾建は室《むろ》を作ってそこにいた。その時、「新室《にいむろ》完成の祝宴をしよう」と言い騒いで、食べ物を準備していた。そこで小碓命《おうすのみこと》は、その辺りをぶらぶらと歩いて、その祝宴の日を待った。

そうして、その祝宴の日になると、小碓命は、少女の髪のように、額に結っていた髪を櫛《くし》けずって垂らし、その叔母の衣裳《いしょう》を身につけて、すっかり少女の姿となって、女たちの中にまぎれこんで、その室の中に入っていらっしゃった。すると、熊曾建の兄弟二人は、その乙女を見て気に入って、自分たちの間に座らせて、盛んに祝宴をしていた。そして、その宴のたけなわの時になって、小碓命は懐から剣を出し、熊曾の衣の衿《えり》をつかんで、剣をその胸から刺し通した時に、その弟建《おとたける》は、見ておそれをなして逃げ出した。小碓命はすぐにこれを追いかけ、その室の梯子《はしご》の下に至って、その背中の皮をつかんで、剣を尻から刺し通した。

するとと、その熊曾建が申して言うには、「その大刀《たち》を動かさないでください。私は、申し上げたいことがあります」と言った。そこで、しばらく許して、熊曾建を押し伏せた。すると、熊曾建は、「あなたさまは、どなたでいらっしゃいますか」と申し上げた。そこで、小碓命は、「私は、纏向《まきむく》の日代宮《ひしろのみや》にいらして大八島国《おおやしまくに》（二八頁参照）を治めておられる大帯日子淤斯呂和気《おおたらしひこおしろわけ》天皇の御子《みこ》、名は倭男具那王《やまとおぐなのみこ》である。天皇は、お前ら熊曾建の二人が、服従せず秩序に背いているとお聞きになって、お前らを討ち取れとおっしゃって、私をお遣わしになったのだ」とおっしゃった。

すると、その熊曾建が申すには、「きっとそのとおりでしょう。西の方には、私たち二人をおいて他には、猛々《たけだけ》しく強い者はありません。ところが、大和国《やまとのくに》には、私たち二人にもまして、強い男子がいらっしゃったのです。だから、私はあなたさまにお名前をさしあげましょう。今から後は倭建御子《やまとたけるのみこ》と名乗られたらよいでしょう」と申し上げた。

　このことを申し終えると、直ちに熟した瓜《うり》を切り裂くように斬り裂いて、熊曾建を殺した。それでその時から、お名前をたたえて、倭建命《やまとたけるのみこと》というのである。そうして、還《かえ》り上る時に、山の神・川の神と、穴戸《あなと》の神とを、すべて言向《ことむ》け（服属の誓いの言葉を奉らせ）平らげて、帰参した。


　故《かれ》、熊曾建《くまそたける》が家《いへ》に到《いた》りて見れば、其《そ》の家《いへ》の辺《へ》にして、軍《いくさ》、三重《みへ》に囲《かく》み、室《むろ》を作りて居《を》りき。是《ここ》に、「御室《みむろ》の楽《あそび》を為《せ》む」と言《い》ひ動《とよ》みて、食物《くらひもの》を設《まう》け備《そな》へき。故《かれ》、其の傍《かたはら》を遊《あそ》び行《あり》きて、其の楽の日を待ちき。

　爾《しか》くして、其の楽の日に臨《のぞ》みて、童女《をとめ》の髪の如《ごと》く、其の結《ゆ》へる御髪《みかみ》を梳《けづ》り垂《た》れ、其の姨《をば》の御衣《みけし》・御裳《みも》を服《き》て、既《すで》に童女の姿と成《な》り、女人《をみな》の中に交《まじ》り立ちて、其の室の内に入《い》り坐《ま》しき。爾くして、熊曾建の兄弟二人《はらからふたり》、其の嬢子《をとめ》を見《み》咸《め》でて、己《おの》が中に坐《いま》せて、盛りに楽《あそ》びき。

　故、其の酣《たけなは》なる時に臨みて、懐《ふつくろ》より剣《つるぎ》を出《いだ》し、熊曾が衣衿《ころものくび》を取《と》りて、剣を其の胸より刺し通しし時に、其の弟建《おとたける》、見畏《みかしこ》みて逃げ出でき。乃《すなは》ち、其の室の椅《はし》の本《もと》に追ひ至り、其の背《せ》の皮《かは》を取りて、剣《つるぎ》を尻《しり》より刺し通しき。

爾《しか》くして、其の熊曾建が白《まを》して言ひしく、「其の刀《たち》を動《うごか》すこと莫《なか》れ。僕《やつかれ》、白す言有《ことあ》り」といひき。爾《しか》くして、暫《しま》らく許《ゆる》して押《お》し伏《ふ》せき。是《ここ》に、白して言ひしく、「汝《な》が命《みこと》は、誰《たれ》ぞ」といひき。爾《しか》くして、詔《のりたま》ひしく、「吾《あれ》は、纏向《まきむく》の日代宮《ひしろのみや》に坐《いま》して大八島国《おほやしまくに》を知《し》らす、大帯日子淤斯呂和気天皇《おほたらしひこおしろわけのすめらみこと》の御《み》子《こ》、名は、倭男具那王《やまとをぐなのみこ》ぞ。おれ熊曾建二人《ふたり》、伏《したが》はず礼無《ゐやな》しと聞《きこ》し看《め》して、おれを取《と》り殺《ころ》せと詔《のりたま》ひて、遣《つかは》せり」とのりたまひき。

爾《しか》くして、其の熊曾建が白ししく、「信《まこと》に然《しか》あらむ。西《にし》の方《かた》に、吾《われ》二人を除《お》きて、建《たけ》く強《こは》き人無し。然《しか》れども、大倭国《おほやまとのくに》に、吾二人に益《ま》して、建き男《を》は、坐《いま》しけり。是《ここ》を以《もち》て、吾《あれ》、御名《みな》を献《たてまつ》らむ。今より以後《のち》は、倭建御《やまとたけるのみ》子《こ》と称《い》ふべし」とまをしき。

是《こ》の事を白し訖《をは》るに、即《すなは》ち熟瓜《ほそぢ》の如く振《ふ》り析《さ》きて、殺しき。故、其の時より御名を称《たた》へて、倭建命《やまとたけるのみこと》と謂《い》ふ。然《しか》くして、還《かへ》り上《のぼ》る時に、山《やま》の神《かみ》・河《かは》の神《かみ》と穴戸神《あなとのかみ》とを皆言向《みなことむ》け和《やは》して、参《ま》ゐ上《のぼ》りき。

三 倭建命《やまとたけるのみこと》の出雲《いずも》征討

倭建命は、そのまま出雲国《いずものくに》（島根県東部）に入っていらっしゃった。そこにいる出雲建《いずもたける》を殺そうと思って、出雲に着いてすぐにその者と親交を結んだ。そして、こっそりイチイガシの木で偽物の大刀《たち》を作り、それを身につけて、一緒に肥河《ひのかわ》（斐伊川）で水浴びをした。

そうして、倭建命は、川から先に上がり、出雲建の解いて置いてあった大刀を取って身につけて、「大刀を交換しようと思う」とおっしゃった。そして、その後で出雲建は、川から上がってきて、倭建命の偽物の大刀を身につけた。そこで、倭建命は誘って、「さあ大刀を合せよう」と言った。そして、それぞれ身につけた大刀を抜こうとした時に、出雲建は、偽物の大刀を抜くことができなかった。すぐさま、倭建命は、その大刀を抜いて、出雲建をうち殺した。

さて、このように、服従しない者たちを討ち払い平らげて参上し、天皇に復命申し上げた。

即《すなは》ち、出雲国《いづものくに》に入《い》り坐《ま》しき。其《そ》の出雲建《いづもたける》を殺《ころ》さむと欲《おも》ひて、到《いた》りて即ち友《うるはしみ》を結びき。故《かれ》、窃《ひそ》かに赤檮《いちひ》を以《もち》て詐《いつは》りの刀《たち》を作り、御佩《みはかし》と為《し》て、共に肥河《ひのかは》に沐《かはあ》みき。

爾《しか》くして、倭建命《やまとたけるのみこと》、河より先《ま》づ上《あが》り、出雲建が解き置ける横刀《たち》を取《と》り佩《は》きて、詔《のりたま》ひしく、「刀《たち》を易《か》へむと為《おも》ふ」とのりたまひき。是《ここ》に、後《のち》に出雲建、河より上《あが》りて、倭建命の詐りの刀を佩《は》きき。是《ここ》に、倭建、誂《あとら》へて云《い》ひしく、「いざ刀《たち》を合《あは》せむ」といひき。爾《しか》くして、各其《おのおの》の刀を抜かむとせし時に、出雲建、詐りの刀を抜くこと得《え》ず。即《すなは》ち、倭建命、其の刀を抜きて、出雲建を打ち殺しき。（略）

故《かれ》、如此《かく》撥《はら》ひ治《をさ》めて、参《ま》ゐ上《のぼ》りて、覆奏《かへりことまを》しき。

四 倭建命の東征

そして、天皇は、また重ねて倭建命に仰せられて、「東の方にある十二の国の荒れすさぶ神と、服従しない者たちとを、言向《ことむ》けて（服属させて）平定せよ」とおっしゃって、吉備臣《きびのおみ》らの祖先、名は御鉏友耳建日子《みすきともみみたけひこ》を従わせて遣わした時に、柊《ひいらぎ》の木でできた大きな矛《ほこ》をお与えになった。

こうして、命令を受けて下っていらっしゃった時に、伊勢《いせ》大神宮に参って、その神宮を拝み、それからその叔母の倭比売命《やまとひめのみこと》に申し上げたことには、「天皇が全く私なんか死んでしまえと思うのは、どうしてなのでしょう。西方の悪者どもを討ちに私を遣わして、都に帰って参ってから、まだいくらも時は経《た》たないのに、兵士も下さらないで、今、重ねて東方の十二国の悪者どもの平定に私を遣わされたのです。これによって考えますと、やはり私なんか全く死んでしまえとお思いになっていらっしゃるのです」と、嘆き泣きながら退出した時に、倭比売命は、草なぎの剣をお授けになり、また、嚢《ふくろ》をお授けになって、「もし火急のことがあれば、この嚢の口を解きなさい」とおっしゃった。

＊草薙《くさなぎ》の剣《つるぎ》については、一〇九頁の降臨の際、邇々芸命《ににぎのみこと》に与えられて以来、言及はなかった。天照大御神《あまてらすおおみかみ》の御霊として鏡が伊勢に祭られ、剣も伊勢にあったものと思われる。

爾《しか》くして、天皇《すめらみこと》、亦《また》、頻《しき》りに倭建命《やまとたけるのみこと》に詔《のりたま》はく、「東《ひむかし》の方《かた》の十二《とをあまりふたつ》の道《みち》の荒《あら》ぶる神とまつろはぬ人等《ひとども》とを言向《ことむ》け和《やは》し平《たひ》げよ」とのりたまひて、

吉備臣等《きびのおみら》が祖《おや》、名は御鉏友耳建日子《みすきともみみたけひこ》を副《そ》へて遣《つかは》しし時に、ひひら木《ぎ》の八尋《やひろ》矛《ほこ》を給《たま》ひき。

故《かれ》、命《みこと》を受けて罷《まか》り行《ゆ》きし時に、伊勢大御神《いせのおほみかみ》の宮に参《ま》ゐ入《い》りて、神の朝庭《みかど》を拝《をろが》みて、即《すなは》ち其《そ》の姨倭比売命《をばやまとひめのみこと》に白《まを》さく、「天皇の既《すで》に吾《あれ》を死《し》ねと思ふ所以《ゆゑ》や、何《なに》。西の方《かた》の悪《あ》しき人等《ひとども》を撃《う》ちに遣《つかは》して、返り参ゐ上《のぼ》り来《こ》し間《あひだ》に、未《いま》だ幾《いく》ばくの時を経《へ》ぬに、軍衆《いくさども》を賜《たま》はずして、今更《さら》に東の方の十《とをあまり》二《ふたつ》の道の悪《あ》しき人等《ひとども》を平げに遣しつ。此《これ》に因《よ》りて思《おも》惟ふに、猶吾《なほあれ》を既に死ねと思《おも》ほし看《め》すぞ」と、患《うれ》へ泣きて罷《まか》りし時に、倭比売命、草那芸剣《くさなぎのつるぎ》を賜《たま》ひ、亦《また》、御嚢《みふくろ》を賜ひて、詔ひしく、「若《も》し急《には》かなる事有《あ》らば、茲《こ》の嚢の口を解《と》け」とのりたまひき。

五　野火の難

さて、尾張国《おわりのくに》（愛知県西部）に着いて、尾張国造《おわりのくにのみやつこ》の祖先、美夜受比売《みやずひめ》の家に入っていらっしゃった。その時に姫と結婚しようと思ったけれど、再び帰り上ってきた時に結婚しようと思って、しっかり約束をして、東方の国にお出かけになって、山河の荒れすさぶ神と服従しない者たちをすべて言向《ことむ》け平定していった。

そうして、相模国《さがみのくに》（神奈川県）に着いた時に、その国造《くにのみやつこ》が倭建命《やまとたけるのみこと》をあざむいて、「この野の真ん中に大きな沼があります。この沼の中に住んでいる神は、たいへん勢いのある荒々しい神なのです」と申し上げた。そこで、倭建命は、その神をご覧になろうとして、その野に入っていらっしゃった。すると、その国造は、火をその野につけた。

そこで、騙《だま》されたのだと気付いて、その叔母の倭比売命《やまとひめのみこと》が授けられた嚢《ふくろ》の口を解き開けて見ると、火打ち石が、その中にあった。そこで、まずその御刀で草を刈り払い、その火打ち石で火を打ち出して、その草に火をつけて火勢を向こうに退け、野を出てもどって、その国造らをすべて斬《き》り殺して、すぐさま死体に火をつけて焼いてしまった。それで今、その地を焼遺《やきつ》という（駿河国の静岡県焼津市あるいは相模国内の地名か）。

故《かれ》、尾張国《をはりのくに》に到《いた》りて、尾張国造《をはりのくにのみやつこ》が祖《おや》、美夜受比売《みやずひめ》の家《いへ》に入《い》り坐《ま》しき。乃《すなは》ち婚《あ》はむと思へども、亦《また》、還《かへ》り上《のぼ》らむ時に、婚はむと思ひて、期《ちぎ》り定めて、東《ひむかし》の国に幸《いでま》して、悉《ことごと》く山河《やまかは》の荒《あら》ぶる神と伏《したが》はぬ人等《ひとども》とを言向《ことむ》け和《やは》し平《たひら》

げき。

故爾《かれしか》くして、相武国《さがむのくに》に到りし時に、其《そ》の国造、詐《いつは》りて白《まを》しく、「此《こ》の野の中《なか》に大《おほ》き沼《ぬま》有《あ》り。是《こ》の沼の中《うち》に住める神は、甚《はなは》だ道速振《ちはやぶ》る神ぞ」とまをしき。是《ここ》に、其の神を看行《みそこなは》さむとして、其の野に入《い》り坐《ま》しき。爾《しか》くして、其の国造、火を其の野に著《つ》けき。

故《かれ》、欺《あざむ》かえぬと知りて、其の姨倭比売命《をばやまとひめのみこと》の給《たま》へる嚢《ふくろ》の口を解《と》き開《あ》けて見れば、火打《ひうち》、其の裏《うち》に有り。是に、先《ま》づ其の御刀《みはかし》を以《もち》て草を刈り撥《はら》ひ、其の火打を以て火を打ち出《いだ》して、向《むか》ひ火《び》を著けて焼き退《そ》け、還《かへ》り出《い》でて、皆《みな》其の国造等《ら》を切り滅《ほろぼ》して、即《すなは》ち火を著けて焼きき。故、今に焼遺《やきつ》と謂《い》ふ。

六 弟《おと》橘《たちばな》比《ひ》売《めの》命《みこと》

そこからさらに入っていらっしゃって、走水海《はしりみずのうみ》（浦賀水道）を渡った時に、その海峡の神が波を起し、船をぐるぐる廻《めぐ》らせるので、渡ることができなかった。その時、その后《きさき》、名は弟橘比売命《おとたちばなひめのみこと》が申して、「私が、御子《みこ》の代りとなって、海の中に入りましょう。

御子は、遣わされた任務を果して、復命申してください」と言った。后が海に入ろうとする時、菅《すげ》の敷物や皮の敷物・絹の敷物を何枚も波の上に敷いて、その上に下りていらっしゃった。すると、その荒波は自然と静かになって、御船は先に進むことができた。そこで、その后が歌っていうには、

さねさし　相模《さがみ》の小野《をの》に　燃ゆる火の　火中《ほなか》に立ちて　問ひし君はも

――〈さねさし〉相模《さがみ》の小野《おの》に燃える火の、その燃え広がる炎の中に立って、私のことを思って呼びかけてくださった君よ、ああ

そして、それから七日の後に、その后の御櫛《くし》が、海辺に流れ着いた。そこで、その櫛を拾い取り、御陵《みはか》を作って納め置いた。

そこからさらに入っていらっしゃって、ことごとく荒れすさぶ蝦夷《えみし》たちを言向《ことむ》け、また、山河の荒れすさぶ神たちを平定して、大和《やまと》へ帰り上っていらっしゃった時に、足柄《あしがら》の坂（相模と駿河の国境の足柄峠）の麓《ふもと》に着いて、食事をしているところに、その坂の神が、白い鹿《しか》の姿となって来て傍らに立った。そこで、食べ残した野蒜《のびる》の片端で、それを待ち受けて打ったところ、その目に命中させて、その場で打ち殺した。そしてその坂

の上に登り立って、三度溜《た》め息《いき》をついておっしゃって言うには、「吾妻《あづま》（私の妻）よ、ああ」と言った。それで、その国を名付けて阿豆麻《あずま》という。

そのまま、その東の国から甲斐《かい》に越え出て、酒折宮《さかおりのみや》（甲府市の酒折神社の地）にいらっしゃった時に、倭建命《やまとたけるのみこと》が歌っていうには、

新治《にひばり》　筑波《つくは》を過ぎて　幾夜《いくよ》か寝《ね》つる

――新治《にいばり》や筑波《つくば》の地（茨城県桜川市・つくば市）を過ぎて、幾夜寝たのか

すると、その警護のためにかがり火をたく老人が、御歌に続けて、歌っていうには、

日々並《かがな》べて　夜《よ》には九夜《ここのよ》　日《ひ》には十日《とをか》を

――日数を重ねて、夜で九夜、昼で十日でございますよ

そこで、その老人をほめて、すぐさま東国造《あずまのくにのみやつこ》をお与えになった。

――其《そこ》より入《い》り幸《いでま》して、走水海《はしりみづのうみ》を渡りし時に、其《そ》の渡《わたり》の神、浪《なみ》を興《おこ》し、船を廻《めぐら》せば、進み渡ること得ず。爾《しか》くして、其の后《きさき》、名は弟橘比売命《おとたちばなひめのみこと》、白《まを》しし

く、「妾《あれ》、御子《みこ》に易《かは》りて、海の中に入《い》らむ。御子は、遣《つかは》さえし政《まつりごと》を遂《と》げ、覆奏《かへりことまを》すべし」とまをしき。

海に入らむとする時に、菅畳《すがたたみ》八重《やへ》・皮畳《かはたたみ》八重・絁畳《きぬたたみ》八重を以《もち》て、波の上に敷きて、其の上《うへ》に下《お》り坐《ま》しき。是《ここ》に、其の暴浪《あらなみ》、自《おのづか》ら伏《な》ぎて、御船《みふね》、進むこと得たり。爾《しか》くして、其の后の歌ひて曰《い》はく、

さねさし　相模《さがむ》の小野《をの》に　燃ゆる火の　火中《ほなか》に立ちて　問ひし君はも

故《かれ》、七日《なぬか》の後《のち》に、其の后の御櫛《みくし》、海辺《うみへ》に依《よ》りき。乃《すなは》ち其の櫛を取り、御《み》陵《はか》を作りて、治《をさ》め置きき。

其《そこ》より入《い》り幸《いでま》し、悉《ことごと》く荒《あら》ぶる蝦夷等《えみしども》を言向《ことむ》け、亦《また》、山河の荒ぶる神等《かみたち》を平《たひら》げ和《やは》して、還《かへ》り上《のぼ》り幸《いでま》しし時に、足柄《あしがら》の坂本《さかもと》に到《いた》りて、御粮《みかりて》を食《は》む処《ところ》に、其《そ》の坂《さか》の神《かみ》、白《しろ》き鹿《か》と化《な》りて来《き》立《た》ちき。爾《しか》くして、即《すなは》ち其の咋《く》ひ遺《のこ》せる蒜《ひる》の片端《かたはし》を以《もち》て、待ち打ちしかば、其の目に中《あ》てて、乃《すなは》ち打ち殺しき。故《かれ》、其の坂に登り立ちて、三《み》たび歎《なげ》きて、詔《のりたま》ひて云《い》ひしく、「あづまはや」といひき。故、其の国を号《なづ》けて阿豆麻《あづま》と謂《い》ふ。

即ち、其の国より甲斐《かひ》に越《こ》え出《い》でて、酒折宮《さかをりのみや》に坐《いま》しし時に、歌ひて曰はく、

新治《にひばり》　筑波《つくは》を過ぎて　幾夜《いくよ》か寝《ね》つる

爾《しか》くして、其の御火焼《みひたき》の老人《おきな》、御歌《みうた》に続《つ》ぎて、歌ひて曰《い》はく、

日々並《かがな》べて　夜《よ》には九夜《ここのよ》　日《ひ》には十日《とをか》を

是《ここ》を以て、其の老人《おきな》を誉《ほ》めて、即ち東国造《あづまのくにのみやつこ》を給ひき。

七 美夜受比売《みやずひめ》

その国から信濃国《しなののくに》に越えていき、そこで科野之坂神《しなののさかのかみ》（長野県下伊那郡阿智村の神坂峠か）を言向《ことむ》けて、尾張国《おわりのくに》に帰ってきて、先に結婚の約束をしていた美夜受比売《みやずひめ》のもとへ入っていらっしゃった。そして、お食事をさしあげた時に、美夜受比売は大きな杯を捧《ささ》げ持って倭建命《やまとたけるのみこと》に献上した。その時、美夜受比売は、その襲衣《おすい》（上着）の裾《すそ》に月経の

血がついていた。そこで、倭建命が、その血を見て、お歌いになるには、

ひさかたの　天《あめ》の香具山《かぐやま》　鋭喧《とかま》に　さ渡る鵠《くび》　弱細《ひはぼそ》　撓《たわ》や腕《がひな》を　枕《ま》かむとは　吾《あれ》はすれど　さ寝《ね》むとは　吾《あれ》は思へど　汝《な》が着《け》せる　襲衣《おすひ》の襴《すそ》に　月立《つきた》ちにけり

——〈ひさかたの〉天の香具山《かぐやま》の上を、鋭くやかましい鳴き声をあげて渡っていく白鳥よ。その姿のように、ひ弱く細い、あなたのしなやかな腕を枕《まくら》にしようと私はするけれど、あなたと共寝をしようと私は思うけれど、あなたが着ていらっしゃる襲衣の裾に、月が出てしまった

そこで、美夜受比売が、それに答えていうには、

高光《たかひか》る　日《ひ》の御子《みこ》　やすみしし　我《わ》が大君《おほきみ》　あらたまの　年が来経《きふ》れば　あらたまの　月《つき》は来経行《きへゆ》く　うべな　うべな　うべな　君待ち難《がた》に　我《わ》が着《け》せる　襲衣《おすひ》の襴《すそ》に　月立たなむよ

——空高く光る日の神の御子《みこ》よ、国の隅々まで領有されるわが大君よ、〈あらたまの〉年がきて去ってゆけば、〈あらたまの〉月はきて去っていきます。まことにまことにまことに、あなたを待ちか

ねて、私の着る襲衣の裾に月が立たないことがありましょうか

こうしてご結婚なさって、倭建命は、その腰にはいていた草なぎの剣を、その美夜受比売のもとに置いて、伊吹山《いぶきやま》（滋賀県と岐阜県の境の山）の神を討ち取りにお出かけになった。

其《そ》の国より科野国《しなののくに》に越えて、乃《すなは》ち科野《しなの》之坂神《のさかのかみ》を言向《ことむ》けて、尾張国《をはりのくに》に還《かへ》り来《き》て、先《さき》の日に期《ちぎ》れる美夜受比売《みやずひめ》の許《もと》に入《い》り坐《ま》しき。是《ここ》に、大御食《おほみけ》を献《たてまつ》りし時に、其の美夜受比売、大御酒盞《おほみさかづき》を捧《ささ》げて献りき。爾《しか》くして、美夜受比売、其の、おすひの襴《すそ》に、月経《さはり》を著《つ》けたり。故《かれ》、其の月経を見て、御歌に曰《い》はく、

ひさかたの　天《あめ》の香具山《かぐやま》　鋭喧《とかま》に　さ渡る鵠《くび》　弱細《ひはぼそ》　撓《たわ》や腕《がひな》を　枕《ま》かむとは　吾《あれ》はすれど　さ寝《ね》むとは　吾《あれ》は思へど　汝《な》が着《け》せる　襲衣《おすひ》の　襴《すそ》に　月立《つきた》ちにけり

爾《しか》くして、美夜受比売、御歌《みうた》に答へて曰はく、

高光《たかひか》る　日《ひ》の御子《みこ》　やすみしし　我《わ》が大君《おほきみ》　あらたまの　年が来経《きふ》れば　あらたまの　月《つき》は来経行《きへゆ》く　うべな　うべな　うべな　君待ち難《がた》に　我《わ》が着《け》せる　襲衣《おすひ》の襴《すそ》に　月立たなむよ

故爾《かれしか》くして、御合《みあひ》して、其の御刀《みはかし》の草那芸剣《くさなぎのつるぎ》を以《もち》て、其の美夜受比売の許《もと》に置きて、伊服岐能山《いふきのやま》の神を取りに幸行《いでま》しき。

八　伊《い》吹《ぶき》山《やま》の神

そうして、「この山の神は、素手で直接討ち取ろう」とおっしゃって、その山を登っていった時、白い猪《いのしし》と、山のほとりで出会った。その大きさは、牛のようだった。

そこで、倭建命《やまとたけるのみこと》は言挙《ことあ》げ（大声で言い立てて、言葉の呪力を働かせること）して、「この白い猪の姿をしているのは、この山の神の使者である。今殺さなくても、山から帰る時に殺すことにしよう」と大きな声で言い立てられて、山を登っていらっしゃった。

すると、山の神は激しい氷雨《ひさめ》を降らして、倭建命を前後不覚に陥らせた（『古事記』の原注に「この白い猪は山の神の使者ではなく、神自身であった。誤った言挙げをしたために、前後不覚に陥らされたのである」とある）。

そこで、倭建命は、山を下《くだ》り帰っていらして、玉倉部《たまくらべ》の清水（伊吹山南麓）に着いて休息していらっしゃるうちに、正気を次第にとりもどした。それで、その清水を名付けて居寤清泉《いさめのしみず》という。

そこから出発して、当芸野《たぎの》（岐阜県の養老の滝辺りか）のあたりに着いた時に、倭建命は、「私は心では、いつも空を飛んで行こうと思っている。しかし今、私の足は歩けなくなり、たぎたぎしくなってしまった（足のはれてむくんださまか）」とおっしゃった。それで、その地を名付けて、当芸《たぎ》という。

その地からほんの少し進んでいらっしゃったが、ひどく疲れたので、杖《つえ》をついてそろそろと歩いた。それで、そこを名付けて、杖衝坂《つえつきさか》（三重県桑名市多度町辺り）という。

是《ここ》に、詔《のりたま》はく、「茲《こ》の山《やま》の神《かみ》は、徒手《むなで》に直《ただ》に取らむ」とのりたまひて、其《そ》の山に騰《のぼ》りし時に、白《しろ》き猪《ゐ》、山の辺《へ》に逢《あ》ひき。其の大きさ、牛《うし》の如《ごと》し。

爾《しか》くして、言挙《ことあげ》為《し》て詔はく、「是《こ》の白き猪と化《な》れるは、其の神の使者《つかひ》ぞ。是《ここ》に、今殺さずとも、還《かへ》らむ時に殺さむ」とのりたまひて、騰《のぼ》り坐《ま》しき。大氷雨《おほひさめ》を零《ふら》して、倭建命《やまとたけるのみこと》を打ち或《まと》はしき。

故《かれ》、還《かへ》り下《くだ》り坐《ま》して、玉倉部《たまくらべ》の清泉《しみづ》に到《いた》りて息《いこ》ひ坐《まし》し時に、御心《みこころ》、稍《やをや》く寤《さ》めき。故、其の清泉を号《なづ》けて居寤清泉《ゐさめのしみづ》と謂《い》ふ。

其処《そこ》より発《た》ちて、当芸野《たぎの》の上《うへ》に到りし時に、詔ひしく、「吾《あ》が心、恒《つね》に虚《そら》より翔《かけ》り行《ゆ》かむと念《おも》ふ。然《しか》れども、今吾《あ》が足歩《あゆ》むこと得ずして、たぎたぎしく成《な》りぬ」とのりたまひき。故《かれ》、其地《そこ》を号《なづ》けて当芸《たぎ》と謂ふ。

其地より差少《ややすこ》し幸行《いでま》すに、甚《はなは》だ疲れたるに因《よ》りて、御杖《みつゑ》を衝《つ》きて、稍《やをや》く歩みき。故、其地を号けて杖衝坂《つゑつきさか》と謂ふ。(略)

九 望郷の歌

そこから進んでいらっしゃって、三重村《みえのむら》(三重県四日市市内)に着いた時に、また、「私の足は三重に折れるようになって、ひどく疲れてしまった」とおっしゃった。それで、その地を名付けて、三重という。

そこからさらに進んでいらして、能煩野《のぼの》（鈴鹿山脈の野登山辺りか）に着いた時に、故郷を思って、歌っていうには、

倭《やまと》は　国の真秀《まほ》ろば　たたなづく　青垣《あをかき》　山籠《やまごも》れる　倭し麗《うるは》し

――大和《やまと》は国の中でももっともよいところだ。重なりあった青い垣根の山、その中にこもっている大和は、美しい

また歌っていうには、

命《いのち》の　全《また》けむ人は　畳薦《たたみこも》　平群《へぐり》の山の　熊白檮《くまかし》が葉を　髻華《うづ》に挿《さ》せ　その子

――命の無事な人は、〈畳薦《たたみこも》〉平群《へぐり》の山の大きな樫の木の葉をかんざしに挿せ。お前たちよ

この二首の歌は、思国歌《くにしのひうた》（望郷し、国を讃える歌）である。

また歌っていうには、

愛《は》しけやし　我家《わぎへ》の方《かた》よ　雲居《くもゐ》立《た》ち来《く》も

――なつかしい、わが家の方から、雲がこちらへ湧《わ》き起ってくるよ

これは片歌《かたうた》（前の二首を受けて歌い収める歌い方）である。

この時に、ご病気が急変して危篤になった。そうしてお歌いになっていうには、

嬢子《をとめ》の　床《とこ》の辺《べ》に　我《わ》が置きし　剣《つるき》の大刀《たち》　その大刀はや

――乙女の床のあたりに、私が置いてきた大刀《たち》。ああ、その大刀よ

と歌い終るや、お亡くなりになった。そこで、駅使《はゆまづかい》（早馬による急便）をもって、急を報じ申し上げげた。

其地《そこ》より幸《いでま》して、三重村《みへのむら》に到《いた》りし時に、亦《また》、詔《のりたま》ひしく、「吾《あ》が足は、三《み》重《へ》に勾《まが》れるが如《ごと》くして、甚《はなは》だ疲れたり」とのりたまひき。故《かれ》、其地を号《なづ》けて三重《みへ》と謂《い》ふ。

其《そ》より幸行《いでま》して、能煩野《のぼの》に到りし時に、国を思《しの》ひて、歌ひて曰《い》はく、

倭《やまと》は　国の真秀《まほ》ろば　たたなづく　青垣《あをかき》　山籠《やまごも》れる　倭し麗《うるは》し

又、歌ひて曰はく、

命《いのち》の　全《また》けむ人は　畳薦《たたみこも》　平群《へぐり》の山の　熊白檮《くまかし》が葉を　髻華《うづ》に挿《さ》せ
その子

此《こ》の歌は、思国歌《くにしのひうた》ぞ。又、歌ひて曰はく、

愛《は》しけやし　我家《わぎへ》の方《かた》よ　雲居《くもゐ》立《た》ち来《く》も

此《これ》は、片歌《かたうた》ぞ。

此《こ》の時に、御病《みやまひ》、甚急《いとには》かなり。爾《しか》くして、御歌《みうた》に曰はく、

嬢子《をとめ》の　床《とこ》の辺《べ》に　我《わ》が置きし　剣《つるき》の大刀《たち》　その大刀はや

歌ひ竟《をは》りて、即《すなは》ち崩《さ》りましき。爾《しか》くして、駅使《はゆまづかひ》を貢上《たてまつ》りき。

一〇 八尋《やひろ》の白千鳥《しろちどり》

そして、その報《しら》せを聞いて、大和《やまと》にいらっしゃった后《きさき》たちと御子《みこ》たちとは、みんな能煩野《のぼの》に下ってきて、そこに御陵を作って、そしてその地の水にひたった田を這《は》いまわって泣いて、歌っていうには、

なづきの田《た》の　稲幹《いながら》に　稲幹《いながら》に　這《は》ひ廻《もとほ》ろふ　野老蔓《ところづら》

——水にひたった田の稲の茎に、その稲の茎に、這《は》いまつわっている山芋の蔓《つる》よ

すると、倭建命《やまとたけるのみこと》は、大きな白い千鳥の姿となって、天空に羽ばたき、浜に向って飛び去った。これを見て、その后と御子たちとは、篠《しの》の切り株に足を切り傷つけたけれども、その痛みを忘れて、泣きながら追いかけた。この時に、歌っていうには、

浅小竹原《あさじのはら》　腰泥《こしなづ》む　空《そら》は行《ゆ》かず　足《あし》よ行くな

——丈の低い篠原は、篠が腰にまつわってなかなか進めない。空は飛べずに、足でよたよた歩くことだ

また、その海に入って、難儀しながら千鳥を追って行った時に、歌っていうには、

海処《うみが》行《ゆ》けば　腰泥《こしなづ》む　大河原《おほかはら》の　植《う》ゑ草《ぐさ》　海処《うみが》は　いさよふ

——海を行くと、腰まで水につかってなかなか進めない。広い河の水面に生えている浮草のように、海では、漂うばかりでなかなか進めない

そして、千鳥は、その国から飛び立っていって、河内国《かわちのくに》の志幾《しき》（大阪府柏原市の辺り）にきてとまった。そこで、その地に御陵《みはか》を作って鎮座させた。その御陵を名付けて白鳥御陵《しらとりのみささぎ》という。ところが、千鳥はまた、その地からさらに天高く飛び立っていった。

この倭建命が、伊玖米《いくめ》天皇（垂仁天皇）の娘、布多遅能伊理毘売命《ふたじのいりびめのみこと》を娶《めと》って生んだ御子は、帯中津日子命《たらしなかつひこのみこと》。数え合せて、この倭建命の御子たちは、全部で六柱である。そして、帯中津日子命は、天下を治めた（仲哀天皇）。

そして、大帯日子《おおたらしひこ》天皇（景行天皇）がこの（倭建命の曾孫の）迦具漏比売命《かぐろひめのみこと》を娶って

生んだ子は、大江王《おおえのみこ》。この王が異母妹の銀王《しろかねのみこ》を娶って生んだ子は、大名方王《おおながたのみこ》。次に、大中比売命《おおなかつひめのみこと》。

この大帯日子天皇（景行天皇）の享年は、百三十七歳である。御陵《みはか》は、山辺道《やまのべのみち》のほとりにある（奈良県天理市渋谷町向山の地という）。

是《ここ》に、倭《やまと》に坐《いま》しし后等《きさきたち》と御子等《みこたち》と、諸《もろもろ》下《くだ》り到《いた》りて、御陵《みはか》を作りて、即《すなは》ち其地《そこ》のなづき田《た》を匍匐《はらば》ひ廻《めぐ》りて哭《な》き、歌為《うたよみし》て曰《い》はく、

なづきの田《た》の　稲幹《いながら》に　稲幹《いながら》に　這《は》ひ廻《もとほ》ろふ　野老蔓《ところづら》

是に、八尋《やひろ》の白《しろ》ち鳥《とり》と化《な》り、天《あめ》に翔《かけ》りて、浜に向《むか》ひて飛び行《ゆ》きき。爾《しか》くして、其《そ》の后と御子等と、其の小竹《しの》の刈杙《かりくひ》に、足を跳《き》り破《やぶ》れども、其の痛みを忘れて、哭き追ひき。此《こ》の時に、歌ひて曰はく、

浅小竹原《あさじのはら》　腰泥《こしなづ》む　空《そら》は行《ゆ》かず　足《あし》よ行くな

又、其《そ》の海塩《うしほ》に入《い》りて、なづみ行《ゆ》きし時に、歌ひて曰はく、

海処《うみが》行《ゆ》けば　腰泥《こしなづ》む　大河原《おほかはら》の　植《う》ゑ草《ぐさ》　海処《うみが》は　いさよふ　（略）

故《かれ》、其の国より飛び翔《かけ》り行《ゆ》きて、河内国《かふちのくに》の志幾《しき》に留《とどま》りき。故、其地《そこ》に御《み》陵《はか》を作りて鎮《しづ》め坐《いま》せき。即《すなは》ち其の御陵を号《なづ》けて白鳥御陵《しらとりのみさざき》と謂《い》ふ。然《しか》れども、亦《また》、其地《そこ》より更に天《あめ》に翔りて飛び行きき。（略）

此の倭建命《やまとたけるのみこと》、伊玖米天皇《いくめのすめらみこと》の女《むすめ》、布多遅能伊理毘売命《ふたぢのいりびめのみこと》を娶《めと》りて、生みし御子《みこ》は、帯中津日子命《たらしなかつひこのみこと》。（略）凡《おほよ》そ、是《こ》の倭建命の御子等《みこたち》は、并《あは》せて六柱《むはしら》ぞ。故《かれ》、帯中津日子命は、天《あめ》の下《した》を治《をさ》めき。（略）

故、大帯日子天皇《おほたらしひこのすめらみこと》、此の迦具漏比売命《かぐろひめのみこと》を娶りて、生みし子は、大江王《おほえのみこ》。此の王《みこ》、庶妹銀王《ままいもしろかねのみこ》を娶りて、生みし子は、大名方王《おほながたのみこ》。次に、大中比売《おほなかつひめの》命《みこと》。（略）

此の大帯日子天皇《おほたらしひこのすめらみこと》の御年《みとし》は、壱佰参拾漆歳《ももとせあまりみそとせあまりななとせ》ぞ。御陵《みはか》は、山辺道《やまのへのみち》の上《うへ》にあり。

古事記の風景 ⑤

能煩野《のぼの》

とてつもない力で、西国、東国のまつろわぬ人々を征していった倭建命《やまとたけるのみこと》。それは自らの意志ではなく、その力を恐れた父景行天皇がタケルを大和から遠ざけようとしたためでもあった。天皇に忌避された憂鬱《ゆううつ》を胸にタケルは戦い続け、東国平定ののち、ついに能《の》煩《ぼ》野《の》という地で倒れた。瀕死の床で詠んだのが、かの有名な「倭《やまと》は国の真秀《まほ》ろば　たたなづく　青垣《あおかき》　山籠《やまごも》れる　倭し麗し」の歌。しかしふるさとの大和を見ることなく、タケルは能煩野で息をひきとる。大和にいた妻や子供たちは、その地に御陵を作った。

能煩野は鈴鹿峠《すずかとうげ》の麓《ふもと》、三重県亀山市の野登山《ののぼりやま》の辺りと考えられ、明治一二年に宮内庁は現亀山市田村町の丁字塚《ちょうじづか》(一名に王塚《おうづか》)を倭建命の「能褒野墓」に考定した(写真)。静かな田園の中にこんもりと緑したたる森は全長九〇《メートル》の前方後円墳。周りは「のぼのの森公園」として整備され、明治創建の能褒野神社には倭建命と弟橘比売《おとたちばなひめの》命《みこと》が祀《まつ》られている。しかし、目の前に鈴鹿峠が立ちはだかるここからは、タケルが恋い焦がれた大和はあまりに遠い。

能煩野にたどり着く前、衰弱していたタケルは当芸野《たぎの》の地で「私の心は常に空を飛んでいこうとしている」と語っていた。飛んでいきたかったところは、妻子、そしてその愛を得られなかった父のいる大和。死後、タケルの魂は能煩野に留まらず、白鳥となって飛翔した。『日本書紀』によると、能煩野の棺には衣だけが残されたという。

成《せい》務《む》天皇（概略）

若帯日子天皇《わかたらしひこ》（成務天皇）は近江《おうみ》の志賀《しが》の高穴穂宮《たかあなほのみや》（大津市穴太の地）にいらっしゃって、天下を治めた。

この天皇が、建忍山垂根《たけおしやまたりね》の娘、弟財郎女《おとたからのいらつめ》を娶《めと》って生んだ御子《みこ》は、和訶奴気王《わかぬけのみこ》。

そして、建内宿禰《たけうちのすくね》（一六六頁参照）を大臣として、大国・小国の国造《くにのみやつこ》（「国」に置かれた首長）、国々の境界や大県・小県の県主《あがたぬし》（「国」のもとに置かれた「県」の首長）を定めた。

天皇の享年は九十五歳である。御陵《みはか》は沙紀《さき》の多他那美《たたなみ》（奈良市山陵町御陵前の地）にある。

仲《ちゅう》哀《あい》天皇

一　仲哀天皇の崩御と神託

帯中日子《たらしなかつひこ》天皇（仲哀天皇）は、穴門《あなと》の豊浦宮《とようらのみや》（下関市長府豊浦町の地）と、筑紫《つくし》の香椎宮《かしいのみや》（福岡市東区香椎）とにいらっしゃって、天下を治めた。この天皇が、大江王《おおえのみこ》の娘、大中津比売命《おおなかつひめのみこと》を娶《めと》って、生んだ御子《みこ》は、香坂王《かぐさかのみこ》・忍熊王《おしくまのみこ》。また、息長帯比売命《おきながたらしひめのみこと》（一六七頁参照）を娶って、生んだ御子は、品夜和気命《ほむやわけのみこと》。次に、大鞆和気命《おおともわけのみこと》、またの名は品《ほむ》陀和気命《だわけのみこと》（応神天皇《おうじん》）。

その皇后、息長帯比売命は、天皇が西国に巡幸していた当時、神依《かみよ》せをした。すなわち、天皇が筑紫の香椎宮にいらっしゃって、熊曾国《くまそのくに》を討とうとした時に、天皇が琴をひいて、建内宿禰大臣《たけうちのすくねのおおおみ》（一六六頁参照）が託宣を聞く聖なる庭にいて、神のお告げを請い求めた。すると、皇后の依せた神が、教えさとしておっしゃることには、「西の方に国がある。金・銀をはじめとして、目もくらむような種々の珍しい宝物が、たくさんその国にある。私は今、その国を帰服させようと思う」とおっしゃった。

それを聞いて、天皇は答えて、「高いところに登って西の方を見ると、国土は見えず、ただ大きな海があるだけです」と申し上げて、嘘《うそ》をつく神だと思って、琴を押し退《の》けて、ひきもせず、黙っていらっしゃった。すると、その神は、たいそう怒って、「およそこの天下は、お前の統治すべき国ではない。お前は、どこか一隅に相対しておるのがふさわしい」とおっしゃった。

そこで、建内宿禰大臣は、「恐れ多いことです。我が天皇、やはりそのお琴をおひきなさいませ」と申し上げた。それで天皇は、そろそろとその琴を引き寄せて、いい加減にひいていらっしゃるのだった。すると、まだ、さほども経《た》たないうちに、琴の音が聞えなくなった。すぐに火を高くかかげて見ると、天皇は既に崩御された後だった。

こうして、驚き恐れて、天皇を殯宮《もがりのみや》に安置して、国を挙げた大祓《おおはらえ》をして、あらためてまた、建内宿禰《たけうちのすくね》は聖なる庭にいて、神のお告げを請い求めた。

すると、神が教えさとす様子は、いちいち先日の託宣のとおりで、「およそこの西方の国は、そなたの胎中におられる御子（応神天皇）の統治なさる国である」と教えさとした。そしてさらに、建内宿禰は詳細に託宣を請うて、「今こうして教えさとす大神は、いずれの神であるか、そのお名前を知りたいと思います」と言うと、神がそれに答えておっしゃるには、「これは、天照大神《あまてらすおおかみ》の御意思である。また、底箇男《そこつつのお》・中箇男《なかつつのお》・上箇男《うわつつのお》の三柱《みはしら》の大神（四三頁参照）である。今、本当にその西方の国を求めようと思うならば、天神《あまつかみ》・地祇《くにつかみ》、また山の神と河・海のあらゆる神とに、ことごとく幣帛《みてぐら》（神へのお供え）を捧《ささ》げ、われら三神の御魂《みたま》を船の上に鎮座させて、真木《まき》を焼いた灰を瓢簞《ひょうたん》に入れ、また、箸《はし》と葉盤《ひらで》（柏の葉で作った食器）とをたくさん作って、それらをすべて大海に散らし浮かべて、渡っていくがよい」とおっしゃった。

帯中日子天皇《たらしなかつひこのすめらみこと》、穴門《あなと》の豊浦宮《とようらのみや》と筑紫《つくし》の訶志比宮《かしひのみや》とに坐して、天《あめ》の下《した》を治《をさ》めき。此《こ》の天皇、大江王《おほえのみこ》の女《むすめ》、大中津比売命《おほなかつひめのみこと》を娶りて、生みし御子《みこ》は、香坂王《かぐさかのみこ》・忍熊王《おしくまのみこ》。又《また》、息長帯比売命《おきながたらしひめのみこと》を娶りて、生みし御子は、品夜和気命《ほむやわけのみこと》。次に、大鞆和気命《おほともわけのみこと》、亦《また》の名は、品陀和気命《ほむだわけのみこと》。（略）

其《そ》の大后息長帯日売命《おほきさきおきながたらしひめのみこと》は、当時《そのかみ》、神《かみ》を帰《よ》せき。故《かれ》、天皇、筑紫《つくし》の訶志比宮《かしひのみや》に坐《いま》して、熊曾国《くまそのくに》を撃《う》たむとせし時に、天皇、御琴《みこと》を控《ひ》きて、建内宿禰大臣《たけうちのすくねのおほおみ》、さ庭《には》に居《ゐ》て、神の命《みこと》を請《こ》ひき。是《ここ》に、大后の帰せたる神、言教《ことをし》へ覚《さと》して詔《のりたま》ひしく、「西《にし》の方《かた》に国有《あ》り。金《くがね》・銀《しろかね》を本《もと》と為《し》て、目の炎耀《かかや》く、種々《くさぐさ》の珍《めづら》しき宝《たから》、多《あま》た其の国に在《あ》り。吾《あれ》、今其の国を帰せ賜《たま》はむ」とのりたまひき。

爾《しか》くして、天皇の答へて白《まを》さく、「高き地《ところ》に登りて西の方を見れば、国《く》土《に》見えずして、唯《ただ》に大《おほ》き海のみ有り」とまをして、詐《いつはり》を為《す》る神と謂《おも》ひて、御琴を押し退《そ》け、控《ひ》かずして、黙《もだ》し坐《いま》しき。爾くして、其の神、大きに忿《いか》りて詔ひしく、「凡《おほよ》そ、茲《こ》の天の下は、汝《なむち》が知るべき国に非《あら》ず。汝は、一《ひと》道《みち》に向《むか》へ」とのりたまひき。

是《ここ》に、建内宿禰大臣が白ししく、「恐《かしこ》し。我《わ》が天皇、猶《なほ》其の大御琴《おほみこと》をあそばせ」とまをしき。爾《しか》くして、稍《やをや》く其の御琴を取《と》り依《よ》せて、なまなまに控きて坐しき。故《かれ》、未《いま》だ幾久《いくびさ》もあらずして、御琴の音《おと》聞えず。即《すなは》ち火を挙《かか》げて見れば、既《すで》に崩《さ》りまし訖《をは》りぬ。

爾《しか》くして、驚き懼《お》ぢて、殯宮《もがりのみや》に坐せて、（略）国の大祓《おほはらへ》を為《し》て、亦《また》、建内宿禰、さ庭《には》に居《ゐ》て、神の命《みこと》を請《こ》ひき。是《ここ》に、教《をし》へ覚《さと》す状《かたち》、具《つぶ》さに先《さき》の日の如《ごと》くして、「凡《おほよ》そ、此《こ》の国は、汝命《ながみこと》の御腹《みはら》に坐す御子の知《し》らさむ国ぞ」とをしへさとしき。（略）爾くして、具《つぶ》さに請《こ》はく、「今如此言教《かくことをし》ふる大神《おほかみ》は、其の御名《みな》を知らむと欲《おも》ふ」とこふに、即《すなは》ち答へて詔《のりたま》ひしく、「是《これ》は、天照《あまてらす》大神《おほかみ》の御心《みこころ》ぞ。亦、底箇男《そこつつのを》・中箇男《なかつつのを》・上箇男《うはつつのを》の三柱《みはしら》の大神ぞ。今寔《まこと》に其の国を求めむと思はば、天神《あまつかみ》・地祇《くにつかみ》と、亦、山の神と河・海の諸《もろもろ》の神とに、悉《ことごと》く幣帛《みてぐら》を奉《まつ》り、我《わ》が御魂《みたま》を船の上に坐せて、真木《まき》の灰《はひ》を瓠《ひさこ》に納《い》れ、亦、箸《はし》とひらでとを多《あま》た作りて、皆々《みなみな》大き海に散《ちら》し浮《う》けて、度《わた》るべし」とのりたまひき。

二 神《じん》功《ぐう》皇后の新《しら》羅《ぎ》親征

そこで、皇后が、一つ一つ神が教えさとしたとおりに、軍勢を整え、船を並べて、海を越えて渡っていかれた時に、海原の魚が、その大小を問わずみな、船を背負って渡った。そうして、追い風が盛んに吹いて、船は波のまにまに進んでいった。そして、その船を乗せた波は、新羅国《しらぎのくに》に押し上がって、船は一気に国の中央に達した。

これを見て、新羅の国王は恐れかしこんで申すには、「今後は、天皇の命令のままに従い、御馬飼《みまかい》となって、毎年船を並べて、船の腹の乾く間もなく、棹《さお》や梶《かじ》の乾く間もなく、天地とともに、終ることなく、（馬を献上して）お仕え申し上げましょう」と申し上げた。そこで、これによって、新羅国を御馬飼《みまかい》と定め、百済国《くだらのくに》は海の向こうの屯家《みやけ》（天皇・皇族の領有地）と定めた。そして皇后は、その杖《つえ》を、新羅の国王の門に衝《つ》き立てて、墨江三神《すみのえ》（底箇男《そこつつのお》・中箇男《なかつつのお》・上箇男《うわつつのお》）の荒御魂《あらみたま》を、その国を守る神として鎮め祭って、海を渡って帰った。

さて、その任務がまだ終らないうちに、皇后の身ごもっている御子《みこ》が生れそうになり、その腹を鎮めようとして、石を取って御裳《みも》の腰につけて、筑紫国《つくしのくに》に渡り着いた時に、その御子（品陀和気命《ほむだわけのみこと》＝応神天皇）はお生れになった。それで、その御子を生んだ地を名付けて、宇美《うみ》という。

数え合せて、帯中津日子天皇《たらしなかつひこ》（仲哀天皇）の享年は、五十二歳である。御陵《みはか》は、河内《かわち》の恵賀《えが》の長江《ながえ》にある（大阪府藤井寺市岡の地という）。

故《かれ》、備《つぶ》さに教《をし》へ覚《さと》ししが如《ごと》く、軍《いくさ》を整《ととの》へ船《ふね》を双《なら》べて、度《わた》り幸《いでま》しし時《とき》に、海原《うなはら》の魚《うを》、大《おほ》き小《ちひさ》きを問《と》はず、悉《ことごと》く御船《みふね》を負《お》ひて渡《わた》りき。爾《しか》くして、順風《おひかぜ》、大《おほ》きに起《おこ》り、御船《みふね》、浪《なみ》に従《したが》ひき。故、其《そ》の御船《みふね》の波瀾《なみ》、新羅之国《しらきのくに》に押し騰《あが》りて、既《すで》に半国《くになか》に到《いた》りき。

是《ここ》に、其の国王《くにぎみ》畏《かしこ》み惶《おそ》りて奏《まを》して言《い》ひしく、「今より以後《のち》、天皇《すめらみこと》の命《みこと》の随《まにま》に、御馬甘《みまかひ》と為《し》て、年毎《としごと》に船を双《なら》べて、船腹《ふなばら》を乾《ほ》さず、柂檝《さをかぢ》を乾《ほ》さず、天地《あめつち》と共に、退《や》むこと無《な》く仕《つか》へ奉《まつ》らむ」といひき。故、是《ここ》を以《もち》て、新羅国《しらきのくに》は、御馬甘と定め、百済国《くだらのくに》は、渡《わたり》の屯家《みやけ》と定めき。爾《しか》くして、其の御杖《みつゑ》を以《もち》て、新羅の国主《くにぎみ》の門《かど》に衝《つ》き立てて、即《すなは》ち墨江大神《すみのえのおほかみ》の荒御魂《あらみたま》を以《もち》て、国守《くにもり》の神《かみ》と為《し》て、祭《まつ》り鎮《しづ》めて、還《かへ》り渡《わた》りき。

故《かれ》、其の政《まつりごと》未《いま》だ竟《をは》らぬ間《あひだ》に、其の懐妊《はら》めるを産《う》むときに臨《のぞ》みて、即《すなは》ち御腹《みはら》を鎮《しづ》めむと為《し》て、石《いし》を取りて御裳《みも》の腰《こし》に纏《ま》きて、竺紫国《つくしのくに》に渡るに、其の御子《みこ》は、あれ坐《ま》しき。故、其の御子を生みし地《ところ》を号《なづ》けて宇美《うみ》と謂《い》ふ。（略）

凡《おほよ》そ、帯中津日子《たらしなかつひこ》天皇《すめらみこと》の御年《みとし》は、伍拾弐歳《いとせあまりふたとせ》ぞ。御陵《みはか》は、河内《かふち》の恵賀《ゑが》の長江《ながえ》に在《あ》り。

応《おう》神《じん》天皇

一 三皇子の分担

品陀和気命《ほむだわけのみこと》（応神天皇）は、軽島《かるしま》（奈良県橿原市内）の明宮《あきらのみや》にいらっしゃって、天下を治めた。

この天皇は、品陀真若王《ほむだのまわかのみこ》の娘である三人の女王を娶《めと》った。一人の名は、高木之入日《たかぎのいりび》売命《めのみこと》。次に、中日売命《なかつひめのみこと》。次に、弟日売命《おとひめのみこと》。そして、高木之入日売の子は、額田大中日《ぬかたのおおなかつひ》子命《このみこと》。次に、大山守命《おおやまもりのみこと》。次に、伊奢之真若命《いざのまわかのみこと》。中日売命の御子《みこ》は、木之荒田郎女《きのあらたのいらつめ》。次に、大雀命《おおさざきのみこと》。また、丸邇《わに》の比布礼能意富美《ひふれのおおみ》の娘、名は宮主矢河枝比売《みやぬしのやかわえひめ》を娶って生んだ御子は、宇遅能和紀郎子《うじのわきいらつこ》。次に、妹、八田若郎女《やたのわかいらつめ》。次に、女鳥王《めどりのみこ》。また、桜井の田部連《たべのむらじ》の祖先、島垂根《しまたりね》の娘、糸井比売《いといひめ》を娶って生んだ御子は、速総別命《はやぶさわけのみこと》。

この天皇の御子たちは、合せて二十六人の王である。この中で、大雀命《おおさざきのみこと》は、天下を治めた（仁徳《にんとく》天皇）。

さて、天皇は、大山守命と大雀命とに尋ねて、「お前たちは、年上の子と年下の子とどちらがいとしいと思うか」とおっしゃった。それに対して、大山守命は、「年上の子がいとしいと思います」と申し上げた。次に、大雀命は、天皇がお尋ねになるお心に気づいて、「年上の子は、既に成人してしまっているので、心配はありません。年下の子は、まだ成人に達していないので、こちらの方がいとしいと思います」と申し上げた。

それを聞いて、天皇は、「さざき（大雀命）よ、お前の言ったことは、私の思っていることと同じだ」とおっしゃって、すぐに三人の任務を分けて、「大山守命は、山海の政治を執りなさい。大雀命は、食国《おすくに》（国造《くにのみやつこ》・県主《あがたぬし》を通じて統治する国）の政治を執って奏上しなさい。宇遅能和紀郎子は、皇位につきなさい」とおっしゃった。そして、大雀命は、天皇の仰せに背くことはなかった。

この御代に、海部《あまべ》・山部《やまべ》・山守部《やまもりべ》・伊勢部《いせべ》をお定めになった（山海を含め天皇の世界の制度化が果たされた）。また剣池《つるぎのいけ》を作った。また、新羅《しらぎ》の人が渡ってきた。それで、建内宿禰命《たけうちのすくねのみこと》がこれを引き連れて、渡来の技術による堤の池として百済池《くだらのいけ》を作った。

また、天皇は百済国《くだらのくに》に、「もし賢人がいるならば献上せよ」と仰せになった。そこで、その仰せを受けて献上した人の名は、和邇吉師《わにきし》である。『論語』十巻（孔子《こうし》の言行録）、『千字文《せんじもん》』一巻（中国の文字学習書）、合せて十一巻を、この人につけて献上した。

品陀和気命《ほむだわけのみこと》、軽島《かるしま》の明宮《あきらのみや》に坐《いま》して、天《あめ》の下《した》を治《をさ》めき。此《こ》の天皇《すめらみこと》、品它真若王《ほむだのまわかのみこ》の女《むすめ》、三柱《みはしら》の女王《をみなみこ》を娶《めと》りき。一《ひと》はしらの名は、高木之入日売命《たかぎのいりびめのみこと》。次に、中日売命《なかつひめのみこと》。次に、弟日売命《おとひめのみこと》。故《かれ》、高木之入日売《たかぎのいりびめ》の子は、額田大中日子命《ぬかたのおほなかつひこのみこと》。次に、大山守命《おほやまもりのみこと》。次に、伊奢之真若命《いざのまわかのみこと》。（略）中日売《なかつひめ》の命《みこと》の御子《みこ》は、木之荒田郎女《きのあらたのいらつめ》。次に、大雀命《おほさざきのみこと》。（略）又、丸邇《わに》の比布礼能意富美《ひふれのおほみ》が女、名は宮主矢河枝比売《みやぬしのやかはえひめ》を娶りて、生みし御子は、宇遅能和紀郎子《うぢのわきいらつこ》。次に、妹八田若郎女《いもやたのわかいらつめ》。次に、女鳥王《めどりのみこ》。（略）又、桜井《さくらゐ》の田部連《たべのむらじ》が祖《おや》、島垂根《しまたりね》が女、糸井比売《いとゐひめ》を娶りて、生みし御子は、速総別命《はやぶさわけのみこと》。（略）

此の天皇の御子達《みこたち》は、并《あは》せて廿《はたはしらあまり》六《むはしら》の王《みこ》ぞ。此の中に、大雀命は、天の下を治めき。

是《ここ》に、天皇、大山守命と大雀命とを問《と》ひて詔《のりたま》ひしく、「汝等《なむちら》は、兄《え》の子と弟《おと》の子と孰《いづ》れか愛《うつく》しぶる」とのりたまひき。爾《しか》くして、大山守命の白《まを》ししく、「兄の子を愛しぶ」とまをしき。次に、大雀命、天皇の問ひ賜《たま》へる大御情《おほみこころ》を知りて、白ししく、「兄《え》の子は、既《すで》に人と成《な》りぬれば、是《これ》悒《おほつかな》きこと無《な》し。弟《おと》の子は、未《いま》だ人と成らねば、是愛《これうつく》し」とまをしき。

爾くして、天皇の詔はく、「佐耶岐《さざき》、あぎの言《こと》、我《あ》が思ふ所《ところ》の如《ごと》し」とのりたまひて、即《すなは》ち詔《の》り別《わ》きしく、「大山守命は、山海《やまうみ》の政《まつりごと》を為《せ》よ。大雀命は、食国《をすくに》の政を執《と》りて白《まを》し賜《たま》へ。宇遅能和紀郎子は、天津日継《あまつひつぎ》を知《し》らせ」とのりわききき。故《かれ》、大雀命は、天皇の命《みこと》に違《たが》ふこと勿《な》し。（略）

此の御世《みよ》に、海部《あまべ》・山部《やまべ》・山守部《やまもりべ》・伊勢部《いせべ》を定め賜《たま》ひき。亦《また》、剣池《つるぎのいけ》を作りき。亦、新羅《しらき》の人、参《ま》ゐ渡《わた》り来《き》たり。是《ここ》を以《もち》て、建内宿禰命《たけうちのすくねのみこと》、引《ひ》き率《ゐ》て、渡《わたり》の堤《つつみ》の池と為《し》て、百済池《くだらのいけ》を作りき。（略）

又、百済国《くだらのくに》に科《おほ》せ賜《たま》ひしく、「若《も》し賢《さか》しき人有《あ》らば、貢上《たてまつ》れ」とおほせたまひき。故《かれ》、命《みこと》を受けて貢上《たてまつ》りし人の名《な》は、和邇吉師《わにきし》。即《すなは》ち論語《ろにご》十巻《とまき》・千字文《せにじもに》一巻《ひとまき》、并《あは》せて十一巻《とまきあまりひとまき》を、是《こ》の人に付けて即ち貢進《たてまつ》りき。（略）

二　大山守命《おおやまもりのみこと》の反乱

さて、天皇が崩御なさった後、大雀命《おおさざきのみこと》は、天皇の仰せに従って、天下を宇遅能和紀《うじのわき》郎子《いらつこ》に譲った。ところが、大山守命《おおやまもりのみこと》は、天皇の仰せに背いて、やはり天下を手に入れようと思って、その弟皇子を殺そうとする心があって、こっそりと兵士を用意して、攻撃しようとした。

その時、大雀命は、その兄が兵士を準備していることを聞いて、直ちに使者を遣わして、宇遅能和紀郎子にそれを報《しら》せた。すると、宇遅能和紀郎子は、それを聞いて驚いて、兵士を川のほとりにひそませた。さらに、その山の上に、絹の布で垣を張りめぐらして棟に幕を張った仮小屋を立て、偽って舎人《とねり》を御子《みこ》にしたてて、目立つように呉床《あぐら》に座らせ、大勢の官人が敬いながら行き来する様子は、まったく皇子本人がいらっしゃるところのようにして、さらにその兄王が川を渡る時にそなえて、飾り整えた。船・梶《かじ》は、真葛《まくず》の根をついてその汁の滑《ぬめ》りをとって、それを船の底に敷いてある簀《す》の子《こ》に塗り、踏めば滑って倒れるように仕掛けて、御子本人は粗末な布の衣・袴《はかま》を身に着けて、すっかり卑しい者の姿となって、梶を取って船の上に立った。

この時、その兄王は、兵士を隠しひそませ、衣の中に鎧《よろい》を着て（ただの訪問のように装う）、川のほとりに着いて、船に乗ろうとした時に、その飾り立てられた山の上の場所を見やって、弟王はそこの呉床《あぐら》にいらっしゃると思って、梶を取って船に乗っているとは全く気づかないまま、その梶取《かじとり》に尋ねて、「ここの山には怒り狂った大きな猪《いのしし》がいると伝え聞いた。私はその猪を討ち取ろうと思う。もしやその猪を仕とめられようか」と言った（狩りに来たかのように装う）。

すると梶取は答えて、「無理でしょう」と言った。また問うて、「どうしてか」と言った。答えて、「たびたびあちこちで討ち取ろうとしましたが、成功しません。それで、無理でしょうと申し上げたのです」と言った。

川の中ほどに渡り着いた時に、御子は同船の者にその船を傾けさせて、兄王を水の中に落とし入れた。するとまもなくして浮き上がってきて、水の流れのままに流れ下った。そして兄王は、訶和羅之前《かわらのさき》（宇治川の下流か）に流れ着いたところで沈んでしまった。

――故《かれ》、天皇《すめらみこと》の崩《さ》りましし後《のち》に、大雀命《おほさざきのみこと》は、天皇の命《みこと》に従ひて、天《あめ》の下《した》を宇遅能和紀郎子《うぢのわきいらつこ》に譲《ゆづ》りき。是《ここ》に、大山守命《おほやまもりのみこと》は、天皇の命《みこと》に違《たが》ひて、猶《なほ》天の下を獲《え》むと欲《おも》ひて、其《そ》の弟皇子《おとみこ》を殺《ころ》さむ情有《こころあ》りて、窃《ひそ》かに兵《いくさ》を設《まう》けて、攻《せ》めむとしき。

爾《しか》くして、大雀命、其の兄《え》の兵《いくさ》を備ふることを聞きて、即《すなは》ち使者《つかひ》を遣《つかは》して、宇遅能和紀郎子に告《つ》げしめき。故、聞き驚きて、兵《いくさ》を河《かは》の辺《へ》に伏《ふ》せき。亦《また》、其の山《やま》の上《うへ》に、絁垣《きぬがき》を張り帷幕《あげはり》を立て、詐《いつは》りて舎人《とねり》を以《もち》て王《みこ》と為《し》て、露《あらは》に呉床《あぐら》に坐《いま》せ、百官《もものつかさ》が恭敬《ゐやま》ひ往来《かよ》ふ状《かたち》、既《すで》に王子《みこ》の坐《いま》す所の如《ごと》くして、更《さら》に其の兄王《えみこ》の河を渡らむ時の為《ため》に、具《そな》へ餝《かざ》りき。船《ふね》・檝《かぢ》は、さな葛《かづら》の根を舂《つ》き、其の汁《しる》の滑《なめ》を取りて、其の船の中《うち》の簀椅《すばし》に塗《ぬ》り、蹈《ふ》むに仆《たふ》るべく設《まう》けて、其の王子《みこ》は、布《ぬの》の衣《きぬ》・褌《はかま》を服《き》て、既に賤《いや》しき人の形《かたち》と為《な》りて、檝《かぢ》を執《と》り船に立ちき。

是《ここ》に、其の兄王《えみこ》、兵士《いくさ》を隠し伏せ、衣《きぬ》の中に鎧《よろひ》を服《き》て、河の辺《へ》に到《いた》りて、船に乗らむとせし時に、其の厳餝《かざ》れる処《ところ》を望《のぞ》みて、弟王《おとみこ》其の呉床《あぐら》に坐《いま》すと以為《おも》ひて、都《かつ》て檝《かぢ》を執《と》りて船に立てるを知らずして、即ち其の執檝者《かぢとり》を問ひて曰《い》ひしく、「茲《こ》の山に忿怒《いか》れる大《おほ》き猪《ゐ》有《あ》りと伝へ聞きつ。吾《あれ》、其の猪を取らむと欲《おも》ふ。若《も》し其の猪を獲《え》むや」といひき。
爾《しか》くして、執檝者《かぢとり》が答へて曰ひしく、「能《あた》はじ」といひき。亦、問ひて曰ひしく、「何《なに》の由《ゆゑ》ぞ」といひき。答へて曰ひしく、「時々《ときどき》、往々《ところどころ》に、取らむと為《す》れども、得《え》ず。是《ここ》を以《もち》て、能《あた》はじと白《まを》しつるぞ」といひき。
河中《かはなか》に渡り到りし時に、其の船を傾《かたぶ》けしめて、水の中に堕《おと》し入《い》れき。爾くして、乃《すなは》ち浮き出《い》でて、水の随《まにま》に流れ下《くだ》りき。（略）
故《かれ》、訶和羅之前《かわらのさき》に到《いた》りて沈み入りき。（略）

三 宇遅能和紀郎子《うじのわきいらつこ》の死

さて、大雀命《おおさざきのみこと》と宇遅能和紀郎子《うじのわきいらつこ》との二人が、お互いに天下を譲り合っている間に、海人《あま》が大贄《おおにえ》（天皇に献上する食物）を献上した。ところが、兄はこれを辞退して弟の方に献上させ、弟はまたこれを辞退して兄の方に献上させて、お互いに譲り合っているうちに、既に多くの日数が経《た》ってしまった。

こうしてお互いに譲り合うことは、一度や二度ではなかった。それで、海人はすっかりその行き来に疲れて泣いてしまった。それで、諺《ことわざ》に「海人でもないのに、海人のように自分の持ち物のために泣かされる」という。ところが、宇遅能和紀郎子は、早く崩御してしまった。そこで、大雀命《おおさざきみのみこと》が天下を治めた（仁徳天皇）。

是《ここ》に、大雀命《おほさざきのみこと》と宇遅能和紀郎子《うぢのわきいらつこ》との二柱《ふたはしら》、各《おのおの》天《あめ》の下《した》を譲れる間《あひだ》に、海人《あま》、大贄《おほにへ》を貢《たてまつ》りき。爾《しか》くして、兄《え》は、辞《いな》びて弟《おと》に貢らしめ、弟は、辞びて兄に貢らしめて、相譲れる間《あひだ》に、既《すで》に多《あま》たの日を経《へ》ぬ。如此《かく》相譲ること、一二時《ひとたびふたたび》に非《あら》ず。故《かれ》、海人、既に往還《ゆきかへり》に疲れて泣きき。故、諺《ことわざ》に曰《い》はく、「海人《あま》なれや、己《おの》が物《もの》に因《よ》りて泣く」といふ。然《しか》れども、宇遅能和紀郎子は、早く崩《さ》りましき。故《かれ》、大雀命、天《あめ》の下《した》を治《をさ》めき。（略）

四 天之日矛《あめのひほこ》

また、昔（応神天皇よりずっと前）、新羅《しらぎ》の国王の子がいた。名は天之日矛《あめのひほこ》という。

この人は、海を越えて渡来してきた。渡来してきた理由は、新羅国に一つの沼があった。名は阿具奴摩《あぐぬま》という。この沼のほとりに、一人の卑しい女が昼寝をしていた。すると、日の光が虹のようにその女の陰部のあたりを射した。また、一人の卑しい男がいた。その様子を見て不思議に思って、常にその女の行動を窺《うかが》っていた。すると、この女は、その昼寝をした時以来、身ごもって、赤い玉を生んだ。そこで、その窺っていた卑しい男は、その玉をもらい受けて、いつも包んで腰につけていた。

この人は、田を谷間に作っていた。そこで、耕作人たちの飲食物を、一頭の牛に背負わせて、谷間の中に入っていったところ、その国王の子である天之日矛に出会った。そして天之日矛は、その人に問うて、「どうしてお前は飲食物を牛に背負わせて谷間に入るのだ。お前はきっとこの牛を殺して食べるつもりなのだろう」と言って、直ちにその人を捕えて、牢屋に入れようとした。その人は答えて、「私は、牛を殺そうとしているのではありません。ただ耕作人の食べ物を運んでいるだけです」と言った。しかし、天之日矛はそれでも許さなかった。そこで、この人は腰につけていた玉を解いて、その国王の子に賄賂《わいろ》として贈った。

そして、天之日矛は、その卑しい男を赦《ゆる》して、その玉を持ち帰って、床のあたりに置いたところ、玉はたちどころに美しい乙女の姿になった。それで天之日矛はその乙女と結婚して、正妻とした。そして、その乙女は、常にいろいろ美味《おい》しい物を用意していて、いつもその夫に食べさせていた。ところが、その国王の子（天之日矛のこと）は、思い上がって妻を罵《ののし》ると、その女は、「だいたい私は、あなたの妻となるべき女ではないのです。私の祖先の国に行くことにします」と言って、すぐにこっそり小船に乗って逃げ渡って来て、難波《なにわ》にとどまった。

そして、天之日矛は、その妻が逃げたことを聞いて、すぐに後を追って渡来し、難波に着こうとしたところ、その浪速《なみはや》の渡《わたり》（流れの急な海峡）の神が、行く手を塞《ふさ》いで入れなかった。そこで、また新羅に帰ろうとして、但馬国《たじまのくに》（兵庫県北部）に停泊した。そのままその国にとどまって、多遅摩《たじま》の俣尾《またお》の娘、名は前津見《さきつみ》を娶《めと》って生んだ子は、多遅摩《たじま》母呂須玖《もろすく》。この子は、多遅摩斐泥《たじまひね》。この子は、多遅摩比那良岐《たじまひならき》。この子は、多遅摩毛理《たじまもり》（一九二頁参照）。次に、多遅摩比多訶《たじまひたか》。次に、清日子《きよひこ》。この清日子が、当摩《たぎま》の咩斐《めひ》を娶って生んだ子は、酢鹿之諸男《すがのもろお》。次に、妹、菅竈由良度美《すがかまゆらどみ》。そして、上に述べた多遅摩比多訶が、その姪の由良度美を娶って生んだ子は、葛城之高額比売命《かずらきのたかぬかひめのみこと》（神功皇后の母）。神功皇后がかつて渡来した新羅の皇子の子孫であることを述べ、朝鮮が天皇世界に含まれる所以《ゆえん》を確認する）。

そして、その天之日矛が持って渡来したものは、玉津宝《たまつたから》といって、珠《たま》が二巻《ふたまき》、また、浪振《なみふ》るひれ・浪切《なみき》るひれ・風振《かぜふ》るひれ・風切《かぜき》るひれ、また、奥津鏡《おきつかがみ》・辺津鏡《へつかがみ》の、合せて八種類である（伊豆志《いずし》の八柱の大神）。

数え合わせて、この品陀天皇《ほむだのすめらみこと》（応神天皇）の享年は、百三十歳である。御陵《みはか》は、河《かわ》内《ち》の恵賀《えが》の裳伏岡《もふしのおか》（大阪府羽曳野市誉田の地）にある。

又、昔《むかし》、新羅《しらき》の国王《くにぎみ》の子《こ》有《あ》り。名《な》は、天之日矛《あめのひほこ》と謂《い》ふ。是《こ》の人、参《ま》ゐ渡《わた》り来《き》たり。参ゐ渡り来たる所以《ゆゑ》は、新羅国《しらきのくに》に一つの沼《ぬま》有り。名は、阿具奴摩《あぐぬま》と謂ふ。此《こ》の沼の辺《へ》に、一《ひとり》の賤《いや》しき女《をみな》、昼寝《ひるね》せり。是《ここ》に、日《ひ》の耀《ひかり》、虹《にじ》の如く、其《そ》の陰上《ほと》を指《さ》しき。亦《また》、一《ひとり》の賤しき夫《を》有り。其の状《かたち》を異《け》しと思ひて、恒《つね》に其の女人《をみな》が行《わざ》を伺《うかか》ひき。故《かれ》、是《こ》の女人、其の昼寝せし時より、妊身《はら》みて、赤き玉《たま》を生《う》みき。爾《しか》くして、其の伺へる賤しき夫、其の玉を乞《こ》ひ取りて、恒に裹《つつ》みて腰《こし》に著《つ》けたり。

此の人、田を山谷《たに》の間《あひだ》に営《つく》れり。故、耕人《たひとら》等の飲食《くらひもの》を、一《ひと》つの牛《うし》に負《おほ》せて、山谷の中に入《い》るに、其の国主の子、天之日矛に遇逢《あ》ひき。爾《しか》くして、其の人を問ひて曰はく、「何《なに》ぞ汝《なむち》が飲食《くらひもの》を牛に負《おほ》せて山谷に入る。汝《なむち》、必ず是の牛を殺して食《は》まむ」といひて、即《すなは》ち其の人を捕《とら》へ、獄囚《ひとや》に入れむとしき。其の人が答へて曰ひしく、「吾《あれ》、牛を殺さむとするに非《あら》ず。唯《ただ》に田《た》人《ひと》の食《くらひもの》を送《おく》らくのみぞ」といひき。然《しか》れども、猶赦《なほゆる》さず。爾《しか》くして、其の腰の玉を解きて、其《そ》の国主の子に幣《まひな》ひき。

故《かれ》、其の賤しき夫を赦《ゆる》して、其の玉を将《も》ち来《き》て、床《とこ》の辺《へ》に置《お》くに、即《すなは》ち美麗《うるは》しき嬢子《をとめ》と化《な》りき。仍《すなは》ち婚《あ》ひて、嫡妻《むかひめ》と為《し》き。爾《しか》くして、其の嬢子《をとめ》、常《つね》に種々《くさぐさ》の珍味《うましもの》を設《まう》けて、恒《つね》に其の夫《を》に食《は》ましめき。故、其の国主《くにぎみ》の子、心奢《おご》りて妻《め》を詈《の》るに、其の女人《をみな》が言《い》はく、「凡《おほよ》そ、吾《あれ》は、汝《なむち》が妻《め》と為《な》るべき女《をみな》に非《あら》ず。吾《あ》が祖《おや》の国に行《ゆ》かむ」といひて、即ち窃《ひそ》かに小船《をぶね》に乗りて、逃遁《に》げ度《わた》り来《き》て、難波《なには》に留《とど》まりき。

是《ここ》に、天之日矛《あめのひほこ》、其の妻の遁《に》げしことを聞きて、乃《すなは》ち追ひ渡り来て、難《なに》波《は》に到《いた》らむとせし間《あひだ》に、其の渡《わたり》の神、塞《ふさ》ぎて入《い》れず。故、更《さら》に還《かへ》りて、多《た》遅摩国《ぢまのくに》に泊《は》てき。即ち其の国に留《とどま》りて、多遅摩《たぢま》の俣尾《またを》が女《むすめ》、名は前津見《さきつみ》を娶《めと》りて、生みし子は、多遅摩母呂須玖《たぢまもろすく》。此《これ》が子は、多遅摩斐泥《たぢまひね》。此が子は、多遅摩比那良岐《たぢまひならき》。此が子は、多遅麻毛理《たぢまもり》。次に、多遅摩比多訶《たぢまひたか》。次に、清日子《きよひこ》。此の清日子、当摩《たぎま》の咩斐《めひ》を娶《めと》りて、生みし子は、酢鹿之諸男《すがのもろを》。次に、妹菅竈由良度美《いもすがかまゆらどみ》。故《かれ》、上《かみ》に云《い》へる多遅摩比多訶、其の姪《めひ》、由良度美を娶《めと》りて、生みし子は、葛城之高額比売命《かづらきのたかぬかひめのみこと》。

故、其の天之日矛の持《も》ち渡《わた》り来《こ》し物《もの》は、玉津宝《たまつたから》と云ひて、珠二貫《たまふたつら》、又、浪振《なみふ》るひれ、浪切《なみき》るひれ、風振《かぜふ》るひれ、風切《かぜき》るひれ、又、奥津鏡《おきつかがみ》、辺津鏡《へつかがみ》、并《あは》せて八種《やくさ》ぞ。（略）

凡《おほよ》そ、此の品陀天皇《ほむだのすめらみこと》の御年《みとし》は、壱佰参拾歳《ももとせあまりみそとせ》ぞ。御陵《みはか》は、川内《かふち》の恵賀《ゑが》の裳伏岡《もふしのをか》に在《あ》り。

古事記《ふることふみ》　中《なか》つ巻《まき》

古事記

下巻

下巻

あらすじ

大雀命《おおさざきのみこと》（第十六代仁徳《にんとく》天皇）は、人民の貧窮を知り、三年間租税と課役を免除した。これにより人民は繁栄し国は豊かになった。ある時天皇は異母妹の女鳥王《めどりのみこ》を求めたが、皇后石之《いわの》日《ひ》売命《めのみこと》の嫉妬深さを怖《おそ》れた女鳥王は、天皇の弟の速総別王《はやぶさわけのみこ》の妻となり、夫に反乱を促した。これを知った天皇は二人を攻め滅ぼしたが、その際女鳥王の腕飾りを奪った臣下がいた。皇后はこれを不敬として処罰し、君臣の秩序を守った。

仁徳天皇の子、伊《い》耶《ざ》本《ほ》和《わ》気命《けのみこと》（第十七代履中《りちゅう》天皇）の時代、弟の墨江中王《すみのえのなかつみこ》が反乱を起した。かろうじて難を逃れた天皇は、もう一人の弟の水歯別命《みずはわけのみこと》をも疑うが、水歯別命は墨江中王を殺させ、天皇の信頼を得た。天皇の崩後、水歯別命が即位した（第十八代反正《はんぜい》天皇）。

反正天皇の弟、男《お》浅津《あさつ》間《ま》若子宿禰命《わくごのすくねのみこと》（第十九代允恭《いんぎょう》天皇）は、天下の諸氏族の氏姓《うじかばね》を正し定めた。天皇の崩後、皇太子の軽太子《かるのおおみこ》は同母妹の軽大郎女《かるのおおいらつめ》と密かに通じた。人臣は弟の穴穂命《あなほのみこと》の即位を求め、軽太子は捕らえられ伊予《いよ》の湯に流された。軽大郎女は後を追い、その地で二人はともに自害した。

穴穂命（第二十代安康天皇）は、讒言《ざんげん》を信じて仁徳天皇の子大日下王《おおくさかのみこ》を討ち、その妻であった長田大郎女《ながたのおおいらつめ》を奪い皇后とした。皇后と先夫との間には子の目弱王《まよわのみこ》がいたが、七歳の時に父の死の経緯を聞き知り、復讐のために天皇を殺害した。天皇の弟大長谷命《おおはつせのみこと》の追討軍に攻められた目弱王は、都《つ》夫《ぶ》良《ら》意《お》美《み》のもとへ逃げ込んだ。都夫良意美は負けいくさと知りながら忠義のため矢が尽きるまで戦い、最後に目弱王を殺して自害した。また、大長谷命は、皇位継承権を争う市辺之忍歯王《いちのへのおしはのみこ》（履中天皇の子）を、狩り場での諍《いさか》いから殺害した。市辺王の王子たち、意祁命《おけのみこと》、袁祁命《おけのみこと》は、これを知り逃亡した。

大長谷若建命《おおはつせのわかたけるのみこと》（第二十一代雄略《ゆうりゃく》天皇）は、ある時川辺で出会った美しい乙女（引田部赤猪子《ひけたべのあかいこ》）にお召しを約束したまま忘れてしまい、八十年が経った。老女となった赤猪子がせめてもの慰めに参内すると、驚いた天皇は乙女の姿を歌に詠んで贈り、赤猪子は感動の涙を流した。またある時、天皇が葛城山《かずらきやま》へ登ると、天皇の一行にそっくりな行列が現れ、葛城の一言主《ひとことぬし》の大神《おおかみ》であると名乗りを挙げた。天皇は恐れ畏《かしこ》まり弓矢と衣服を献上した。大神は喜んで受け取り、天皇の一行を山裾《やますそ》まで送り届けた。

白髪大倭根子命《しらかのおおやまとねこのみこと》（第二十二代清寧《せいねい》天皇）には皇后がおらず、皇位を継ぐべき御子もいなかった。この時、市辺忍歯王の遺児である二王子が播磨国《はりまのくに》で発見され、まず弟の袁祁命《おけのみこと》が即位した。袁祁之石巣別命《おけのいわすわけのみこと》（第二十三代顕宗《けんぞう》天皇）は、父を殺した雄略天皇の墓を破壊しようとしたが、後世の非難を案じた兄意祁命《おけのみこと》に諭され、少しの土を掘り取ることで納得した。天皇の崩後、兄の意祁命（第二十四代仁賢《にんけん》天皇）が即位した。

仁賢天皇の子、小長谷若雀命《おはつせのわかさざきのみこと》（第二十五代武烈《ぶれつ》天皇）には皇子がいなかったため、応神天皇の五世の子孫、袁本杼命《おほどのみこと》を仁賢天皇の皇女にめあわせ、皇位を任せることとなった。

袁本杼命（第二十六代継体《けいたい》天皇）の時代、朝廷に背いた筑紫国造《つくしのくにのみやつこ》の磐井《いわい》を鎮圧した。天皇の御子には広国押建金日命《ひろくにおしたけかなひのみこと》（第二十七代安閑《あんかん》天皇）、建小広国押楯命《たけおひろくにおしたてのみこと》（第二十八代宣化《せんか》天皇）、天国押波流岐広庭命《あめくにおしはるきひろにわのみこと》（第二十九代欽明《きんめい》天皇）があり、その後は欽明天皇の御子、沼名倉太玉敷命《ぬなくらおおたましきのみこと》（第三十代敏達《びだつ》天皇）、橘豊日命《たちばなのとよひのみこと》（第三十一代用明《ようめい》天皇）、長谷部若雀命《はつせべのわかさざきのみこと》（第三十二代崇峻《すしゅん》天皇）、豊御食炊屋比売命《とよみけかしやひめのみこと》（第三十三代推古《すいこ》天皇）が跡を継いだ。

仁《にん》徳《とく》天皇

一　聖帝の世

大雀命《おおさざきのみこと》（仁徳天皇）は、難波《なにわ》の高津宮《たかつのみや》（大阪市中央区法円坂付近）にいらっしゃって、天下を治めた。

この天皇が、葛城之曾都毘古《かずらきのそつびこ》の娘、石之日売命《いわのひめのみこと》を娶《めと》って生んだ御子《みこ》は、大江之伊耶本和気命《おおえのいざほわけのみこと》。次に、墨江之中津王《すみのえのなかつみこ》。次に、蝮之水歯別命《たじひのみずはわけのみこと》。次に、男浅津間若子宿禰命《おあさつまわくごのすくねのみこと》。また、髪長比売《かみながひめ》を娶って生んだ御子は、大日下王《おおくさかのみこ》。次に、若日下部命《わかくさかべのみこと》。また、異母妹の八《や》田若《たのわか》郎女《いらつめ》を娶った。数え合せて、この大雀天皇の御子たちは、合計六柱《むはしら》の王である。そして、伊耶本和気命は、天下を治めた（履中《りちゅう》天皇）。次に、蝮之水歯別命も、また天下を治めた（反正《はんぜい》天皇）。次に、男浅津間若子宿禰命も、また天下を治めた（允恭《いんぎょう》天皇）。

さて、天皇は、高い山に登って、四方の国を見渡して、「国の中に、炊煙がたたず、国中が貧窮している。そこで、今から三年の間、人民の租税と夫役《ぶやく》（労役）をすべて免除せよ」とおっしゃった。こうして、宮殿は破損して、いたるところで雨漏りがしても、全く修理することはなかった。木の箱で、その漏る雨を受けて、漏らないところに移って雨を避けた。

後に、国の中を見ると、国中に炊煙が満ちていた。そこで天皇は、人民が豊かになったと思って、今は租税と夫役とをお命じになった。こうして、人民は繁栄して、夫役に苦しむことはなかった。それで、その御代をほめたたえて、聖帝の世というのである。

大雀命《おほさざきのみこと》、難波《なには》の高津宮《たかつのみや》に坐《いま》して、天《あめ》の下《した》を治《をさ》めき。

此《こ》の天皇《すめらみこと》、葛城《かづらき》之《の》曾都毘古《そつびこ》が女《むすめ》、石之日売命《いはのひめのみこと》を娶《めと》りて、生みし御子《みこ》は、大江《おほえ》之《の》伊耶本和気命《いざほわけのみこと》。次に、墨江之中津王《すみのえのなかつみこ》。次に、蝮之水歯別命《たぢひのみづはわけのみこと》。次に、男《を》浅津間《あさつま》若子宿禰命《わくごのすくねのみこと》。又、（略）髪長比売《かみながひめ》を娶りて、生みし御子は、（略）大《おほ》日下王《くさかのみこ》。次に、（略）若日下部命《わかくさかべのみこと》。又、庶妹《ままいも》八《や》田若郎女《たのわかいらつめ》を娶りき。（略）凡《おほよ》そ、此の大雀天皇《おほさざきのすめらみこと》の御子《みこ》等《たち》は、并《あは》せて六《む》はしらの王《みこ》ぞ。故《かれ》、伊耶本和気命《いざほわけのみこと》は、天の下を治めき。次に、蝮之水歯別命《たぢひのみづはわけのみこと》も、亦《また》、天の下を治めき。次に、男《を》浅津間若子宿禰命《あさつまわくごのすくねのみこと》も、亦《また》、天の下を治めき。（略）

是《ここ》に、天皇、高き山に登りて、四方《よも》の国を見て、詔《のりたま》ひしく、「国《くに》の中《うち》に、烟《けぶり》、発《た》たず、国、皆《みな》貧窮《まづ》し。故《かれ》、今より三年《みとせ》に至るまで、悉《ことごと》く人民《おほみたから》の課役《えつき》を除《お》け」とのりたまひき。是を以て、大殿《おほとの》、破《やぶ》れ壊《こほ》れて、悉く雨漏《も》れども、都《かつ》て修理《つくろ》ふこと勿《な》し。椷《はこ》を以て、其の漏る雨を受けて、漏らぬ処《ところ》に遷《うつ》り避《さ》りき。

後《のち》に、国の中《うち》を見るに、国に烟《けぶり》満ちき。故《かれ》、人民富《と》めりと為《おも》ひて、今は課役を科《おほ》せき。是を以て、百姓《おほみたから》は、栄《さか》えて、役使《えだち》に苦《くる》しびず。故、其《そ》の御《み》世《よ》を称《たた》へて、聖帝《ひじりのみかど》の世《よ》と謂《い》ふぞ。

二 皇后の嫉妬《しっと》

その皇后石之日売命《いわのひめのみこと》は、嫉妬《しっと》することがとても多かった。それで、天皇が使っていた妃《きさき》たちは、宮の中に近づくことができなかった。妃たちが何か特別なことを言ったりすると、皇后は足をばたばたさせるほど嫉妬した。

ところで、天皇は、吉備《きび》の海部直《あまべのあたい》の娘、名は黒日売《くろひめ》が、その容姿の整って美しいことをお聞きになって、召し上げて使った。しかし黒日売は、その皇后が嫉妬するのを恐れて、故郷の国に逃げ下ってしまった。天皇は、高殿《たかどの》にいらっしゃって、その黒日売の乗った船が海に出て浮かんでいるのを遥かに見やって、歌っていうには、

沖方《おきへ》には　小船《をぶね》連《つら》らく　黒鞘《くろざや》の　まさづ子《こ》我妹《わぎも》　国へ下《くだ》らす

——沖のあたりには小船が並んでいるよ。〈黒鞘《くろざや》の〉いとしい私の妻が故郷の国へ下っていかれるのだ

とお歌いになった。

すると、皇后は、このお歌を聞いて、ひどく怒って、人を難波《なにわ》の海に遣わして、黒日売を船から追い下ろし、陸路を歩かせて追いやった。

——其《そ》の大后石之日売命《おほきさきいはのひめのみこと》は、嫉妬《うはなりねたみ》すること甚多《いとおほ》し。故《かれ》、天皇《すめらみこと》の使へる妾《みめ》は、

宮《みや》の中《うち》を臨《のぞ》むこと得《え》ず。言立《ことだ》つれば、足もあがかに嫉妬しき。爾《しか》くして、天皇《すめらみこと》、吉備《きび》の海部直《あまべのあたひ》が女《むすめ》、名は黒日売《くろひめ》、其の容姿《かたち》端正《きらぎら》しと聞《き》こし看《め》して、喚《め》し上《あ》げて使ひき。然《しか》れども、其の大后の嫉《ねた》むを畏《かしこ》みて、本《もと》つ国《くに》に逃《に》げ下《くだ》りき。天皇、高き台《うてな》に坐《いま》して、其の黒日売が船の出《い》でて海に浮《うか》べるを望《のぞ》み瞻《み》て、歌ひて曰《い》はく、

沖方《おきへ》には　小船《をぶね》連《つら》らく　黒鞘《くろざや》の　まさづ子《こ》我妹《わぎも》　国へ下《くだ》らす

故、大后、是《こ》の御歌《みうた》を聞きて、大《おほ》きに忿《いか》りて、人を大浦《おほうら》に遣《つかは》し、追《お》ひ下《おろ》して、歩《かち》より追ひ去りき。

三　速総別王《はやぶさわけのみこ》と女鳥王《めどりのみこ》

また、天皇は、その弟の速総別王《はやぶさわけのみこ》を仲人として、異母妹の女鳥王《めどりのみこ》を求めた。すると、女鳥王は、速総別王に向って、「皇后が強くて扱いにくいので、天皇は八田若郎女《やたのわかいらつめ》（仁徳天皇の妃《きさき》の一人）をきちんと処遇していらっしゃいません。ですから、私はお仕えい

たしますまいと思います。私は、あなた様の妻になりましょう」と語って、さっそく結婚した。このために速総別王は、帰ってご報告をしなかった。

それで、天皇は直接、女鳥王のいらっしゃるところにお出かけになり、その御殿の戸口の敷居のあたりにいらっしゃった。その時、女鳥王は、織機におかけになって着物を織っていた。そして、天皇が歌っていうには、

女鳥《めどり》の　我《わ》が大君《おほきみ》の　織《お》ろす機《はた》　誰《た》が料《たね》ろかも

――女鳥のわが君が織っていらっしゃる機は、いったいだれの着物になるものなのだろうか

とお歌いになった。

女鳥王の答えた歌にいうには、

高行《たかゆ》くや　速総別《はやぶさわけ》の　御襲衣料《みおすひがね》

――〈高行くや〉速総別王の上衣のためのものでございます

と歌った。

それで、天皇は、女鳥王の気持を知って、宮中にお帰りになった。この時に、その夫

の速総別王が来た。その時に、その妻の女鳥王が歌っていうには、

雲雀《ひばり》は　天《あめ》に翔《か》ける　高行《たかゆ》くや　速総別　雀《さざき》取らさね

――雲雀《ひばり》だって空高く飛びます。まして天空高く行く隼《はやぶさ》を名に負う速総別王よ、鷦鷯《さざき》（大雀命《おおさざきのみこと》＝仁徳天皇）なんか取っておしまいなさいませ

と歌った。

天皇は、この歌を伝え聞いて、ただちに軍勢を集めて、二人を殺そうとした。そこで、速総別王と女鳥王は、一緒に逃げしりぞいて、倉椅山《くらはしやま》（奈良県桜井市倉橋の山）に登った。

そして、その地から逃亡して、宇陀《うだ》の蘇邇《そに》（奈良県宇陀郡曽爾村）に着いた時、天皇の軍勢が追いついて二人を殺した。その軍勢の将軍の山部大楯連《やまべのおおたてのむらじ》は、その女鳥王が御《み》手《て》に巻いていた玉釧《たまくしろ》（玉を巻いた腕飾り）を取って、自分の妻に与えた。

それから後のこと、宮中で酒宴を催そうとする時に、各氏族の女たちが、みな参内した。この時、大楯連の妻は、女鳥王の玉釧を自分の手に巻いて、参内した。

ところで、皇后石之日売命《いわのひめのみこと》は、自ら御綱柏《みつながしわ》（酒を盛る柏葉）の杯を手にして、各氏族

の女たちめいめいにお与えになった。そして、皇后は、その玉釧を見知っていて、大楯連の妻にはお酒を盛る柏《かしわ》の葉をお与えにならず、すぐに退席させた。その夫の大楯連を呼び出して、「女鳥王たちは不敬であったから、天皇はこれを退けられた。このことは特に異とすることではない。けれども、そこにいる奴め、自分の主君が御手に巻いた玉釧を、死んですぐ肌もまだ温かいうちに剥《は》ぎ取ってきて、すぐに自分の妻に与えるとは」とおっしゃって、ただちに死刑に処せられた。

この天皇の享年は、八十三歳である。御陵《みはか》は、毛受《もず》の耳原《みみはら》にある（大阪府堺市堺区大仙町に比定）。

亦《また》、天皇《すめらみこと》、其《そ》の弟速総別王《おとはやぶさわけのみこ》を以《もち》て媒《なかびと》と為《し》て、庶妹女鳥王《ままいもめどりのみこ》を乞《こ》ひき。爾《しか》くして、女鳥王、速総別王に語りて曰《い》はく、「大后《おほきさき》の強《こは》きに因《よ》りて、八田若郎女《やたのわかいらつめ》を治《をさ》め賜《たま》はず。故《かれ》、仕《つか》へ奉《まつ》らじと思ふ。吾《あれ》は、汝命《ながみこと》の妻《め》と為《な》らむ」といひて、即《すなは》ち相婚《あひあ》ひき。是《ここ》を以て、速総別王、復《かへりこと》奏《まを》さず。爾《しか》くして、天皇、直《ただ》に女鳥王の坐《いま》す所に幸《いでま》して、其の殿戸《とのと》の閾《しきみ》の上《うへ》に坐《いま》

しき。是《ここ》に、女鳥王、機《はた》に坐《いま》して服《ころも》を織《お》りき。爾《しか》くして、天皇、歌ひて曰はく、

女鳥《めどり》の　我《わ》が大君《おほきみ》の　織《お》ろす機《はた》　誰《た》が料《たね》ろかも

女鳥王、答ふる歌に曰はく、

高行《たかゆ》くや　速総別《はやぶさわけ》の　御襲衣料《みおすひがね》

故《かれ》、天皇、其の情《こころ》を知りて、宮に還《かへ》り入《い》りき。此《こ》の時に、其の夫《を》速総別王の到《き》来《た》れり。時に、其の妻《め》女鳥王の歌ひて曰はく、

雲雀《ひばり》は　天《あめ》に翔《かけ》る　高行《たかゆ》くや　速総別　雀《さざき》取らさね

天皇、此の歌を聞きて、即《すなは》ち軍《いくさ》を興《おこ》し、殺さむと欲《おも》ひき。爾《しか》くして、速総別王・女鳥王、共に逃げ退《そ》きて、倉椅山《くらはしやま》に騰《のぼ》りき。（略）

故《かれ》、其地《そこ》より逃げ亡《う》せて、宇陀《うだ》の蘇邇《そに》に到《いた》りし時に、御軍《みいくさ》、追ひ到りて殺しき。其の将軍《いくさのきみ》、山部大楯連《やまべのおほたてのむらじ》、其の女鳥王の御手《みて》に纏《ま》ける玉釧《たまくしろ》を取り

て、己《おの》が妻《め》に与へき。
此の時の後《のち》に、将《まさ》に豊楽《とよのあかり》を為《せ》むとする時に、氏々《うぢうぢ》の女等《をみなら》、皆朝参《みなみかどまゐり》しき。爾《しか》くして、大楯連《おほたてのむらじ》が妻、其の王《みこ》の玉釧を以《もち》て、己《おの》が手に纏きて、参《ま》ゐ赴《おもぶ》きき。是に、大后石之日売命《おほきさきいはのひめのみこと》、自《みづか》ら大御酒《おほみき》の柏《かしは》を取りて、諸《もろもろ》の氏々《うぢうぢ》の女等《をみなら》に賜《たま》ひき。
爾くして、大后、其の玉釧《たまくしろ》を見知りて、御酒《みき》の柏《かしは》を賜はずして、乃《すなは》ち引き退《そ》けき。其の夫《を》大楯連を召《め》し出《いだ》して、詔《のりたま》はく、「其の王等《みこたち》、礼無《ゐやな》きに因《よ》りて、退《しりぞ》け賜ひつ。是《これ》は、異《け》しき事無《な》けくのみ。夫《そ》の奴《やつこ》や、己《おの》が君の御手《みて》に纏ける玉釧を、膚《はだ》も熅《あたた》けきに剥《は》ぎ持ち来て、即《すなは》ち己が妻に与へつ」とのりたまひて、乃《すなは》ち死刑《ころすつみ》を給《たま》ひき。（略）
此の天皇の御年《みとし》は、捌拾参歳《やそとせあまりみとせ》ぞ。御陵《みはか》は、毛受《もず》の耳原《みみはら》に在《あ》り。

履中《りちゅう》天皇（概略）

大雀命《おおさざきのみこと》（仁徳天皇《にんとく》）の子、伊耶本和気王《いざほわけのみこ》は、磐余《いわれ》（奈良県桜井市西部から橿原市東部）の若桜宮《わかさくらのみや》にいらっしゃって、天下を治めた。この天皇が黒比売命《くろひめのみこと》を娶《めと》って生んだ御子《みこ》は、市辺之忍歯王《いちのへのおしはのみこ》、御馬王《みまのみこ》、飯豊郎女《いいどよのいらつめ》。

天皇ははじめ難波宮《なにわのみや》にいらっしゃった。その弟の墨江中王《すみのえのなかつみこ》は天皇を殺そうと、御殿に火をかけた。天皇は危うく難を逃れ、大和《やまと》の石上神宮《いそのかみ》にいらっしゃった。そこに天皇の同母弟である水歯別命《みずはわけのみこと》が参上したが、反逆の心を疑われる。そのため水歯別命は、墨江中王の近習の隼人《はやひと》をだまして、墨江中王を殺させた。さらに、主君を殺すのは臣下の忠義に反していることから、この隼人を殺害した。そこで天皇は水歯別命を信用した。

天皇の享年は六十四歳である。御陵《みはか》は毛受《もず》にある（堺市西区石津ヶ丘に比定）。

反《はん》正《ぜい》天皇（概略）

伊耶本和気王《いざほわけのみこ》（履中天皇）の弟、水歯別命《みずはわけのみこと》（反正天皇）は、丹比《たじひ》（大阪府羽曳野市）の柴垣宮《しばかきのみや》にいらっしゃって、天下を治めた。ご身長九尺二寸半（約一八四センチ）、御歯の長さ一寸（二センチ）、幅二分（四ミリ）で、上下の歯がきちんとそろって、全く珠《たま》を貫いたようなすばらしさであった。天皇が、丸邇《わに》の許碁登臣《こごとのおみ》の娘、都怒郎女《つののいらつめ》を娶《めと》って生んだ御《み》子《こ》は、甲斐郎女《かいのいらつめ》、都夫良郎女《つぶらのいらつめ》。また、同じ臣の娘、弟比売《おとひめ》を娶って生んだ御子は、財王《たからのみこ》、多訶弁郎女《たかべのいらつめ》。

天皇の享年は六十歳である。御陵《みはか》は、毛受野《もずの》にある（堺市堺区北三国ヶ丘町に比定）。

允《いん》恭《ぎょう》天皇

一 氏《うじ》姓《かばね》の正定

水歯別命《みずはわけのみこと》（反正《はんぜい》天皇）の弟、男《お》浅津《あさつ》間《ま》若子宿禰王《わくごのすくねのみこ》（允恭天皇）は、遠飛鳥宮《とおつあすかのみや》（奈良県高市郡明日香村）にいらっしゃって、天下を治めた。

この天皇が、意《お》富《お》本《ほ》杼王《どのみこ》の妹、忍坂之《おしさかの》大中津《おおなかつ》比《ひ》売命《めのみこと》を娶《めと》って生んだ御子《みこ》は、木《き》梨之軽《なしのかるの》王《みこ》。次に、長田大郎女《ながたのおおいらつめ》。次に、境之黒日子王《さかいのくろひこのみこ》。次に、穴穂命《あなほのみこと》。次に、軽大郎女《かるのおおいらつめ》、またの名は衣通郎女《そとおりのいらつめ》（その体の光が衣を通って外に出るほどに美しかったから）。次に、八瓜《やつり》之《の》白日子王《しろひこのみこ》。次に、大長谷命《おおはつせのみこと》。次に、橘大郎女《たちばなのおおいらつめ》。次に、酒見郎女《さかみのいらつめ》。数え合せて、天皇の御子たちは、九柱である。この九柱の王の中で、穴穂命は天下を治めた（安康《あんこう》天皇）。

次に、大長谷命が天下を治めた（雄略《ゆうりやく》天皇）。

天皇が、初め皇位を継承なさろうとした時、天皇は辞退して、「私には、ある長い病がある。皇位を継承することはできまい」とおっしゃった。しかし、皇后をはじめとして、多くの臣下のものたちが、強く申し上げたので、それを受けて即位して、天下を治めた。この時、新羅《しらぎ》の国王が、船八十一艘《そう》に積んだ貢物を献上した。そして、朝貢の大使、名は金波鎮漢紀武《こむはちにかにきむ》というが、この人は、深く薬の処方に通じていた。そこで、天皇のご病気を治した。

さて、天皇は、天下のそれぞれの氏や名を持つ人たちの氏姓《うじかばね》が、元来のものと異なり誤っていることを心配して、甘樫丘《あまかしのおか》（明日香村内）の言八十禍津日前《ことやそまがつひのさき》（嘘《うそ》が禍《わざわい》を招くの意をもつ丘の突端）に、盟神探湯《くかたち》（熱湯に手を潜らせ、火傷《やけど》するかどうかで正邪を占う法）をするための釜をすえて、宮廷に奉仕する国中の多くの部族の長の氏姓をお定めになった。

天皇の享年は、七十八歳である。御陵は、河内《かわち》の恵賀《えが》の長枝《ながえ》にある（大阪府藤井寺市国府に比定）。

弟《おと》、男浅津間若子宿禰王《をあさつまわくごのすくねのみこ》、遠飛鳥宮《とほつあすかのみや》に坐《いま》して、天《あめ》の下《した》を治《をさ》めき。

此《こ》の天皇《すめらみこと》、意富本杼王《おほほどのみこ》の妹《いも》、忍坂之大中津比売命《おしさかのおほなかつひめのみこと》を娶《めと》りて、生みし御子《みこ》は、木梨之軽王《きなしのかるのみこ》。次に、長田大郎女《ながたのおほいらつめ》。次に、境之黒日子王《さかひのくろひこのみこ》。次に、穴穂命《あなほのみこと》。次に、軽大郎女《かるのおほいらつめ》、亦《また》の名は、衣通郎女《そとほりのいらつめ》。次に、八瓜之白日子王《やつりのしろひこのみこ》。次に、大長谷命《おほはつせのみこと》。次に、橘大郎女《たちばなのおほいらつめ》。次に、酒見郎女《さかみのいらつめ》。凡《おほよ》そ、天皇の御子等《みこたち》は、九柱《ここのはしら》ぞ。此の九はしらの王《みこ》の中に、穴穂命は、天の下を治めき。次に、大長谷命、天の下を治めき。

天皇、初《はじ》め天津日継《あまつひつぎ》を知らさむと為《せ》し時に、天皇の辞《いな》びて詔《のりたま》ひしく、「我《あれ》は、一つの長き病有《やまひあ》り。日継を知らすこと得じ」とのりたまひき。然《しか》れども、大后《おほきさき》を始めて諸《もろもろ》の卿等《まへつきみたち》、堅《かた》く奏《まを》すに因《よ》りて、乃《すなは》ち天の下を治めき。此の時に、新良《しらき》の国王《くにぎみ》、御調《みつき》八十一艘《やそふなあまりひとふな》を貢進《たてまつ》りき。爾《しか》くして、御《み》調《つき》の大使《おほきつかひ》、名は金波鎮漢紀武《こむはちにかにきむ》と云《い》ふ、此の人、深く薬方《くすりのみち》を知れり。故《かれ》、帝《すめら》皇《みこと》の御病《みやまひ》を治《をさ》め差《いや》しき。

是《ここ》に、天皇、天の下の氏々名々《うぢうぢなな》の人等《ひとら》の氏姓《うぢかばね》の忤《たが》ひ過《あやま》れるを愁《うれ》へて、味《あま》白檮《かし》の言八十禍津日前《ことやそまがつひのさき》にして、くか瓮《へ》を居《す》ゑて、天の下の八十友緒《やそとものを》の氏姓

――を定め賜《たま》ひき。（略）
天皇の御年《みとし》は、漆拾捌歳《ななそとせあまりやとせ》ぞ。御陵《みはか》は、河内《かふち》の恵賀《ゑが》の長枝《ながえ》に在《あ》り。

二　軽《かるの》太《おお》子《みこ》と軽《かるの》大《おお》郎《いら》女《つめ》

天皇が崩御された後、木梨之軽太子《きなしのかるのおおみこ》が皇位におつきになることを定めていたが、太子がまだ即位しないうちに、その同母妹である軽大郎女《かるのおおいらつめ》と密通して、歌っていうには、

あしひきの　山田《やまだ》を作り　山高《やまだか》み　下樋《したび》を走せ　下訪《したど》ひに　我《わ》が訪《と》ふ妹《いも》
を　下泣《したな》きに　我《わ》が泣く妻《つま》を　今夜《こぞ》こそは　安く肌触《はだふ》れ

――〈あしひきの〉山田を作り、山が高いので、水を引くための下樋《したび》（地中の配水管）を走らせ、そのように、こっそりと人目を忍んで妻問いをして私が訪ねる妹に、ひそかに泣いて私が慕い泣く妻に、今夜こそは心安らかにその肌に触れていることだ

また、歌っていうには、

笹葉《ささば》に　打つや霰《あられ》の　たしだしに　率寝《ゐね》てむ後《のち》は　人は離《か》ゆとも　愛《うるは》しと　さ寝《ね》しさ寝《ね》てば　刈薦《かりこも》の　乱《みだ》れば乱れ　さ寝しさ寝てば

――笹の葉を打つ霰《あられ》の音がたしだしと響くように、確かに共寝をしたならば、その後はあなたが私から離れていってもかまわないよ。いとしいままに確かに寝さえしたならば、〈刈薦《かりこも》の〉ばらばらに離れるなら離れてもかまわないよ。確かに寝さえしたならば

軽太子が即位しないうちに、百官と天下の人々とはみな、太子に背いて穴穂御子《あなほのみこ》についた。そこで、太子はこれを恐れて、大前小前宿禰大臣《おおまえおまえのすくねのおおみ》の家に逃げ込んで、武器を作って備えた。穴穂御子も、また武器を作った。そして、穴穂御子は軍勢を集めて、大前小前宿禰の家を囲んだ。そうして、その家の門に着いた時、激しい氷雨《ひさめ》が降った。そこで、歌っていうには、

大前《おほまへ》　小《を》前宿禰《まへすくね》が　金門《かなと》蔭《かげ》　斯《か》く寄《よ》り来《こ》ね　雨立《あめた》ち止《や》めむ

――大前小前宿禰の家の、金物で飾り堅めた門の陰に、こんなふうにして寄って来い。ここで雨宿りして止むのを待とう

すると、その大前小前宿禰は、手を挙げ膝《ひざ》を打って喜んで、手を動かして舞を舞い、歌を歌いながら出てきた。その歌にいうには、

宮人《みやひと》の　足結《あゆひ》の小鈴《こすず》　落ちにきと　宮人響《とよ》む　里人《さとびと》もゆめ

――宮人の足結《あゆい》（袴《はかま》の膝下《ひざした》を結んだ紐《ひも》）に付けた小鈴が落ちてしまったといって、宮人が騒ぎ立てている。里人は決して騒ぐなよ

このように歌って、穴穂御子のところに参上して申し上げるには、「我らが天皇となるべき御子よ、同母兄である皇子に兵を差し向けてはなりません。もし兵を差し向けたならば、必ず人はあなた様のことを笑うでしょう。私が太子を捕えてお渡ししましょう」と申し上げた。そこで穴穂御子は、兵を引いて退きなさった。

そして、大前小前宿禰は、その軽太子を捕えて、穴穂御子のもとへ連行して引き渡した。その太子が、捕えられて歌っていうには、

天廻《あまだ》む　軽《かる》の嬢子《をとめ》　甚泣《いたな》かば　人知りぬべし　波佐《はさ》の山の　鳩《はと》の　下泣《したな》きに泣く

〈あまだむ〉軽《かる》の乙女は、ひどく泣けば人にわかってしまうだろう、波佐《はさ》の山の鳩のように声を忍ばせて泣いている

天皇《すめらみこと》崩りまし後《のち》に、木梨之軽太子《きなしのかるのおほみこ》の日継《ひつぎ》を知らすことを定《さだ》めたるに、未《いま》だ位《くらゐ》に即《つ》かぬ間《あひだ》に、其《そ》のいろ妹《も》、軽大郎女《かるのおほいらつめ》を姦《をか》して、歌ひて曰《い》はく、

あしひきの　山田《やまだ》を作り　山高《やまだか》み　下樋《したび》を走せ　下訪《したど》ひに　我《わ》が訪《と》ふ
妹《いも》を　下泣《したな》きに　我《わ》が泣く妻《つま》を　今夜《こぞ》こそは　安く肌触《はだふ》れ

（略）　又、歌ひて曰はく、

笹葉《ささば》に　打つや霰《あられ》の　たしだしに　率寝《ゐね》てむ後《のち》は　人は離《か》ゆとも　愛《うるは》
しと　さ寝《ね》しさ寝《ね》てば　刈薦《かりこも》の　乱《みだ》れば乱れ　さ寝しさ寝てば

（略）　是《ここ》を以《もち》て、百官《もものつかさ》と天《あめ》の下《した》の人等《ひとら》と、軽太子を背《そむ》きて、穴穂御子《あなほのみこ》に帰《よ》りき。爾《しか》くして、軽太子、畏《かしこ》みて、大前小前宿禰大臣《おほまへをまへのすくねのおほおみ》が家に逃げ入《い》りて、兵器《つはもの》を備へ作りき。穴穂王子《あなほのみこ》も、亦《また》、兵器《つはもの》を作りき。是に、穴穂御子、軍《いくさ》

を興《おこ》して、大前小前宿禰が家を囲《かく》みき。爾《しか》くして、其の門《かど》に到《いた》りし時に、大氷雨《おほひさめ》零《ふ》りき。故《かれ》、歌ひて曰はく、

大前《おほまへ》　小前宿禰《をまへすくね》が　金門蔭《かなとかげ》　斯《か》く寄《よ》り来《こ》ね　雨立《あめた》ち止《や》めむ

爾くして、其の大前小前宿禰、手を挙《あ》げ膝《ひざ》を打ちて、儛《ま》ひかなで、歌ひて参《ま》ゐ来《き》たり。其の歌に曰はく、

宮人《みやひと》の　足結《あゆひ》の小鈴《こすず》　落ちにきと　宮人響《とよ》む　里人《さとびと》もゆめ

（略）　如此《かく》歌ひて、参ゐ帰《よ》りて、白《まを》ししく、「我《わ》が天皇の御子《みこ》、いろ兄《ね》の王《みこ》に兵《いくさ》を及《や》ることを無《な》かれ。若《も》し兵を及らば、必ず人、咲《わら》はむ。僕《やつかれ》、捕《とら》へて貢進《たてまつ》らむ」とまをしき。爾《しか》くして、兵を解《と》きて、退《しりぞ》き坐《ま》しき。

故《かれ》、大前小前宿禰、其の軽太子を捕へて、率《ゐ》て参ゐ出《い》でて、貢進りき。其の太子《おほみこ》、捕《とら》へらえて歌ひて曰はく、

天廻《あまだ》む　軽《かる》の嬢子《をとめ》　甚泣《いたな》かば　人知りぬべし　波佐《はさ》の山の　鳩《はと》の　下《した》

泣《な》きに泣く

そして、その軽太子《かるのおおみこ》は伊予《いよ》の湯（道後温泉）に流した。また、流そうとした時に、歌っていうには、

大君《おほきみ》を　島《しま》に放《はぶ》らば　船余《ふなあま》り　い帰《がへ》り来《こ》むぞ　我《わ》が畳《たたみ》ゆめ　言《こと》をこそ
畳と言はめ　我《わ》が妻《つま》はゆめ

――大君《おおきみ》たるこの私を島に追放するならば、〈船余《ふなあま》り〉必ず帰ってこようぞ。それまでは私の畳は決して変りあるな。言葉では畳というが、実は我が妻よ、お前こそ決して変りあらずにいてくれよ

その時、衣通王《そとおりのみこ》（軽大郎女の別名）は、太子《おおみこ》に歌を献上した。その歌にいうには、

夏草《なつくさ》の　阿比泥《あひね》の浜の　掻《か》き貝《かひ》に　足踏《あしふ》ますな　明《あか》して通《とほ》れ

――〈夏草の〉あいねの浜の貝殻に、足を踏んでおけがをなさいますな。夜を明かしてからお

行きなさいませ

さて、その後に、なお太子を恋い慕う思いに堪えかねて、その後を追って伊予へ行った時に、歌っていうには、

君が往《ゆ》き　日《け》長《なが》くなりぬ　造木《やまたづ》の　迎《むか》へを行《ゆ》かむ　待つには待たじ

――あなたがお出かけになってずいぶん日がたちました。〈造木《やまたづ》の〉お迎えに参りましょう。これ以上待ちはしません

そして、追いついた時に、太子《おおみこ》は待ち迎え、大郎女《おおいらつめ》をかき抱いて、歌っていうには、

隠《こも》り処《く》の　泊瀬《はつせ》の河《かは》の　上《かみ》つ瀬《せ》に　斎杙《いくひ》を打ち　下《しも》つ瀬《せ》に　真杙《まくひ》を打ち
斎杙には　鏡《かがみ》を懸《か》け　真杙には　真玉《またま》を懸け　真玉なす　吾《あ》が思《も》ふ妹《いも》
鏡なす　吾《あ》が思《も》ふ妻《つま》　有《あ》りと言はばこそよ　家《いへ》にも行《ゆ》かめ　国をも偲《しの》はめ

――〈隠《こも》り処《く》の〉泊瀬《はつせ》の河（奈良県桜井市を流れる初瀬川）の、上流の瀬に神聖な杭《くい》を打ち、

下流の瀬に立派な杭を打ち、神聖な杭には鏡をとり懸け、立派な杭には立派な玉をとり懸け、その立派な玉のように私が大切に思う妻よ、鏡のように私が大切に思う妻よ。お前がいるというのなら、家にも行こうと思うけれども、故郷をも懐かしく思いもしようけれども、お前はここにいるのだから、そうはしない

このように歌って、そのまま一緒に自害した。

（略）故《かれ》、其《そ》の軽太子《かるのおほみこ》は、伊余湯《いよのゆ》に流《なが》しき。亦《また》、流さむとせし時に、歌ひて曰《い》はく、（略）

大君《おほきみ》を　島《しま》に放《はぶ》らば　船余《ふなあま》り　い帰《がへ》り来《こ》むぞ　我《わ》が畳《たたみ》ゆめ　言《こと》をこそ
畳と言はめ　我《わ》が妻《つま》はゆめ

（略）其の衣通王《そとほりのみこ》、歌を献《たてまつ》りき。其の歌に曰はく、

夏草《なつくさ》の　阿比泥《あひね》の浜の　掻《か》き貝《かひ》に　足踏《あしふ》ますな　明《あか》して通《とほ》れ

故《かれ》、後《のち》に亦《また》、恋《こ》ひ慕《しの》ふに堪《た》へずして、追《お》ひ往《ゆ》きし時に、歌ひて曰はく、

君が往《ゆ》き　日長《けなが》くなりぬ　造木《やまたづ》の　迎《むか》へを行《ゆ》かむ　待つには待たじ

（略）故、追ひ到《いた》りし時に、待ち懐《むだ》きて、歌ひて曰はく、（略）

隠《こも》り処《く》の　泊瀬《はつせ》の河《かは》の　上《かみ》つ瀬《せ》に　斎杙《いくひ》を打ち　下《しも》つ瀬《せ》に　真杙《まくひ》を打ち　斎杙には　鏡《かがみ》を懸《か》け　真杙には　真玉《またま》を懸け　真玉なす　吾《あ》が思《も》ふ妹《いも》　鏡なす　吾《あ》が思《も》ふ妻《つま》　有《あ》りと言はばこそよ　家《いへ》にも行《ゆ》かめ　国をも偲《しの》はめ

如此《かく》歌ひて、即《すなは》ち共に自《みづか》ら死にき。

安《あん》康《こう》天皇

一 大日下王《おおくさかのみこ》の殺害と目弱王《まよわのみこ》の復讐

男浅津間若子宿禰王《おあさつまわくごのすくねのみこ》（允恭天皇《いんぎょう》）の御子《みこ》、穴穂御子《あなほのみこ》（安康天皇）は、石上《いそのかみ》の穴穂宮《あなほのみや》（奈良県天理市田町の地か）にいらっしゃって、天下を治めた。

天皇は、同母弟大長谷王子《おおはつせのみこ》（雄略天皇）のために、坂本臣《さかもとのおみ》らの祖先、根臣《ねのおみ》を、大日下王《おおくさかのみこ》（仁徳天皇の皇子）のもとに遣わし、「あなたの妹、若日下王《わかくさかのみこ》を、大長谷王子と結婚させたいと思う。だから、妹を差し出しなさい」という仰せを伝えさせた。これに対し、大日下王は、四度拝礼して、「まことに恐れ多いことです。勅命に従い差し上げましょう」と申した。けれども、言葉で申し上げるだけでは無礼であると思い、ただちにその妹の贈り物として、押木《おしき》の玉縵《たまかずら》（木の枝の形をした立ち飾りを持つ冠）を根臣に持たせ、献上した。ところが根臣はたちまちその贈り物の玉縵を盗み取り、大日下王を讒言《ざんげん》して、「大日下王は、勅命を受けずに、『私は、自分の妹を同格の者の下敷きにするものか』と言って、大刀《たち》の柄《つか》を握って怒ったのです」と言った。それで、天皇は大いに恨み、大日下王を殺して、その王の正妻、長田大郎女《ながたのおおいらつめ》を奪い連れて来て、皇后とした。

このことがあって後のこと、天皇は夢に神託を請うための床にいらっしゃって、昼寝をしていた。ところで、この皇后の先夫との子、目弱王《まよわのみこ》は時に七歳であった。この王が、ちょうどその時、天皇のいる殿舎の床下で遊んでいた。そうして、天皇はこの幼い王が殿舎の床下で遊んでいることを知らずに、皇后に仰せになって、「私はいつも心配していることがある。何かというと、お前の子の目弱王が成人した時に、私がその父の王を殺したことを知ったら、今度は反対に私に背こうとする心が芽生えるのではないだろうか」と言った。この時、その殿舎の床下で遊んでいた目弱王は、この言葉を聞き取り、すぐに天皇がお寝《やす》みになっているのをこっそりと窺《うかが》って、その側《そば》の大刀を取り、たちどころに天皇の首を斬《き》り落として、都夫良意富美《つぶらおおみ》の家に逃げ入った。

天皇の享年は五十六歳である。御陵《みはか》は、菅原《すがわら》の伏見岡《ふしみのおか》にある（奈良市宝来町に比定）。

御子《みこ》、穴穂御子《あなほのみこ》、石上《いそのかみ》の穴穂宮《あなほのみや》に坐《いま》して、天《あめ》の下《した》を治《をさ》めき。

天皇《すめらみこと》、いろ弟《ど》大長谷王子《おほはつせのみこ》の為《ため》に、坂本臣等《さかもとのおみら》が祖《おや》、根臣《ねのおみ》を、大日下王《おほくさかのみこ》の許《もと》に遣《つかは》して、詔《のりたま》はしめしく、「汝命《ながみこと》の妹《いも》、若日下王《わかくさかのみこ》を、大長谷王子に婚《あ》はせむと欲《おも》ふ。故《かれ》、貢《たてまつ》るべし」とのりたまはしめき。爾《しか》くして、大日下王、四《よ》たび拜《をろが》みて、白《まを》ししく、「（略）是《これ》、恐《かしこ》し。大命《おほみこと》の随《まにま》に奉進《たてまつ》らむ」とまをしき。然《しか》れども、言以《こともち》て白す事、其礼無《それゐやな》しと思ひて、即《すなは》ち其《そ》の妹《いも》の礼物《ゐやしろ》と為《し》て、押木《おしき》の玉縵《たまかづら》を持たしめて、貢献《たてまつ》りき。根臣、即《すなは》ち其の礼物の玉縵を盗み取りて、大日下王を讒《よこ》して曰《い》ひしく、「大日下王は、勅命《おほみこと》を受けずして曰はく、『己《おの》が妹《いも》をや、等《ひと》しき族《うがら》の下席《したむしろ》と為《せ》む』といひて、横刀《たち》の手上《たかみ》を取りて怒《いか》りつるか」といひき。故《かれ》、天皇、大《おほ》きに怨《うら》みて、大日下王を殺して、其の王《みこ》の嫡妻《むかひめ》、長田大郎女《ながたのおほいらつめ》を取り持ち来て、皇后《おほきさき》と為《し》き。

此《これ》より以後《のち》に、天皇、神牀《かむどこ》に坐《いま》して、昼寝《ひるね》しき。（略）是《ここ》に、其の大后《おほきさき》の先《さき》の子、目弱王《まよわのみこ》、是年七歳《これとしななとせ》なり。是《こ》の王《みこ》、其の時に当《あた》りて、其の殿《との》の下に遊べり。爾くして、天皇、其の少《わか》き王の殿の下に遊べることを知らずして、大后に詔《のりたま》ひて言ひしく、「吾《あれ》は、恒《つね》に思ふ所有《あ》り。何《なに》となれば、汝《なむち》が子、目弱王、人と成《な》りたらむ時に、吾《あ》が其の父の王《みこ》を殺ししことを知りなば、還《かへ》りて邪《あ》しき心有らむと為《す》るか」といひき。是《ここ》に、其の殿の下に遊べる目弱王、此《こ》の言《こと》を聞き取りて、便《すなは》ち窃《ひそ》かに天皇の御寝《みね》せるを伺《うかか》ひ、其の傍《かたはら》の大刀《たち》を取りて、乃《すなは》ち其の天皇の頸《くび》を打ち斬《き》りて、都夫良意富美《つぶらおほみ》が家に逃げ入《い》りき。

天皇の御年《みとし》は、伍拾陸歳《いとせあまりむとせ》ぞ。御陵《みはか》は、菅原《すがはら》の伏見岡《ふしみのをか》に在《あ》り。

二 大長谷王《おおはつせのみこ》の報復

ところで、大長谷王《おおはつせのみこ》は当時まだ少年であった。ただちにこの事を聞き、腹立たしく思い恨み怒って、すぐにその兄、黒日子王《くろひこのみこ》（二六二頁参照）のところに行って、「人が天皇を殺しました。どうしましょうか」と言った。ところが、その黒日子王は驚きもせず、心がたるんですべきこともしないのであった。この様子を見て、大長谷王はその兄をののしり、「一つには天皇であり、一つには兄弟であるというのに、どうして頼もしい心もなく、人が自分の兄を殺したということを聞いて、驚きもせずすべきこともしないのか」と言って、即座にその襟首《えりくび》をつかんで引きずり出し、剣を抜いて打ち殺した。

また、もう一人の兄、白日子王《しろひこのみこ》（二六二頁参照）のところに行って、事情を告げることは前と同じようであった。この兄が心がたるんですべきこともしないことも、また黒日子王と同様だった。即座にその襟首をつかんで引き連れてきて、飛鳥《あすか》の小治田《おはりだ》（明日香村の甘樫丘の北方）に行き、穴を掘って、その中に立ったままの状態で埋めたところ、腰まで埋めた時になって、二つの目の玉が飛び出して死んでしまった。

また、大長谷王は軍勢をおこして都夫良意富美《つぶらおおみ》の家を取り囲んだ。これに対し、都夫良意富美も軍勢をおこして待ち受けて戦い、その射かける矢は風に舞う葦《あし》の花のように乱れ飛んだ。この時、大長谷王は矛《ほこ》を杖《つえ》とし、家の中をうかがい見て、「私が言い交わした乙女（以前から妻問いしていた女）は、もしやこの家にいるか」と仰せられた。

すると、都夫良意富美がこの仰せを聞き、自身で参り出て、身に帯びた武具をはずし、八度身をかがめて拝礼して、「過日にご求婚なされたわが娘、訶良比売《からひめ》はあなたさまに妻としてお仕えしますでしょう。けれども、当の私自身が参上しないわけはというと、昔から今に至るまで、臣下である臣《おみ》・連《むらじ》が王子《みこ》や諸王の宮に隠れたということは聞いたことがあっても、いまだに王子が臣の家に隠れたというのは聞いたことがありません。

このことから考えるに、身分卑しい私め意富美《おおみ》は力を尽くして戦ったところで、決して勝てるはずはありますまい。しかし、自分を頼んで卑しいわが家に入っていらっしゃった王子のことは、死んでも見捨てられません」と、このように申して、またその武具を取って家に返り入って戦った。

そうして、力尽き矢も尽きてしまうと、その王子に向い、「私は、すっかり痛手を負い、矢もまた尽きました。今はもう戦うことができません。どういたしましょう」と申した。その王子は答えて、「それならば、これ以上するべきことはない。今はもう私を殺せ」と仰せられた。それで、剣でその王子を刺し殺し、ただちに自分の首を斬《き》って死んだ。

爾《しか》くして、大長谷王子《おほはつせのみこ》は、当時童男《そのかみをぐな》なり。即《すなは》ち此《こ》の事を聞きて、慷慨《うれた》み怨《うら》み怒《いか》りて、乃《すなは》ち其《そ》の兄《え》、黒日子王《くろひこのみこ》の許《もと》に到《いた》りて、曰《い》ひしく、「人、天皇《すめらみこと》を取りつ。那何《いか》にか為《せ》む」といひき。然《しか》れども、其の黒日子王、驚かずして、怠《おこた》り緩《ゆる》へる心有《あ》り。是《ここ》に、大長谷王《おほはつせのみこ》、其の兄《え》を詈《の》りて言はく、「一つには天皇《すめらみこと》と為《あ》り、一つには兄弟《はらから》と為《あ》るに、何《なに》か恃《たの》しき心も無《な》くして、其の

兄を殺すことを聞きて、驚かずして怠《おこた》れる」といひて、即ち其の衿《ころものくび》を握《と》りて控《ひ》き出《いだ》して、刀《たち》を抜きて打ち殺しき。

亦《また》、其の兄《え》、白日子王《しろひこのみこ》に到りて、状《かたち》を告《つ》ぐること、前《さき》の如《ごと》し。緩《ゆる》へることも、亦《また》、黒日子王の如し。即ち其の衿を握《と》りて引《ひ》き率《ゐ》て来て、小治田《をはりだ》に到りて、穴を掘《ほ》りて、立て随《なが》ら埋《うづ》みしかば、腰《こし》を埋む時に至りて、両《ふた》つの目、走り抜けて、死にき。

亦、軍《いくさ》を興《おこ》して、都夫良意美《つぶらおみ》が家を囲《かく》みき。爾《しか》くして、軍を興して待ち戦ひて、射出《いいだ》す矢、葦《あし》の如く来散《きち》りき。是《ここ》に、大長谷王、矛《ほこ》を以《もち》て杖《つゑ》と為《し》て、其の内を臨《のぞ》みて詔《のりたま》ひしく、「我《あ》が相言《あひい》へる嬢子《をとめ》は、若《も》し此の家に有りや」とのりたまひき。

爾《しか》くして、都夫良意美、此の詔命《おほみこと》を聞きて、自《みづか》ら参《ま》ゐ出《い》でて、佩《は》ける兵《つはもの》を解《と》きて、八度《やたび》拝《をろが》みて白《まを》さく、「先《さき》の日に問ひ賜《たま》へる女子《むすめ》、訶良比売《からひめ》は、侍《はべ》らむ。（略）然《しか》れども、其の正身《ただみ》の参《ま》ゐ向《むか》はぬ所以《ゆゑ》は、往古《いにしへ》より今時《いま》に至るまで、臣《おみ》・連《むらじ》が、王《みこ》の宮《みや》に隠《かく》りしことは聞けども、未《いま》だ王子《みこ》の、臣《おみ》が家《いへ》に隠《かく》りしことを聞かず。是《ここ》を以《もち》て思ふに、賤《いや》しき奴《やつこ》、意富美《おほみ》は、力を竭《つく》して戦ふとも、更《さら》に勝つべきこと無《な》けむ。然《しか》れども、己《おのれ》を恃《たの》みて陋《いや》しき家に入《い》り坐《ま》せる王子は、死ぬとも棄《す》てじ」と、如此《かく》白して、亦《また》、其の兵《つはもの》を取りて、還《かへ》り入りて戦ひき。

爾《しか》くして、力窮《つ》き矢尽《つ》きぬれば、其の王子に白ししく、「僕《やつかれ》は、手《て》悉《ことごと》く傷《お》ひつ。矢も、亦、尽きぬ。今は戦ふこと得ず。如何《いか》に」とまをしき。其の王子、答へて詔ひしく、「然《しか》らば、更に為《す》べきこと無し。今は吾《あれ》を殺せ」とのりたまひき。故《かれ》、刀《たち》を以《もち》て其の王子を刺し殺して、乃《すなは》ち己《おの》が頸《くび》を切りて死にき。

三 市《いちの》辺《へ》之《の》忍《おし》歯《はの》王《みこ》の難

このことがあって後に、近江《おうみ》の佐々紀山君《ささきのやまのきみ》の祖先、名は韓袋《からぶくろ》が、「近江の久多綿《くたわた》の蚊屋野《やの》（滋賀県蒲生郡の東端）には、猪《いのしし》や鹿がたくさんいます。その足は莪《うはぎ》（ヨメナ）の原のように林立しています。その頭に戴《いただ》く角は枯れ松のようです」と申し上げた。

そこで、大長谷王《おおはつせのみこ》は市辺之忍歯王《いちのへのおしはのみこ》（皇位継承のライバルの一人。二六〇頁参照）を一緒に連れて近江《おうみ》にお出かけになり、その野に到着すると、それぞれ別に仮宮を作って宿営した。

そうして明くる朝、まだ日も出ないうちに、忍歯王は特別いつもと変らぬ気持で御馬《みうま》に乗りながら、大長谷王の仮宮の側にやって来て立ち、大長谷王のお供の人に、「いまだにお目覚めでなくていられる。早く申し上げよ。夜はもうすっかり明けてしまった。狩り場におでましあれ」と仰せられ、すぐに馬を進めて出て行った。

これを聞いて、その大長谷王のおそばに侍る人たちが王に、「いやなことを言う王子《みこ》です。ですからお気をつけください。また、御身を武装なさいませ」と申すと、大長谷王は即座に衣服の下に鎧《よろい》をつけ、弓矢を取り身につけて、馬に乗って出て行き、たちまちのうちに追いついて馬を並べ、矢を抜いてその忍歯王を射落とし、すぐにまたその身体を斬《き》って、馬の飼《か》い葉《ば》桶《おけ》に入れて、（盛り土をしないで）地面と同じ高さに埋めた。

この時、市辺王《いちのへのみこ》の王子たち、意祁王《おけのみこ》・袁祁王《おけのみこ》は、この変事を聞いて逃げ去った。


茲《これ》より以後《のち》に、淡海《あふみ》の佐々《ささ》紀山君《きのやまのきみ》が祖《おや》、名《な》は韓袋《からぶくろ》が白《まを》しく、「淡海《あふみ》の久多綿《くたわた》の蚊屋野《かやの》は、多《あま》た猪鹿《しし》在《あ》り。其《そ》の立てる足は、荻原《うはぎはら》の如《ごと》し。指《さ》し挙《あ》

げたる角《つの》は、枯松《からまつ》の如し」とまをしき。

此《こ》の時に、市辺之忍歯王《いちのへのおしはのみこ》を相率《あひゐ》て、淡海《あふみ》に幸行《いでま》して、其の野に到《いた》れば、各異《おのおのこと》に仮宮《かりみや》を作りて宿《やど》りき。

爾《しか》くして、明《あ》くる旦《あした》に、未《いま》だ日も出《い》でぬ時に、忍歯王、平《たひら》けき心を以《もち》て、御馬《みま》に乗り随《なが》ら、大長谷王《おほはつせのみこ》の仮宮の傍《かたはら》に到り立ちて、其の大長谷王子《おほはつせのみこ》の御《み》伴人《ともひと》に詔《のりたま》はく、「未《いま》だ寤《さ》めず坐《いま》す。早く白《まを》すべし。夜《よ》は、既《すで》に曙《あ》け訖《をは》りぬ。猟庭《かりには》に幸《いでま》すべし」とのりたまひて、乃《すなは》ち馬《うま》を進めて出《い》で行《ゆ》きき。

爾くして、其の大長谷王の御所《みもと》に侍《はべ》る人等《ひとども》が白さく、「うたて物云《ものい》ふ王《み》子《こ》ぞ。故《かれ》、慎《つつし》むべし。亦《また》、御身《みみ》を堅《かた》むべし」とまをすに、即《すなは》ち衣《きぬ》の中《うち》に甲《よろひ》を服《き》、弓矢《ゆみや》を取《と》り佩《は》きて、馬に乗りて出で行きて、倏忽《たちまち》の間《あひだ》に馬より往《ゆ》き双《なら》びて、矢を抜き其の忍歯王を射落《いおと》して、乃《すなは》ち亦、其の身を切り、馬槽《うまふね》に入れて、土《つち》と等《ひと》しく埋《うづ》みき。

是《ここ》に、市辺王《いちのへのみこ》の王子《みこ》等《たち》、意祁王《おけのみこ》・袁祁王《をけのみこ》、此の乱《みだれ》を聞きて、逃げ去りき。

（略）

雄略《ゆうりゃく》天皇

一 引田部赤猪子《ひけたべのあかいこ》

大長谷若建命《おおはつせのわかたけるのみこと》（雄略天皇）は、長谷《はつせ》（奈良県桜井市初瀬の一帯）の朝倉宮《あさくらのみや》にいらっしゃって、天下を治めた。

天皇は、大日下王《おおくさかのみこ》の妹、若日下部王《わかくさかべのみこ》を娶《めと》った。また、都夫良意富美《つぶらおおみ》の娘、韓比売《からひめ》（二七八頁の訶良比売《からひめ》）を娶って生んだ御子《みこ》は、白髪命《しらかのみこと》。次に、妹、若帯比売命《わかたらしひめのみこと》。

ある時、天皇が遊びに出かけ、美和河《みわがわ》（初瀬川の下流）にたどり着いたところ、河のほとりに衣服を洗っている乙女がいた。その姿形はたいへん美しかった。天皇はその乙女に、「おまえはだれの子か」と尋ねた。乙女は答えて、「私の名は引田部赤猪子《ひけたべのあかいこ》といいます」と申した。そこで天皇は、「おまえは男に嫁がずにいよ。まもなく召そう」と仰せを伝えさせて、宮にお帰りになった。

それで、その赤猪子は天皇のお召しのお言葉を期待して待つうちに、はや八十年が経《た》った。そこで赤猪子は、「お召しを待ち望んでいる間に、もうこんなに多くの年を過してしまった。体つきも瘦《や》せしぼんで、あてにできるところはまったくない。けれども、待ち続けた私の心を表さずには、気持がふさいで耐えられない」と思い、多数の贈り物を従者に持たせて、参内して献上した。

しかしながら、天皇はすっかり以前に命じたことを忘れていて、その赤猪子に尋ねて、「おまえはどこの老婆か。どういうわけで参り来たのか」と言った。これに対し、赤猪子は答えて、「某年某月、天皇のお言葉を承って、仰せを心待ちにして、今日に至るまでに八十年が過ぎました。今はすっかり姿も年老いて、もはや自らあてにできるところもありません。けれども、私の操《みさお》だけは表し申し上げようとして参内したのです」と申した。

ここに天皇はひどく驚き、「私はすっかり前のことを忘れていた。しかし、おまえが操を守り、召しを待って、むなしく娘盛りの年を過してしまったことは、これはまことにいとしく不憫《ふびん》である」と、内心では結婚したいと思ったが、赤猪子がたいへん年老いて、交わりを成すことができないことを悲しんで、お歌を賜った。その歌にいう、

御諸《みもろ》の　厳白檮《いつかし》が下《もと》　白檮《かし》が下《もと》　忌々《ゆゆ》しきかも　白檮原童女《かしはらをとめ》

——御諸《みもろ》（三輪の社）の近寄りがたく神聖な樫《かし》の木のもと、その樫の木のもとの、近寄りがたく神聖な乙女よ

これを聞き、感動した赤猪子が流す涙は、すっかりその着ていた丹摺《にずり》の着物の袖《そで》を濡《ぬ》らした。この大御歌《おおみうた》に答えて、赤猪子が歌っていうには、

日下江《くさかえ》の　入江《いりえ》の蓮《はちす》　花蓮《はなばちす》　身《み》の盛《さか》り人《びと》　羨《とも》しきろかも

——日下《くさか》の入江の蓮《はす》、盛りの蓮の花、そのように、身の若い盛りの人がうらやましゅうございます

そうして、天皇は多くのたまわり物をその老女にお与えになって、帰してやった。

一　大長谷若建命《おほはつせのわかたけるのみこと》、長谷《はつせ》の朝倉宮《あさくらのみや》に坐《いま》して、天《あめ》の下《した》を治《をさ》めき。

天皇《すめらみこと》、大日下王《おほくさかのみこ》の妹《いも》、若日下部王《わかくさかべのみこ》を娶《めと》りき。又《また》、都夫良意富美《つぶらおほみ》が女《むすめ》、韓比売《からひめ》を娶りて、生みし御子《みこ》は、白髪命《しらかのみこと》。次に、妹若帯比売命《いもわかたらしひめのみこと》。（略）

一時《あるとき》に、天皇遊《あそ》び行《あり》きて、美和河《みわがは》に到《いた》りし時に、河《かは》の辺《へ》に衣《きぬ》を洗ふ童女《をとめ》有《あ》り。其《そ》の容姿《かたち》、甚麗《いとうるは》し。天皇、其の童女を問ひしく、「汝《なむち》は、誰《た》が子《こ》ぞ」ととひき。答へて白《まを》ししく、「己《おの》が名は、引田部赤猪子《ひけたべのあかゐこ》と謂《い》ふ」とまをしき。爾《しか》くして、詔《のりたま》はしむらく、「汝は、夫《を》に嫁《あ》はずあれ。今喚《め》してむ」とのりたまはしめて、宮に還《かへ》り坐《ま》しき。

故《かれ》、其の赤猪子、天皇の命《みこと》を仰《あふ》ぎ待《ま》ちて、既《すで》に八十歳《やそとせ》を経《へ》ぬ。是《ここ》に、赤猪子が以為《おも》はく、「命《みこと》を望《ね》がひつる間《あひだ》に、已《すで》に多《あま》たの年を経《へ》ぬ。姿体《かたち》、痩《や》せ萎《しな》えて、更《さら》に恃《たの》む所無《ところな》し。然《しか》れども、待ちつる情《こころ》を顕《あらは》すに非《あら》ずは、悒《いふせ》きに忍《た》へじ」とおもひて、百取《ももとり》の机代《つくえしろ》の物を持たしめて、参《ま》ゐ出《い》でて貢献《たてまつ》りき。

然れども、天皇、既に先に命《おほせたま》へる事を忘れて、其の赤猪子を問ひて曰《い》ひしく、「汝は、誰《た》が老女《おみな》ぞ。何《なに》の由《ゆゑ》にか参《ま》ゐ来《き》つる」といひき。爾《しか》くして、赤猪子《あかゐこ》が答へて白《まを》ししく、「其《それ》の年其《それ》の月、天皇の命《みこと》を被《かがふ》りて、大命《おほみこと》を仰《あふ》ぎ待ちて、今日《けふ》に至るまで、八十歳《やそとせ》を経ぬ。今は容姿《かたち》既に耆《お》いて、更に侍む所無し。然れども、己《おの》が志《こころざし》を顕《あらは》し白《まを》さむとして参《ま》ゐ出《い》でつらくのみ」とまをしき。

是《ここ》に、天皇、大《おほ》きに驚きて、「吾《あれ》は、既に先《さき》の事を忘れたり。然れども、汝が志を守り、命《みこと》を待ちて、徒《いたづ》らに盛りの年を過《すぐ》しつること、是甚愛《これいとうつく》しく悲し」と、心の裏《うち》に婚《あ》はむと欲《おも》へども、其の亟《きは》めて老いて、婚《あひ》を成《な》すこと得《え》ぬことを悼《いた》みて、御歌《みうた》を賜《たま》ひき。其の歌に曰はく、（略）

御諸《みもろ》の　厳白檮《いつかし》が下《もと》　白檮《かし》が下《もと》　忌々《ゆゆ》しきかも　白檮原童女《かしはらをとめ》

爾《しか》くして、赤猪子《あかゐこ》が泣く涙《なみた》、悉《ことごと》く其《そ》の服《き》たる丹摺《にずり》の袖《そで》を湿《ぬら》しき。其の大《おほ》御歌《みうた》に答《こた》へて、歌ひて曰はく、（略）

日下江《くさかえ》の　入江《いりえ》の蓮《はちす》　花蓮《はなばちす》　身《み》の盛《さか》り人《びと》　羨《とも》しきろかも

爾《しか》くして、多《あま》たの禄《たまひもの》を其《そ》の老女《おみな》に給《たま》ひて、返《かへ》し遣《や》りき。（略）

二 阿岐豆野《あきずの》

それから、阿岐豆野《あきずの》（奈良県吉野郡吉野町宮滝の辺りか）にお出かけになり、狩りをなさった時に、天皇が御呉床《みあぐら》にお座りになっていた。そして、虻《あぶ》がお腕を咬《か》んだが、そのとたんに蜻蛉《あきづ》（トンボ）が飛んできて、その虻をくわえて飛び去った。そこで、天皇はお歌を作った。その歌にいう、

み吉野《えしの》の　小《を》室《むろ》が岳《たけ》に　猪鹿《しし》伏《ふ》すと　誰《たれ》ぞ　大前《おほまへ》に奏《まを》す　やすみしし
我《わ》が大君《おほきみ》の　猪《し》鹿《し》待つと　呉床《あぐら》に坐《いま》し　白栲《しろたへ》の　袖着《そでき》そなふ　手腓《たこむら》に
蝈《あむ》掻《か》き着《つ》き　其の蝈《あむ》を　蜻蛉《あきづ》早咋《はやぐ》ひ　斯《か》くの如《ごと》　名に負はむと　そらみ
つ　倭《やまと》の国《くに》を　蜻蛉島《あきづしま》とふ

——吉野《よしの》の小室《おむろ》の山に猪や鹿がいると、だれが天皇のお前に申し上げたのか。〈やすみしし〉わが大君が、猪や鹿を待って呉床に座っていらっしゃると、〈白栲《しろたへ》の〉袖を着た腕のふくらみに虻が咬みつき、その虻を蜻蛉がすばやくくわえて行き、このように蜻蛉島《あきずしま》の名にふさわしいだろうと思って、

〈そらみつ〉大和《やまと》の国を人は蜻蛉島《あきずしま》というのである

こういうわけで、この時からその野を名付けて阿岐豆野《あきずの》という。

即《すなは》ち、阿岐豆野《あきづの》に幸《いでま》して、御獦《みかり》せし時に、天皇《すめらみこと》、御呉床《みあぐら》に坐《いま》しき。爾《しか》くして、蝈《あむ》、御腕《みただむき》を咋《く》ひしに、即ち蜻蛉《あきづ》、来て、其《そ》の蝈を咋ひて飛びき。是《ここ》に、御歌《みうた》を作りき。其の歌に曰《い》はく、

み吉野《えしの》の　小室《をむろ》が岳《たけ》に　猪鹿《しし》伏《ふ》すと　誰《たれ》そ　大前《おほまへ》に奏《まを》す　やすみしし
我《わ》が大君《おほきみ》の　猪鹿《しし》待つと　呉床《あぐら》に坐《いま》し　白栲《しろたへ》の　袖着《そでき》そなふ　手腓《たこむら》に
蝈《あむ》搔き着《つ》き　其の蝈を　蜻蛉《あきづ》早咋《はやぐ》ひ　斯《か》くの如《ごと》　名に負はむとそらみ
つ　倭《やまと》の国《くに》を　蜻蛉島《あきづしま》とふ

故《かれ》、其の時より、其の野を号《なづ》けて阿岐豆野《あきづの》と謂《い》ふ。（略）

三 葛城《かずらき》の一言《ひとこと》主《ぬし》の大神《おおかみ》

またある時、天皇は葛城山《かずらきやま》（奈良県と大阪府の境の山）に登りにお出かけになったが、この時百官の人たちはみな紅の紐《ひも》を着けた青摺《あおずり》の衣服を頂戴《ちょうだい》して着ていた。

その時に、その葛城山の向いの山の裾《すそ》から、山の上へ登る人がいた。全く天皇の行幸の列にそっくりで、また人々の服装の様子や人数もよく似て区別しがたかった。そこで、天皇がこれを眺め、尋ねさせて、「この倭《やまと》の国に、私のほかに二人と王はいないのに、今だれがこのようにして行くのか」と言ったところ、ただちに向こうから答えて言った言葉のさまもまた、天皇のお言葉のとおりだった。

そこで、天皇は大いに怒って矢を弓につがえ、百官の人たちもみな矢をつがえて構えた。すると、向こうの人々も同じくみな矢をつがえて構えた。

それで、天皇はまた尋ねて、「そちらの名を名乗れ。そうして、互いに名を名乗ってから矢を放とう」と言った。これに対し、相手は答えて、「私が先に問われたので、まず私から名乗りをしよう。私は悪い事でも一言、善い事でも一言のもとにきっぱり言いはなつ神、葛城《かずらき》の一言主《ひとことぬし》の大神《おおかみ》である」と言った。

天皇はこれを聞いて恐れかしこまり、「恐れ多いことです、わが大神よ。私は現身《うつしみ》の人間なので、あなたが神であることに気づきませんでした」と申して、大御刀《おおみたち》と弓矢をはじめとして、百官の人たちが着ていた衣服を脱がせ、拝礼して献上した。すると、その一言主の大神は喜んで手をうち、その贈り物を受け取った。それで、天皇がお帰りになる時、大神は山の峰を行列でいっぱいにして、長谷《はつせ》の山の入り口までお送り申し上げた。こういうわけで、この一言主の大神はその時人前に現れたのである。

天皇の享年は百二十四歳である。御陵《みはか》は河内《かわち》の多治比《たじひ》の高鸇《たかわし》にある（大阪府羽曳野市の丸山古墳に比定）。

又《また》、一時《あるとき》に、天皇《すめらみこと》の葛城山《かづらきのやま》に登《のぼ》り幸《いでま》しし時に、百官《もものつかさ》の人等《ひとら》、悉《ことごと》く紅《くれなゐ》の紐《ひも》を著《つ》けたる青摺《あをずり》の衣《ころも》を給《たまは》りて服《き》たり。

彼《そ》の時に、其《そ》の、向《むか》へる山の尾《を》より、山の上《うへ》に登る人有《あ》り。既《すで》に天皇の鹵簿《みゆきのつら》に等しく、亦《また》、其の束装《よそひ》の状《かたち》と人衆《ひとかず》と、相似《あひに》て傾《かたぶ》かず。爾《しか》くして、天皇、望《のぞ》みて、問《と》はしめて曰《い》はく、「茲《こ》の倭国《やまとのくに》に、吾《あれ》を除《お》きて亦《また》、王《きみ》は無《な》きに、今誰人《たれ》ぞ如此《かく》て行く」といふに、即《すなは》ち答《こた》へ曰《い》ふ状《かたち》も、亦、天皇の命《みこと》の如《ごと》し。

是《ここ》に、天皇、大《おほ》きに忿《いか》りて矢刺《やさ》し、百官の人等、悉く矢刺しき。爾くして、其の人等《ひとら》も、亦、皆《みな》矢刺しき。

故《かれ》、天皇、亦、問ひて曰ひしく、「其の名《な》を告《の》れ。爾《しか》くして、各《おのおの》名を告《の》りて矢を弾《はな》たむ」といひき。是《ここ》に、答へて曰《い》ひしく、「吾《あれ》、先《ま》づ問はえつ。故《かれ》、吾《あれ》、先づ名《な》告《の》りを為《せ》む。吾《あ》は、悪しき事なりとも一言《ひとこと》、善《よ》き事なりとも一言、言ひ離《はな》つ神、葛城之《かづらきの》一言主之《ひとことぬしの》大神《おほかみ》ぞ」といひき。

天皇、是《ここ》に、惶《おそ》り畏《かしこ》みて白《まを》さく、「恐《かしこ》し、我《わ》が大神《おほかみ》。うつしおみに有れば、覚《さと》らず」と、白《まを》して、大御刀《おほみたち》と弓矢《ゆみや》とを始めて、百官《もものつかさ》の人等《ひとら》が服《き》たる衣服《ころも》を脱《ぬ》かしめて、拝《をろが》み献《たてまつ》りき。爾《しか》くして、其の一言主大神《ひとことぬしのおほかみ》、手打《う》ちて其の奉《まつ》り物《もの》を受けき。故《かれ》、天皇の還《かへ》り幸《いでま》す時に、其の大神、山の末《すゑ》を満てて、長谷《はつせ》の山口《やまぐち》に送り奉《まつ》りき。故《かれ》、是《こ》の一言主之大神は、彼《そ》の時に顕《あらは》れたるぞ。（略）

天皇の御年《みとし》は、壱佰弐拾肆歳《ももとせあまりはたとせあまりよとせ》ぞ。御陵《みはか》は、河内《かふち》の多治比《たぢひ》の高鸇《たかわし》に在《あ》り。

清寧《せいねい》天皇（概略）

大長谷若建命《おおはつせのわかたけるのみこと》（雄略《ゆうりやく》天皇）の御子《みこ》、白髪大倭根子命《しらかのおおやまとねこのみこと》（清寧天皇）は、磐余《いわれ》（奈良県桜井市西部から橿原市東部）の甕栗宮《みかくりのみや》にいらっしゃって、天下を治めた。

この天皇は皇后がおらず、御子もなかったため、崩御後は天下を治めるべき王がいなくなった。そこで、市辺忍歯別王《いちのへのおしはわけのみこ》の妹の飯豊王《いいどよのみこ》（二六〇頁の飯豊郎女）を葛城《かずらき》の忍海《おしぬみ》（奈良県葛城市忍海）の高木角刺宮《たかぎのつのさしのみや》にお迎えした。

さて、山部連小楯《やまべのむらじおだて》は播磨国《はりまのくに》（兵庫県西部）へ監督官として派遣された時、偶然訪れた新築祝いの酒宴で、自分たちは市辺之忍歯王の遺児だという兄弟に出会う。驚いた山辺連小楯はさっそく早馬で飯豊王に知らせ、喜んだ飯豊王は兄弟を呼び寄せる。

その兄弟、意祁命《おけのみこと》と袁祁命《おけのみこと》は互いに皇位を譲り合ったが、酒宴で名を明かしたのが弟であることから、まずは弟が即位した（顕宗《けんぞう》天皇）。

顕《けん》宗《ぞう》天皇

（概略）

伊弉《いざ》本別王《ほわけのみこ》（履中《りちゅう》天皇）の御子《みこ》である市辺忍歯王《いちのへのおしはのみこ》（二六〇・二八一頁参照）の御子、袁祁之石巣別命《おけのいわすわけのみこと》（顕宗天皇）は、近飛鳥宮《ちかつあすかのみや》（大阪府羽曳野市飛鳥の地）にいらっしゃって、天下を治めること八年であった。難波王《なにわのみこ》を娶《めと》った。子はいない。天皇は、父の遺骨を探し当て、御陵《みはか》に葬った。また、父を殺した雄略天皇を恨み、その御陵を破壊しようとした。そこで、兄意祁命《おけのみこと》は御陵の土を少しだけ掘り取り、天皇をこう諭した。天皇の墓を壊せば後世の非難を浴びよう、ただし父王の恨みに報じるため、すこしだけ掘り取ってきた、もはやこの辱めで十分であろう、と。天皇は、道理であると納得した。天皇が崩御すると、意祁命が皇位を継いだ（仁賢《にんけん》天皇）。

天皇の享年は三十八歳である。御陵《みはか》は、片岡《かたおか》の石坏岡《いわつきのおか》のほとりにある（奈良県香芝市北今市に比定）。

仁《にん》賢《けん》天皇（概略）

袁祁王《おけのみこ》（顕宗《けんぞう》天皇）の兄、意祁王《おけのみこ》（仁賢天皇）は、石上《いそのかみ》（奈良県天理市布留町一帯）の広高宮《ひろたかのみや》にいらっしゃって、天下を治めた。

天皇が、大長谷若建《おおはつせのわかたける》天皇（雄略天皇）の御子《みこ》、春日大郎女《かすがのおおいらつめ》を娶《めと》って生んだ御子《みこ》は、高木郎女《たかぎのいらつめ》、財郎女《たからのいらつめ》、久須毘郎女《くすびのいらつめ》、手白髪郎女《たしらかのいらつめ》、小長谷若雀命《おはつせのわかさざきのみこと》、真若王《まわかのみこ》。また、丸邇《わにの》日爪臣《ひつめのおみ》の娘、糠若子郎女《ぬかのわくごのいらつめ》を娶って生んだ御子は、春日小田郎女《かすがのおだのいらつめ》。御子は合せて七柱である。小長谷若雀命は天下を治めた（武烈《ぶれつ》天皇）。

武烈《ぶれつ》天皇（概略）

小長谷若雀命《おはつせのわかさざきのみこと》（武烈天皇）は、長谷《はつせ》（奈良県桜井市初瀬の一帯）の列木宮《なみきのみや》にいらっしゃって、天下を治めること八年であった。

この天皇は御子がなかった。御陵《みはか》は片岡《かたおか》の石坏岡《いわつきのおか》にある（奈良県香芝市今泉の地に比定）。

天皇の崩御後、皇位を継ぐべき皇子がいなかったので、品太《ほむだ》天皇（応神《おうじん》天皇）の五世の子孫、袁本杼命《おほどのみこと》を近江国《おうみのくに》から上京させ、手白髪命《たしらかのみこと》（仁賢天皇皇女）と結婚させて、天下をお授けした（継体《けいたい》天皇）。

継《けい》体《たい》天皇（概略）

品太王《ほむだのみこ》（応神天皇）の五世の子孫、袁本杼命《おほどのみこと》（継体天皇）は、磐余《いわれ》（奈良県桜井市西部から橿原市東部）の玉穂宮《たまほのみや》にいらっしゃって、天下を治めた。

この天皇が、目子郎女《めのこのいらつめ》を娶《めと》って生んだ御子《みこ》は、広国押建金日命《ひろくにおしたけかなひのみこと》（安閑天皇）、建《たけ》小《お》広《ひろ》国押楯命《くにおしたてのみこと》（宣化天皇）。手白髪命《たしらかのみこと》（仁賢天皇皇女）を娶って生んだ御子は、天国押波《あめくにおしは》流《る》岐広庭命《きひろにわのみこと》（欽明天皇）。麻組郎女《おくみのいらつめ》を娶《めと》って生んだ御子《みこ》は、佐々宜郎女《ささげのいらつめ》（伊勢斎宮）。ほか、御子は合せて十九柱である。天国押波流岐広庭命《あめくにおしはるきひろにわのみこと》、広国押建金日命《ひろくにおしたけかなひのみこと》、建小広国押楯命《たけおひろくにおしたてのみこと》は天下を治めた。この御代に、筑紫国 造《つくしのくにのみやつこ》の磐井《いわい》が反乱した。そこで物部荒甲之大連《もののべのあらかいのおおむらじ》・大伴之金村連《おおとものかなむらのむらじ》の二人を派遣して鎮圧した。

天皇の享年は四十三歳である。御陵《みはか》は三島《みしま》の藍 陵《あいのみさざき》である（大阪府茨木市の茶臼山古墳に比定されてきたが、高槻市内の今城塚《いましろづか》古墳か）。

安《あん》閑《かん》天皇（概略）

袁本杼命《おほどのみこと》（継体天皇）の御子《みこ》、広国押建金日王《ひろくにおしたけかなひのみこ》（安閑天皇）は、勾《まがり》（奈良県橿原市曲川町か）の金箸宮《かなはしのみや》にいらっしゃって、天下を治めた。

この天皇は御子がなかった。御陵《みはか》は河内《かわち》の古市《ふるいち》（大阪府羽曳野市古市）の高屋村《たかやのむら》にある。

宣《せん》化《か》天皇（概略）

広国押建金日命《ひろくにおしたけかなひのみこと》（安閑天皇《あんかん》）の弟、建小広国押楯命《たけおひろくにおしたてのみこと》（宣化天皇）は、檜坰《ひのくま》の廬入野宮《いおりののみや》（奈良県高市郡明日香村の於美阿志神社の地）にいらっしゃって、天下を治めた。

この天皇が、意祁《おけ》天皇（仁賢《にんけん》天皇）の御子《みこ》、橘之中比売命《たちばなのなかつひめのみこと》を娶《めと》って生んだ御子は、石《いわ》比売命《ひめのみこと》（欽明《きんめい》天皇妃）、小石比売命《おいわひめのみこと》（欽明天皇妃）、倉之若江王《くらのわかえのみこ》。川内之若子比売《かわちのわくごひめ》を娶って生んだ御子は、火穂王《ほのほのみこ》、恵波王《えはのみこ》。

欽《きん》明《めい》天皇

（概略）

建小広国押楯命《たけおひろくにおしたてのみこと》（宣化天皇）の弟、天国押波流岐広庭天皇《あめくにおしはるきひろにわのすめらみこと》（欽明天皇）は、師木島《しきしまの》大宮《おおみや》（奈良県桜井市金屋の地）にいらっしゃって、天下を治めた。

この天皇が、檜坰天皇《ひのくま》（宣化天皇）の御子《みこ》、石比売命《いわひめのみこと》を娶《めと》って生んだ御子《みこ》は、八田王《やたのみこ》、沼名倉太玉敷命《ぬなくらおおたましきのみこと》（敏達天皇《びだつ》）、笠縫王《かさぬいのみこ》。石比売命の妹、小石比売命《おいわひめのみこと》を娶って生んだ御子は、上王《かみのみこ》。岐多斯比売《きたしひめ》を娶って生んだ御子は、橘之豊日命《たちばなのとよひのみこと》（用明天皇《ようめい》）、石坰王《いわくまのみこ》、足取《あとりの》王《みこ》、豊御気炊屋比売命《とよみけかしきやひめのみこと》（推古天皇《すいこ》）ほか。岐多斯比売のおば、小兄比売《おえひめ》を娶って、生んだ御子は、馬木王《うまきのみこ》、葛城王《かずらきのみこ》、間人穴太部王《はしひとのあなほべのみこ》（用明天皇妃、聖徳太子の母）、三枝部穴太《さきくさべのあなほ》部王《べのみこ》、長谷部若雀命《はつせべのわかさざきのみこと》（崇峻天皇《すしゅん》）。御子は合せて二十五柱の王である。

沼名倉太玉敷命、橘之豊日命、豊御気炊屋比売命、長谷部若雀命が天下を治めた。

敏《び》達《だつ》天皇（概略）

天国押波流岐広庭命《あめくにおしはるきひろにわのみこと》（欽明天皇《きんめい》）の御子《みこ》、沼名倉太玉敷命《ぬなくらおおたましきのみこと》（敏達天皇）は他田宮《おさだのみや》（奈良県桜井市戒重か）にいらっしゃって、天下を治めること十四年であった。この天皇が、異母妹、豊御気炊屋比売命《とよみけかしきやひめのみこと》（推古天皇）を娶《めと》って生んだ御子は、静貝王《しずかいのみこ》、竹田王《たけだのみこ》、小治《おはり》田王《だのみこ》、葛城王《かずらきのみこ》、宇毛理王《うもりのみこ》、小張王《おはりのみこ》、多米王《ためのみこ》、桜井玄王《さくらいのゆみはりのみこ》。小熊子郎女《おぐまこのいらつめ》を娶って生んだ御子は、布斗比売命《ふとひめのみこと》、糠代比売命《ぬかしろひめのみこと》。比呂比売命《ひろひめのみこと》を娶って生んだ御子は、忍坂日子人太子《おしさかのひこひとのおおみこ》（舒明天皇《じょめい》の父）、坂騰王《さかのぼりのみこ》、宇遅王《うじのみこ》。老女子郎女《おみなこのいらつめ》を娶って生んだ御子は、難波王《なにわのみこ》、桑田《くわたの》王《みこ》、春日王《かすがのみこ》、大俣王《おおまたのみこ》。

日子人太子が、異母妹、糠代比売命を娶って生んだ御子は、岡本宮（奈良県高市郡明日香村岡か）で天下を治めた天皇（舒明天皇）ほか。御子は合せて七柱である。御陵《みはか》は川内《かわち》の科長《しなが》にある（大阪府南河内郡太子町太子に比定）。

用明《ようめい》天皇（概略）

沼名倉太玉敷命《ぬなくらおおたましきのみこと》（敏達天皇）の弟、橘豊日王《たちばなのとよひのみこ》（用明天皇《ようめい》）は、池辺宮《いけのへのみや》（奈良県桜井市阿部の地）にいらっしゃって、天下を治めること三年であった。この天皇が、稲目宿《いなめのすく》禰大臣《ねのおおおみ》の娘、意富芸多志比売《おおぎたしひめ》を娶って生んだ御子《みこ》は、多米王《ためのみこ》。また、異母妹、間人穴太《はしひとのあなほ》部王《べのみこ》を娶って、生んだ御子は、上宮之厩戸豊聡耳命《かみつみやのうまやとのとよとみみのみこと》（聖徳太子《しょうとくたいし》）、久米王《くめのみこ》、植栗王《うえくりのみこ》、茨《うま》田王《らたのみこ》。また、当麻《たぎま》之倉首比呂《のくらのおびとひろ》の娘、飯之子《いいのこ》を娶って生んだ御子は、当麻王《たぎまのみこ》、須加志呂古《すかしろこの》郎女《いらつめ》。

御陵は石寸《いわれ》（桜井市池之内の地）の掖上《わきがみ》にあったが、後に科長《しなが》（大阪府南河内郡太子町春日の地）の中《なか》の陵《みささぎ》に遷《うつ》した。

崇《す》峻《しゅん》天皇（概略）

橘豊日王《たちばなのとよひのみこ》（用明天皇《ようめい》）の弟、長谷部若雀天皇《はつせべのわかさざきのすめらみこと》（崇峻天皇）は、倉椅《くらはし》（奈良県桜井市倉橋）の柴垣宮《しばかきのみや》にいらっしゃって、天下を治めること四年であった。御陵《みはか》は倉椅岡《くらはしのおか》のほとりにある。

推古《すいこ》天皇（概略）

長谷部若雀天皇《はつせべのわかさざきのすめらみこと》（崇峻天皇）の妹、豊御食炊屋比売命《とよみけかしきやひめのみこと》（推古天皇）は、小治田宮《おはりだのみや》（奈良県高市郡明日香村雷《いかづち》辺りの地）にいらっしゃって、天下を治めること三十七年であった。

御陵は、大野岡《おおののおか》（奈良県橿原市和田町の地というが未詳）のほとりにあったが、後に科長《しなが》の大陵《おおみささぎ》に遷《うつ》した（大阪府南河内郡太子町山田の地に比定）。

古事記《ふることふみ》　下《しも》つ巻《まき》

解説

『古事記』選録の経緯

『古事記』の成立は和銅《わどう》五年（七一二）。序文によれば、天武《てんむ》天皇（在位六七三〜六八六）の命により編纂《へんさん》が始まったという。その目的は、当時諸家の伝える「帝記《ていき》」「旧辞《きゅうじ》」類（歴代天皇の系譜と過去の出来事を記した資料と推測される）があったが、既に誤りが多くなっていたため、正しい伝えを選び定め、国家組織の礎《いしずえ》、政治の基礎となすことであったと述べられている。こうして選び定められた伝えは、稗田《ひえだの》阿礼《あれ》が暗誦《あんしょう》することにより数十年間保存され、最終的に元明《げんめい》天皇の時代に太安万侶《おおのやすまろ》によって記録されたと序文は語る。

天武朝は、壬申《じんしん》の乱（六七二）を経て、古代日本が律令制に基づく新国家として歩み出した画期にあたる。以降、飛鳥浄御《あすかきよみ》原令《はらりょう》（六八一編纂開始）、大宝律令《たいほうりつりょう》（七〇一制定）、養《よう》老律令《ろうりつりょう》（七一八頃制定）と繰り返される律令体系の整備、藤原京《ふじわらきょう》（六九四遷都）、平城《へいじょう》京《きょう》（七一〇遷都）という本格的都城《とじょう》の造営とつづく流れに、七世紀後半から八世紀初頭に至る新国家樹立の動きが見てとれる。

首都と法律という、いわばハードとソフト両面で古代の国家が完成をみたこの時期に、仕上げとして、自分たちの国が経てきた歴史を語る書物が求められたのは必然だった。『古事記』『日本書紀《にほんしょき》』（七二〇）という歴史書が書かれた経緯はまずはこうした面から理解される。それは、天皇を中心とする国家体制を築きあげた古代日本が、そのような国家としての来歴・アイデンティティーを、神話的な過去にまで遡《さかのぼ》り語り出すことによって根拠づけようとする営みであった。

『古事記』と『日本書紀』

ほぼ同時期に書かれた二種類の歴史書である『古事記』と『日本書紀』は、内容的にも多くの重なりを持つ。このうち、長らく正史《せいし》として権威を持ったのは『日本書紀』の方だった。意外に思えるかもしれないが、『古事記』は八世紀初頭の成立より千年あまりの間、読まれる機会の少ない書物だった。

その主な理由のひとつに文体の違いが挙げられる。内容的には多くの重なりをもつ両書だが、『日本書紀』が正格の漢文として書かれているのに対し、『古事記』の原文は同じように漢字だけを用いながら（平仮名・片仮名はこの時代まだ存在しない）、漢文すなわち古典中国語としては読めない、日本語を書き記すための工夫をまじえた特殊なスタイルで書かれている。古代以来、東アジア世界では中国語が国際的な公用語であり、国家の歴史のような正式の文書は、この国際公用語で書かれることになっていた。その意味で、歴史的に正史の位置を占め重視されたのは、『古事記』ではなく『日本書紀』だったのである。

では、『古事記』がそのような文章で書かれたことの意義はなんだったのだろうか。『日本書紀』と比較すれば、国際語で書かれた『日本書紀』が、〈外〉に向けて国家の姿を示そうとした書物であるのに対し、非漢文的な文章により日本語を書き記すことを志向する『古事記』は、〈内〉を向いた、いわば自分たちに向けた書物であると言えるだろう。

実は『古事記』には「日本」という語は出てこない。「日本＝ひのもと」という国名は文字通り日の昇る場所という意味だが、どこから見て日の昇る場所かといえば当然中国および朝鮮半島から見ての呼称である。そこには前提として〈外〉からの視線が含まれている。『古事記』は「倭＝やまと」という自分たちの世界の中だけを語るのであり（神宮皇后の遠征にあらわれる新羅・百済は、その世界の内側に組み込まれるものとして描かれる）、外部と自己を区別する「日本」の語ははじめから必要がないのである。

その意味では、『古事記』はより自分たち自身のために存在する、古代国家の自己確証の書であったと言えよう。

本居宣長《もとおりのりなが》『古事記伝《こじきでん》』

このことをはじめて方法的に自覚し、『古事記』に新たな評価をもたらすきっかけを作ったのが、江戸時代の国学者本居宣長であった。

宣長は、漢文という外国語で書かれた『日本書紀』に比べ、『古事記』の文章は神話的な過去から語り伝えられた古代の言葉を保存しようとしたものであり、その言葉の中にこそ、古代人の心、ひいては古代の真実が遺されていると考えた。こうした考えに基づき宣長が著した『古事記伝』(一七九〇~一八二二刊)は、全四十四巻からなる『古事記』注釈書であり、綿密な考証を重ねて『古事記』の原文すべてにやまとことばによる読みを付したものである。以後、『古事記』は古代の言葉によって読み通すことの可能な、またそうすべき作品として、決定的な価値を与えられることになった。

宣長が行ったのは、古代国家の自己確証の書であった『古事記』を、〈言葉〉という普遍的な要素を介して、その言葉=やまとことばで語る日本民族の神話/歴史書として位置づけ直すことだった。それは、近世に生きた宣長が、自分たちとは何なのかという民族的アイデンティティーに関わる問いかけの答えを、『古事記』の中に、しかし当然古代国家が行ったのとは違う形で求める行為だったのである。これ以降、『古事記』は日本民族の保ちつづけてきた心の原郷であるといったロマンが生み出されるようになってゆくが、そのような見方は、宣長の問いかけが現代もなお生き続けていることを示している。

ただし、成立の経緯を考えれば明らかなように、『古事記』は本来的には古代の天皇を中心とした国家が、自己の正統性を確証するために書かれた書物である。その内容も、あるがままの事実を記載した歴史というより、神話的伝えを含めて古代国家が自ら求めた歴史の姿というべきだろう。そこには自ずと目的に沿った編纂方針や取捨選択、またおそらくは素材の書きかえや書き加えがあり、神話の部分に限ってみても、『風土記《ふどき》』などと較《くら》べて民俗的な神話がそのまま遺《のこ》されているとは言いがたいものである。

では、古代国家が自らの姿を写した歴史書として読む以外に、現代に『古事記』を読むことの意義はないのだろうか。そうではないことは、実際に『古事記』を読んでその面白さに触れてみた読者には明らかだろう。前述の通り、『古事記』は神話や伝承をそのまま伝える書物というよりも、むしろ、個々の神話や伝承を素材にしながらも、そこに手を加えることで一貫した全体を持つものとして作り直された、高度に文学的な作品と言える。こうした一個の作品として到達したレベルにこそ、『古事記』の魅力は見出されるのである。神話や伝承の起源を求めて『古事記』を構成する個々のエピソードをばらばらに分解し、個別に解釈してゆくような読み方からは得られない深い理解が、『古事記』を統一された作品として読むことからは得られる。現代の読者にとって『古事記』の持つ意味は、そのような読みから開けてくる。

『古事記』の語るもの

たとえば、上巻で語られる神代の物語の中でも、とりわけエピソードの豊富な神である須佐之男命《すさのおのみこと》について考えてみよう。黄泉国《よみのくに》から葦原中国《あしはらのなかつくに》へ帰還した伊耶那岐命《いざなきのみこと》の禊《みそ》ぎによって生まれた須佐之男命は、生れて以来泣いてばかりで、父神の言うことを聞こうともしない。髭が胸まで伸びるまで泣きつづけたというのだから、身体は立派な大人になっているのに、心は子どものままなのだ。とはいっても、その持って生まれた力は凄まじく、山の木々を枯らし河や海を干上がらせるほどの混乱をもたらしてしまう。姉の天照大御神《あまてらすおおみかみ》に別れを告げるため赴いた高天原《たかあまのはら》でも、もともと悪気があったわけではないにもかかわらず、数々の乱行を働いたあげく天照大御神の石屋《いわや》籠《ごも》りという重大な事態を引き起こしてしまい、またしても天地を覆う混乱を招いた張本人として、高天原からも追放されてしまう。

ところが、根之堅州国《ねのかたすくに》へ赴く途中、出雲国《いずものくに》へ立ち寄ってからの須佐之男命は一転、英雄神としての相貌《そうぼう》をあらわしはじめる。八俣大蛇《やまたのおろち》という怪物を退治して櫛名田比売《くしなだひめ》の危機を救い、その櫛名田比売と結婚して子孫を残す。子孫の中には、地上世界の国作りを完成させた大国主神《おおくにぬしのかみ》が生まれるのだから、出雲に関わる須佐之男命の功績は大きい。

このように、須佐之男命という神は途中からまるで正反対の性格に変貌《へんぼう》するように見える。この変貌を不審とする見地から、須佐之男命がもともと大和地方の勢力と対抗関係にあった出雲地方の英雄神であり、それが天皇を中心とする大和系の神話に取り込まれた結果、天皇の祖先とされる天照大神に対しては悪神として描かれ、出雲に関わる部分では本来の英雄神としての性格が残っているのだとする理解の仕方が長らく行われてきた。『古事記』のテクストを、もとになったはずの個々の素材に還元し、個別にその起源を求めようとする典型的な解釈法である。

しかし、先入観を捨ててひとつづきの話として見れば、須佐之男命の変貌はなんらおかしなものではないことに気づくだろう。それまで親の言うことをきかず、調子に乗っては乱暴を働く子供だった須佐之男命は、八俣大蛇と対峙《たいじ》することで、初めて自分と対等な巨大な力と直面する。それはちょうど須佐之男命の内部にあった混沌《こんとん》の力が、外側にかたちをとって現れたようなものだ。その怪物にうち勝つことで、須佐之男命は自らの力を統御できる存在であることを示す。そうして手に入れた櫛名田比売の名義は「奇稲田姫《くしいなだひめ》」すなわち農耕を象徴する女神でもあり、須佐之男命が人間社会の基盤となる生産の秩序を担う存在になったことも同時に示されている。大きな変化といえばそのとおりだが、それは誰もが普遍的に経験する変化、子供から大人への成長なのだ。

だから、高天原と出雲とで須佐之男命が違うのはなぜか、という問いは逆立ちしている。違うからこそ、その違いの中に読者は須佐之男命の成長を読みとることができるのである。心理よりも行動によって示すことが『古事記』の手法であり、『古事記』を前後一貫した作品としてうけとめることが、そのような読みを可能にする。

こうして成長した須佐之男命が、大穴牟遅神《おおあなむじのかみ》（のちの大国主神）の根之堅州国訪問では今度は若い大穴牟遅神の導き手として現れるのも、至極納得できる。ここでの須佐之男命は、助けを求めに来た大穴牟遅神に対してまるで意地悪をしているようにも見えるが、このような試練を与えそれを克服させるのは、若者を成人させるための手段として世界中で見出される方法である。その結果、大穴牟遅神もまた成長を遂げ、大国主神即ち偉大な国の主となる。はじめ須佐之男命が伊耶那岐命や高天原の神々によって追放される「やらい」にも、このような試練に通ずる意味を認められるかもしれない（近代まで地方に残った習俗として、子供を成長させるために家から追い出すことを「子やらい」と言う）。子供から大人へ、そして今度は新たな世代の導き手へと成長を重ねて行く須佐之男命の姿がそこには描かれているのだ。

また、たとえば伊耶那岐命が死んだ伊耶那美命《いざなみのみこと》を追って黄泉国へ赴くエピソードも興味深い。天の世界である高天原をのぞけば、ここで初めて地上の人間世界にとっての異界が出現するわけだが、そうした異界に対する想像が、伊耶那岐命にとっての伊耶那美命のような身近な存在の死に接した時に誰もが抱く思い、愛する相手がこの世界にはいなくなっても、どこか別の世界でまだ生き続けているのではないかという思いに源を発するものであることを、これほど如実に分からせてくれる例はない。同時に、このときから人間の世界が葦原中国という呼び名を持つことになることは、自己が自己として認識されるためには、自分と異なる他者の存在が必要であることを教えてくれる。『古事記』の中の黄泉国は、「黄泉《よもつ》ひら坂」という坂を越えた向こう側にある世界として描かれている。そうした周縁の死に関わる世界である黄泉国があってはじめて、それとは異なる中心の生に満ちた世界としての葦原中国(葦は生命の象徴でもあろう)の性格が定められるのである。

このような、子供から大人へ、そして次の世代を導く老人へという成長のサイクル、生と死、自己と他者といった、時代を超えた普遍性を持つ、人間にとって根源的な問題へと導くものを、私たちの前にテクストとして現れた『古事記』は豊かに秘めている。その泉を汲み取るのは、いまこの作品と向き合う読者なのである。作品は必ずしも起源を語らない。逆につねにそれを読む読者の中に新しく生まれるのだ。

(金沢英之)

神代・歴代天皇系図

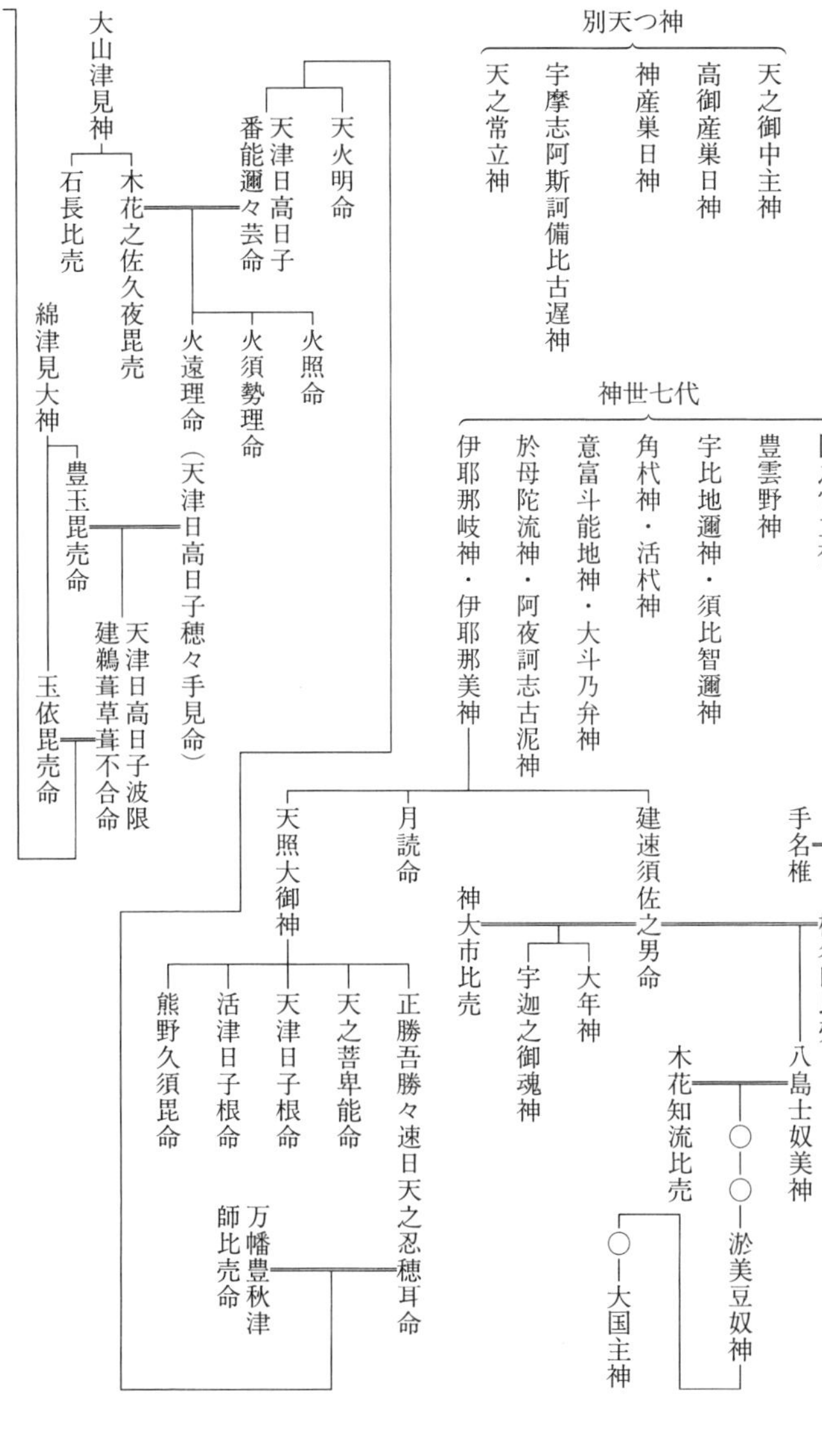
別天つ神
天之御中主神
高御産巣日神
神産巣日神
宇摩志阿斯訶備比古遅神
天之常立神
神世七代
国之常立神
豊雲野神
宇比地邇神・須比智邇神
角杙神・活杙神
意富斗能地神・大斗乃弁神
於母陀流神・阿夜訶志古泥神
伊耶那岐神・伊耶那美神
足名椎
手名椎
櫛名田比売
建速須佐之男命
八島士奴美神
木花知流比売
○
○
淤美豆奴神
○
大国主神
神大市比売
大年神
宇迦之御魂神
月読命
天照大御神
正勝吾勝々速日天之忍穂耳命
天之菩卑能命
天津日子根命
活津日子根命
熊野久須毘命
万幡豊秋津師比売命
天火明命
天津日高日子番能邇々芸命
大山津見神
木花之佐久夜毘売
石長比売
火照命
火須勢理命
火遠理命（天津日高日子穂々手見命）
綿津見大神
豊玉毘売命
玉依毘売命
天津日高日子波限建鵜葺草葺不合命

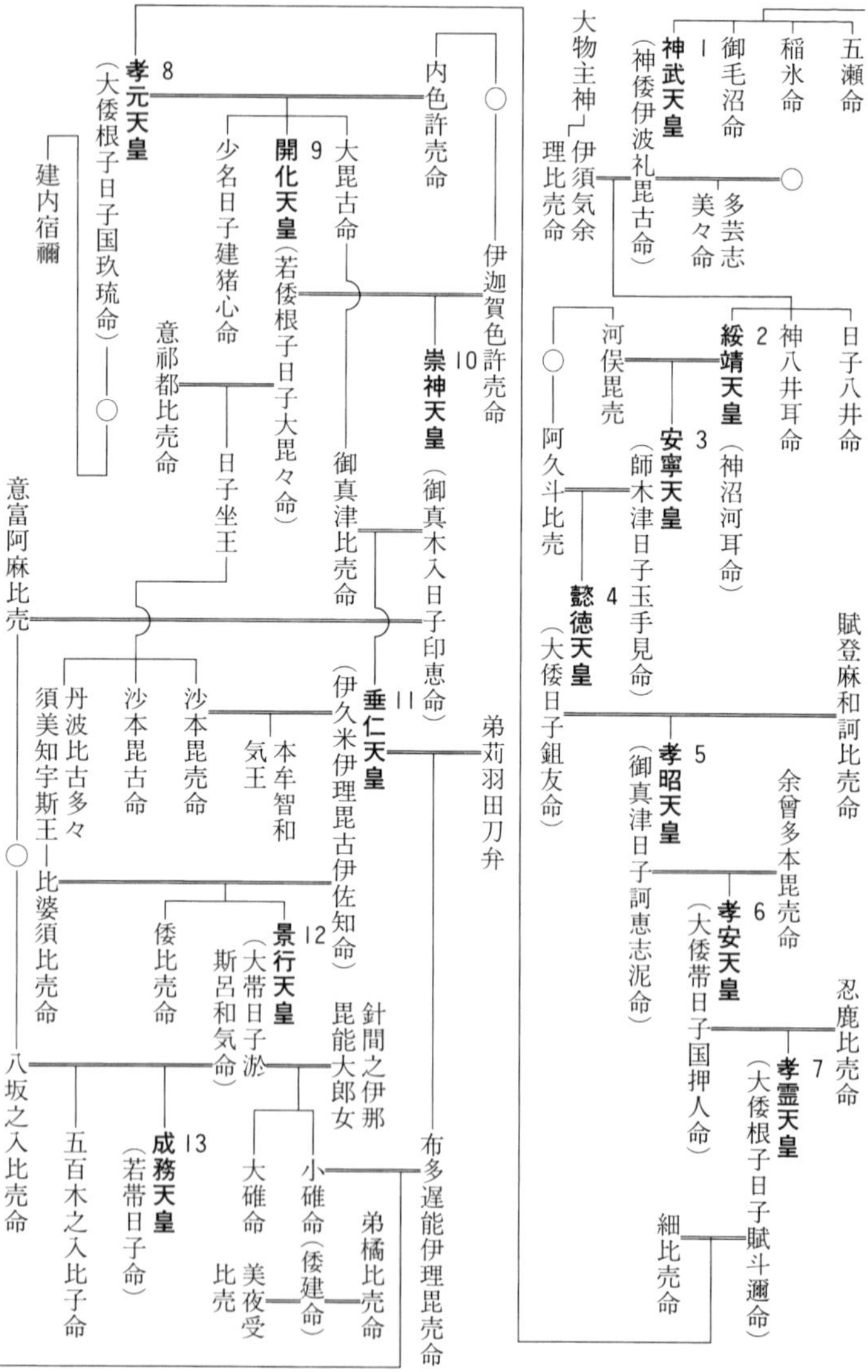
五瀬命
稲氷命
御毛沼命
1 神武天皇（神倭伊波礼毘古命）
多芸志美々命
大物主神
伊須気余理比売命
日子八井命
神八井耳命
2 綏靖天皇（神沼河耳命）
河俣毘売
3 安寧天皇（師木津日子玉手見命）
阿久斗比売
4 懿徳天皇（大倭日子鉏友命）
賦登麻和訶比売命
5 孝昭天皇（御真津日子訶恵志泥命）
余曾多本毘売命
6 孝安天皇（大倭帯日子国押人命）
忍鹿比売命
7 孝霊天皇（大倭根子日子賦斗邇命）
細比売命
伊迦賀色許売命
内色許売命
8 孝元天皇（大倭根子日子国玖琉命）
建内宿禰
大毘古命
9 開化天皇（若倭根子日子大毘々命）
少名日子建猪心命
10 崇神天皇（御真木入日子印恵命）
御真津比売命
意祁都比売命
日子坐王
意富阿麻比売
弟苅羽田刀弁
11 垂仁天皇（伊久米伊理毘古伊佐知命）
本牟智和気王
沙本毘売命
沙本毘古命
丹波比古多々須美知宇斯王
比婆須比売命
12 景行天皇（大帯日子淤斯呂和気命）
倭比売命
針間之伊那毘能大郎女
布多遅能伊理毘売命
小碓命（倭建命）
大碓命
弟橘比売命
美夜受比売
13 成務天皇（若帯日子命）
五百木之入比子命
八坂之入比売命

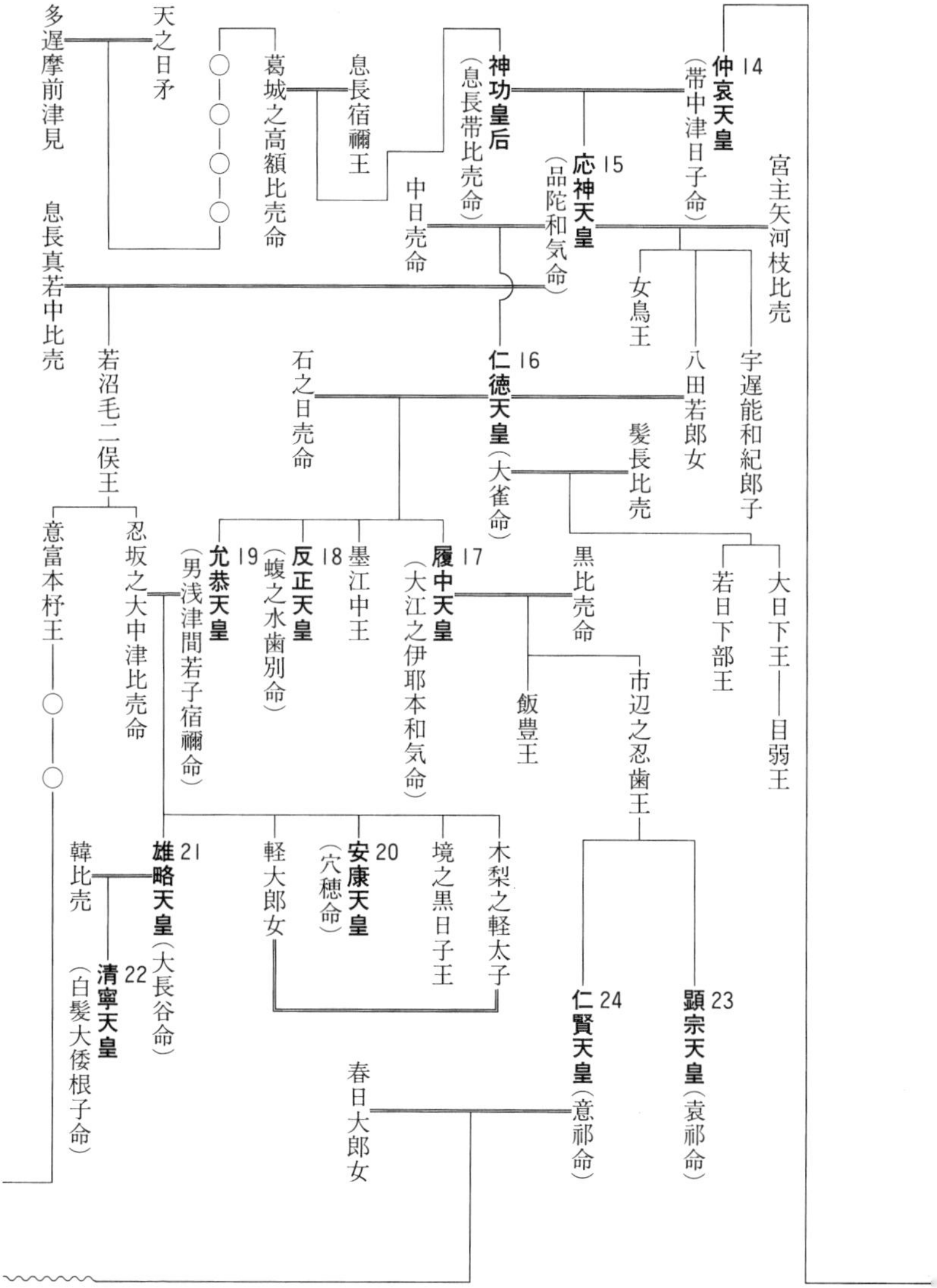

仲哀天皇 14
(帯中津日子命)
神功皇后
(息長帯比売命)
息長宿禰王
葛城之高額比売命
天之日矛
多遅摩前津見
応神天皇 15
(品陀和気命)
宮主矢河枝比売
中日売命
息長真若中比売
女鳥王
八田若郎女
宇遅能和紀郎子
仁徳天皇 16
(大雀命)
石之日売命
若沼毛二俣王
髪長比売
大日下王
目弱王
若日下部王
履中天皇 17
(大江之伊耶本和気命)
黒比売命
墨江中王
反正天皇 18
(蝮之水歯別命)
允恭天皇 19
(男浅津間若子宿禰命)
忍坂之大中津比売命
意富本杼王
飯豊王
市辺之忍歯王
木梨之軽太子
境之黒日子王
安康天皇 20
(穴穂命)
軽大郎女
雄略天皇 21
(大長谷命)
韓比売
清寧天皇 22
(白髪大倭根子命)
顕宗天皇 23
(袁祁命)
仁賢天皇 24
(意祁命)
春日大郎女

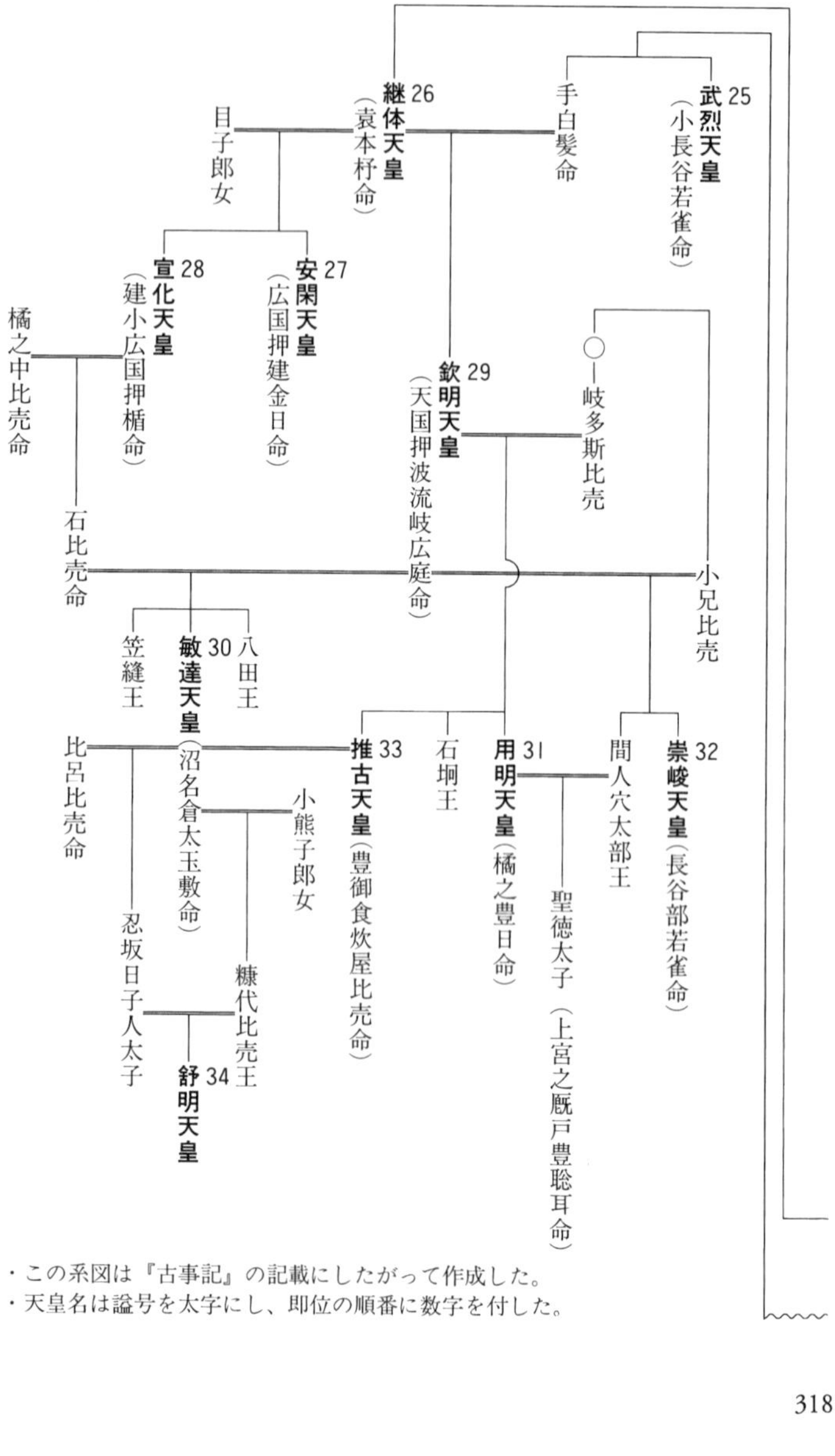

・この系図は『古事記』の記載にしたがって作成した。
・天皇名は諡号を太字にし、即位の順番に数字を付した。

校訂・訳者紹介

山口佳紀——やまぐち・よしのり
一九四〇年、千葉県生れ。東京大学卒。日本語史専攻。聖心女子大学名誉教授。主著『古代日本語文法の成立の研究』『古代日本文体史論考』『古事記の表記と訓読』『古事記の表現と解釈』ほか。

神野志隆光——こうのし・たかみつ
一九四六年、和歌山県生れ。東京大学卒。古代文学専攻。東京大学名誉教授。明治大学特任教授。主著『古事記の達成—その論理と方法』『古事記の世界観』『古事記—天皇の世界の物語—』『古事記と日本書紀』『漢字テキストとしての古事記』ほか。

日本の古典をよむ①

古事記

二〇〇七年　七月一〇日　第一版第一刷発行
二〇二五年　六月二五日　第九刷発行

校訂・訳者　山口佳紀・神野志隆光
発行者　石川和男
発行所　株式会社小学館
〒一〇一-八〇〇一
東京都千代田区一ツ橋二-三-一
電話　編集　〇三-三二三〇-五一七〇
販売　〇三-五二八一-三五五五
印刷所　TOPPANクロレ株式会社
製本所　牧製本印刷株式会社

ISBN978-4-09-362171-7